U0905642

为了人与书的相遇

We read the world

出品人　于威　张帆

主编　吴琦

副主编　刘宽

编辑　刘婧

英文编辑　Callum Smith（高林）

特约编辑　阿乙

Filip Noubel（马云华）

Isolda Morillo（莫沫）

索马里

文珍

封面摄影作品　蒋志

Supported by the British Council in partnership with Writers' Centre Norwich, UK as part of the International Literature Showcase.

作为国际文学展演（ILS）的一部分，当代英国文学特辑得到了英国文化教育协会和英国诺威奇作家中心的支持

进入伦敦

第一次的时候，我仿佛是坐着火车去伦敦。当然也是先飞到盖特威克机场，在那里换上去利物浦中央车站的火车，再换另外一趟，直奔郊外，没在伦敦城里停留，也没有见到它的样子。直到第二天，当我把行李和其他一些最能显示出旅客身份的东西，全都留在朋友住处，才一身轻松地，正式踏进这座城市。那种体验，和你一下飞机就用最快捷的方法进城、拎着箱子一边找住处一边处理惊奇和陌生完全不同。

以至于我最先注意到的，是伦敦的烟囱，郊外大大小小的民居无一例外地顶着砖红、鹅黄的帽子，经年累月，它们大多泛出烟熏过的煤黑色，是往昔工业革命留在今天生活里的一种沉默的事物。然后火车再次驶入利物浦中央车站，许多条铁轨交错，和撕扯的电线、基站一起，逐渐汇成唯一的路，此时，一种奇妙的物理性的熟悉镇定着我其实对它的一无所知——如果从外面看，这座火车站是一个砖铁结构支撑的透明大棚，过去的伦敦从这里开始起搏，从里面看，它不过是一条暗黄色的隧道，埋伏在平静的田园风光的尽头。进站之后，自然光线先消失了一阵子，车里的灯把周围事物的颜色照得暗沉、混杂、滞重，然后天光再次透过玻璃屋顶照下来，突然就规矩许多，像接受了指令似的，速度停止，隧道退却不见，人声突然鼎沸起来，一切恍如幻觉。这时候我才理解特纳（Joseph Mallord William Turner）画的氤氲神秘的火车，格里菲斯（D.W. Griffith）电影里令人惊惧的火车，或者回到狄更斯的小说，把自己想象成一个 19 世纪从英国北方赶了漫长的路来伦敦谋生的学徒。

进入一座城市的方式有时比在这座城市里逗留更加重要。在此之后，我好像就没有太多兴趣去描述伦敦的成功或者失败，这些都太显而易见了，类似的论述浩如烟海，几乎所有角度都已经被穷尽，并且夸大其词。

作为现代城市的起源，伦敦当然可以轻易满足你的一切要求。老迈不堪仍然孜孜运转的公共交通，多元的种族各自生活在阶级明确的区域中，礼节、距离感、最国际化的语言、永不休止的文化生活——看上去包容和连接了一切，被驯服得很好的草木、公园和公共空间，在人们疲惫和心碎的时候适时出现，而涂鸦像匕首一样在这些整齐的安排中偶尔亮出来，忠实地扮演一个不和谐者……这些都是我们今天熟悉的城市生活。不论在欧洲、美洲、亚洲、非洲的大陆上，人们都像被送上了流水线，陆续进入这样的程序和结构。伦敦不再特别，或者说，在这方面，伦敦只是时间上提前于它的后来者。

我的旅程也落后于很多人，关于这个国家的“过度”书写和关注，可能潜意识里影响了我。不同于许多后发的现代国家和地区，包括欧洲境内相对滞后的西班牙，外来的旅行者都介入甚至主导了本土文化的发现，而伦敦的故事主要是由它的自己人书写的。亨利·詹姆斯（Henry James），这个移居英国的美国佬，也是其中之一，他形容伦敦是一个“世界宠坏了的孩子”，在清楚地意识到这里等级之森严、贫富分化之严重、都市生存之贫乏之后，他依然站在它那边：

整个英格兰都相当于伦敦的郊区……这也许是对乡村的破坏，但却是对永不满足的城市的创造。如果有人是一个不可救药、厚颜无耻的伦敦佬，那就是他不得不观看的情景。凡是拓宽人的城市意识的东西都是情有可原的。多亏有巨大的交通运输网络，多亏有人民积极好客的习俗，多亏有优质周到的铁路服务和火车的频繁、快捷，最后，当然不可不提的是，多亏英格兰许多最秀丽的风景就在伦敦方圆五十英里之内这种事实——多亏这一切，热爱伦敦的人的门口就有一派美丽如画的田园风光，而且可以把中心和边缘的分界线搞得无限模糊，凡此种种，就大大助长了热爱伦敦的人的城市意识。他完全可以放心地把联合王国其余的部分，或者整个大英帝国，或者如果他是一个美国人，甚至把全球所有讲英语的疆土都仅仅看作边缘，看作合身的紧身褡。

这些霸道的、单一的对城市的崇拜，穿过了整个19世纪，穿过了欧洲大陆，至今主导着我们。但这个历史阶段在今天也难以为继了，城市的中心危机四伏，田园梦想从未真正为它解围，帝国的疆界也逐渐消失。我们这些21世纪迟迟赶到伦敦的人，应该学会绕开这些幻觉。毕竟这话也是詹姆斯说的，“它就像大自然本身一样对单个的生命漠不关心”。

于是我在伦敦绕道、通勤的无心之举，仿佛打开了另一个时空，进入了一条偶然的岔路。在这条路上，你会看到地平线是如何像不平坦的小腹一样在城乡之间形成不同形状的隆起，砖瓦和玻璃如何在空气中造成不同的光线折射，路障、沙袋、栅栏和废弃的杂物如何在铁路两边筑成断壁残垣，和联排的仓库、停车场、廉价的Lidl超市一起，护卫城市的边缘，各种商标和公司logo，成为它们的旗帜。你会看到在远处的公路上，货车永远比汽车多，而乡间的近处，只有悠悠骑着自行车的人。你会看到沿途每个小的火车站几乎都一模一样，是中央车站的微缩版，只有两排空空的站台，英剧《菲利普·狄克的电子梦》(*Philip K. Dick's Electric Dreams*)有一集就设定在这样的车站，许多人遇到生命的难关，都在这一站跳下火车，走向原野和原野之中的小镇，在这个地图上找不到的地方，时间会在悲剧发生前的那一刻停止，让一切重新来过。

这个故事也许没有那么虚假，历史的确总是重来。新的中心与边缘，正在酝酿之中，我们这一代人，已经需要开始面对它。伦敦，也包括其他任何超级大都市，都不再意味着一个既定的位置，即便非要用中心来形容它们，也只是一些更便捷地去往别处的接驳点，向无数的方向延伸，甚至它们本身也在出走。这一辑《单读》就是这样一趟拐弯抹角的旅程，我们经过伦敦，进入英国，带来了五位尚未被中文翻译过的当代作家。他们的作品像田野里光线的散射，有的向城市的中心逼近，有的在不知名的欧洲边缘徘徊，有的飞向岛屿，有的回到了自己的出生地亚洲。

今天的语言与文字，在前仆后继地开掘现代生活的道路上，也走到了某种瓶颈。我们动不动就只能谈论爱情、个人的孤独、不知所踪的意义，最终都陷入一种重复的内核，形式上细枝末节的变奏。我们借由英国同时代人的创作，重新设问，到底城市的中心有什么，而除了城市之外，更远、更大的空间如何可能。我们所说的“都市一无所有”，显然不是指它物质上的空虚，甚至也不是精神上的空洞，而是所谓的“城市意识”不再那么现成，不再能被詹姆斯那种后见之明所武断地概括，原本我们想当然地以为这些都是近在咫尺的事，恰恰是越近的事物越难描述。

在写过伦敦的作家中，我更偏爱查尔斯·兰姆（Charles Lamb）。他毕生生活在伦敦城中，对这座城市的亲近溢于言表，但他又时常游离在这一切之外，像是个永远的异乡人。他说，“长期以来，我习惯于不倚靠感性中的事物而追求内心的理解，从不满足于‘愚昧的现今’——正是这一点支持了我。”这种精神支持着他承担起自己小家庭的重担——患了精神病的姐姐杀死了自己的母亲，以及一个敏感的心灵在伦敦汲汲营营的小市民生活。“追求内心的理解”，也该可以支持我们自己独立去走一段路。

伦敦市内就有许多无数的“小路”，和郊区一样人迹罕至。比如从东区的白教堂画廊出发，一路往东，走过一段南亚、中东人聚集的地方——这里在历史上一直是移民区，欧洲其他国家的移民最早也住在这里，从而刺激了伦敦的纺织业，走过几座小公园、停着船家的河道、现代而廉价的住宅区，会发现许多现代画廊错落其间，有些甚至连门都找不到，进去了也没人理你，一些自言自语的艺术作品陈列在那里，讨论女性的地位、难民问题、监狱里光线的构造、巴勒斯坦的汽车修理工、美国知识分子杂志《Partisan Review》的兴衰……

巧合的是，这篇文章是在我又一次飞向伦敦的旅程中完成的。而不断进入又离开的经历告诉我，重复、循环、流动，同时也可能是激发、挑战、创造的过程。每一次出发都是无数次再出发的开始。对《单读》来说更是如此，我们已经检阅过北京、伦敦、澳大利亚，下一次，我们去拉美，去苏格兰，去爱尔兰，去非洲。

撰文：吴琦

I WANT TO GET TO KNOW MY COUNTRY, I'VE ALREADY FORGOTTEN HER SMELL, HER BREATH, AND HER VOICE. I WON'T BE GOING TO THE CITIES, I'LL BE IN THE TOWNS, THE VILLAGES, AND THE FARMLANDS.

我要去了解我的国家，我已经忘记了它的味道、气息和声音。我不去城市，我要去小镇、农庄和牧场。
我要坐在酒吧里，汉堡店，星期天要去教堂，我要隐姓埋名地去。我只想去看和听。

I'LL SIT IN THE BARS AND HAMBURGER STORES, AND ON SUNDAYS, I'LL GO TO CHURCH,CONCEALING MY IDENTITY. I JUST WANT TO SEE AND HEAR.

——斯坦贝克 | John Steinbeck

ꝏ 小说

他们所知的一切只有父母和祖父母度过的那些漫长平静的时光；上至太阳，下到牛群，在海里养育或者捕获那些带着光滑的腮和飞扑的鳍的生物，还有电视来满足海无法满足的欲望。

破碎的孩子

撰文　简 · 卡森（Jan Carson）

译者　马力

蛋

你生来手里藏着一个鸟蛋。

它看起来是一只椋鸟的蛋，但也很可能是罗宾蛋。它们色泽近似。你的眼睛也是一样高远的纯正秋天的蓝。你也有一点点雀斑。

一开始我没有注意到这个蛋。我在那一刻就醉在了你初诞的气味里。你可以弯折的双臂、你的耳朵和脚。你的脚就像成人的一样，不过急遽缩小了。因为所有的推和挤我已经精疲力竭。然后，你突然地冲入这个世界，出现在最后的洪流里。

“真的来了。”你的父亲说，就像这一切已经结束了一样。

以拳为首，你像闪电一样冲出我的身体。手指蜷曲在拇指周围，紧得像核桃壳。在你的手臂之后，是你的头，第二条手臂，身体和像煎饼一样平坦的臀部，以及两条腿连带着脚——就像两个句子结尾处吵闹着的句点。你整个，都在那里。每个微小的局部，每一个，都在应当的位置正常地工作，除了你的左手，顽固地举着，持续几乎一周的时间。

“他早就准备好了和每个挡他路的人打架。”你的父亲说，好像这是件好事似的。我不觉得。作为一个全新的人，你看起来太愤怒了。“这正常吗？”我问。这不正常。接生婆从没接生过一个拳头先出来的孩子。

“不要慌张，”她说，“他看起来没事。我带他检查确认一下。”

于是她飞奔着带你量了体重和身长，你在一条白净的毛毯里摇晃着。当你回来的时候，看起来就像婴儿本该有的样子。扑眨着眼睛，鲜嫩的粉色。假使我好好抱着你的话，我甚至看不到你奇怪的胳膊从毛毯下竖起。

“他是不是很完美？”我说。

你的父亲没有回答，他慢慢解开毛毯，检查你蜷曲的拳头。

“没事的。”我说，“婴儿需要一定的时间放松开。他在我肚子里缩成一团九个月了，怪不得生得有点奇怪。”

“我觉得他握着什么东西。”你的父亲说。他可以看到蛋的白色从你指尖透出。

我握起你小小一团的手，开始慢慢打开你的手指。缓慢地，轻柔地，就像在冰面上的一小步一小步。婴儿的手指像鸟足一样脆，我不想把你折断。花了一分钟，或者九十秒才撬开。你的父亲和接生婆从我头顶观察，噤声敛气，似乎最稀薄的一呼气都会击碎你。那一刻我看到了蛋的一部分，但是直到它整个裸露出来前，我都没有说任何话。

“这是个蛋，”我说，“孩子出生的时候握着一个蛋。”

没有人说话。连你都没有发出任何一点声音。

我举起这个蛋，握住它，很轻柔地，握在手指之间。几乎是托着空气。太轻了。太容易被摧毁。

“这东西之前在我身体里，”我说。“它怎么会进到那里的？”我自己的声音从我身旁漂游而去。我感觉要晕厥了。

“你吞下去的吗？”接生婆问。“不，这没道理。孩子怎么拿到它的？”

你的父亲脸上呈现出一种滑稽的灰色。像一个曾经是白色却被洗刷太多次的东西。他支在床沿，要看那个蛋。我试着把它直接放他手里，但他坚持要垫一张纸巾。他不和我对视。

“你觉得这里面会不会有另一个小孩？”他问。

“这是个鸟蛋，”接生婆说，“很可能是只椋鸟。婴儿可不是从蛋里生出来的。”

“一只椋鸟。”你的父亲轻声重复着。他把这只蛋举到耳旁——举起贝壳去听海浪的声音的那个姿势。蛋没有发出声音。他看起来很失望。然后他略微用力地晃了晃蛋。

“不要！”我尖叫，“你会杀死它的。”

“这只是只椋鸟啊。在路那边的电线上还有几百只。”

“它曾经在我的身体里。它是我的。我想看看会生出来什么。”

回溯这些事情的时候，我意识到这就是我开始爱这个蛋的决定瞬间。

我们从没期待过一只蛋的到来。它从未出现在任何你的超声波扫描报告里。我们会把所有报告都打印出来贴在冰箱门上，我们的朋友就会看到，知道你终于是真实存在的，不再是痴心妄想或者十指交叉期盼着成功的一次尝试。你的扫描图还在那里，就在购物清单和外卖菜单边上。靠近蛋的五岁生日照片。苹果大小的你，自己蜷缩进自己的身体里面，像一条被整整齐齐系上的蕾丝。香蕉大小的你，脚拭碰着我腹腔的顶端。最后，你，肿胀到一个巨大的萝卜的大小，直直地看向我们，好似在说：“我准备好出来了。”后来，你的父亲会在冰箱前面一站站上几个小时，盯着这些粗粒的图像，忘记了他为什么一开始会来到这里。我会在那里找到他，他就那么站着，手里拿着一个玻璃杯或者一个空碗，眼睛像显微镜一样扫过冰箱，就像他在努力去看清蛋壳在你攥紧的拳头间时隐时现。

这对他来说更难。他从未孕育过你。对于蛋也一样。

没有人期待过一只蛋的到来。这不正常。会诊医师来的时候，几乎无法控制自己的震惊。他紧捂着嘴不流露出一点点恶心，说这是一种畸形。他把这样一个污秽的词语带进这个房间，我本可以因此用手抓破他的脸。我张开嘴嘶嚎，无法停止。

“你已经搞得我妻子不开心了，”你父亲说，“你一定要在她面前说这种话吗？要我说这绝不是畸形，只是一件怪事。”

说是怪事也并没有好多少，这是我们用来形容你大姑婆莉莉的词。她从不洗东西，不和除了最亲的亲人之外的任何人说话，我们也说这是件怪事。不久之后你的父亲改变了想法。那时他开始叫这个蛋一个“奇迹”，考虑着要不要叫来报社拍个照，觉得这样能赚到钱。他提起这条街上的一户人家，他们在自己家推土机挡风玻璃的污泥上发现了圣母玛丽隐隐显现的脸。他们不就是通过把这个故事卖给报社而大发横财？这笔钱都足够建一个储藏室了。所以故事马上传遍邻里。

“畸形”一词酸涩的存在依旧没有消灭。会诊医师用小推车推着你穿过走廊到一个房间里检查你身体的其他部位。翅膀，角，光环，你胸腔之下低语着另一颗心脏的可能性。当然，他们什么都没找到。你不过是一个普通的婴儿，同一颗鸟的蛋一起出生。没有人知道它是怎么到那里的，或者它为何没有在你手指的重压和诞生的巨力下粉碎。

一周之后他们让我们领你回家，带上蛋一起。我知道你希望我们扔下它。你的父亲也这么希望。他只想把它扔进垃圾桶。

“没有东西会从蛋里出来的，”他说，“我们回家安顿好孩子吧。”

但是，我需要同时照顾你们两个，我不能摆脱这种感觉。

你的父亲看到我连下巴都在紧张用力。一根微小的神经在皮肤下震颤。不可能说服我的，绝不，特别是当我用尽全力的时候。我们带着蛋回了家，为它搭了一个孵化器。一个鞋盒，铺上了锡纸、一些法兰绒，上面一盏台灯像垂落的郁金香一样斜压下来。我希望它发出的热量能让一切尽快发生。

“我会把它安置在杂物间的。”你的父亲说。但我坚持要在育儿室。我希望你们两个在同一个房间。同处，平等。任何一个孩子都不会被偏爱。我在你们之间拉来一张老旧的扶手椅，为了不偏差中点一厘米而精密计算距离。时而小睡，醒来哺育你，给你洗浴换衣。我告诉你，你是全世界最珍贵的男孩，而且我真的这样认为。请你谨记。我醒来给那颗蛋翻身，从反面到正面再翻回反面，让热量在蛋壳周边迭覆。我倾身靠近孵化器，呢喃着轻柔的诱导性的话语：“现在就出来吧，我们等不及要见你了。”我是认真的，在每个呵声说出的词语里认真着。

当我做梦，梦境总是关于这个蛋。比如某一天它裂成两半的样子，一条一条地碎裂剥离，露出里面一个小小的生物，某种需要关怀的东西。有时候这个生物是一只鸟，有时候是一个很小很小比瓶嘴还小的孩子。大部分时候，它是一个温暖的、不确定的印象，也不是鬼魂，但很接近。在我醒来之后，这个生物也和鬼魂一样几乎难以描述。早年间我和你的父亲说过这些梦，细细地解释了每一个。后来我就不说了。你的父亲对这个蛋并不感兴趣，也从未有过兴趣。对他而言，这不过是一件怪事，他听我说这些仅仅是为了迁就我而已。

你生长得极快。你整晚整晚地睡觉。你坐起来，挪动到可靠的地方，迈出最初的摇摇晃晃的步子。你发出一些声音，继而组成词汇。而蛋维持着原样。它没有长大也没有缩小，躺在法兰绒上，当大卡车驶过房子周围的时候偶尔晃动一下。但我无法劝说自己就这样放弃它，连续几个月地坚持给它每小时翻四次身。紧接着月变成了年。我伸长脊背俯向孵化器，轻声讲着故事，唱着快乐的歌；在生日和圣诞的时候我给你们一起拍照，把鞋盒包在圣诞装饰彩箔或者生日横幅里摇蹭作响，让它知道我们在庆祝，也能够从中得到一些快乐。假期我也不出门了。“没办法带上蛋啊。”我说，“我们不能把它独自留在这里，要是它突孵出来了怎么办？”

“它永远不会的。”你的父亲说。当你长大到可以享受游玩的乐趣时，他带你去欧洲迪士尼乐园。一整个漫长的周末，只有你们两个人。

我和蛋一起待在家里。看书，睡觉，希冀着你们不在的时候它会孵化，证明我不是随随便便抛下你们的。蛋没有孵化，我也从未出现在任何你最早的出游照片里。后来我同样地，缺席你无数记忆，运动节、爱丁堡旅行、乐高乐园、新学校家长之夜。没有别人会陪着那颗蛋。

你慢慢长大到可以组织出自己想说的句子。

“这不公平。”你一次又一次地说，“比起爱我你更爱那个蛋。”

“我没有。”我说，“它不过是更需要我罢了。它什么事都不会做。”

“我也需要你啊。”你说，但事实是，你并不需要。你几乎学会了自己做任何事情。至于其他的，你的父亲会帮你：系鞋带、约医生，诸如此类。一有问题你首先找他。看到你用吐司机，自己洗制服，甚至有时候给我们做晚饭，我很骄傲，同时全心地感到羞耻。

你那时才六岁，已经开始拒绝在拍照的时候站在蛋的旁边。

“它只是一个蛋。”你说，“不是一个真正的人。”尽管我告诉过你，你如何出生的故事：那时你的左手，温柔地抓着它。但你似乎并没有看到其中的奇迹，只看到怪异。

“求你了，”你会说，“求你能不能扔了它？”你的父亲也会在那儿看着我，好像我是个肥皂剧里的人物。那种人物总是说着“我没有问题，我随时可以停下的”，而确确实实地对酒精、海洛因或者外卖食品上瘾。

在最后，这颗蛋碎掉了。这并不算你的错。至少你父亲已经这样说过太多次，我都数不清了。你不过是在你的房间里玩，像平常男孩一样玩得越来越兴奋——你撞到了盒子，蛋掉出来在地上摔碎了。你并没有马上告诉我，而是等到我们都坐下准备吃晚饭的时候。

“妈妈对不起。”你说，“我把蛋打碎了，里面什么都没有。”

我尽力不在你面前哭出来。

你的父亲不让我惩罚你。罚你不能吃晚饭都不行。

“这是个意外。”他说。我看得出，他想笑。

过后，我去清理的时候发现，蛋里面并不是完全空的。在白色的当中，有那么一个红色的小斑点，像过曝照片里的一只眼睛，向上端详着我。那时我想到了你，被塞在我的体内，手里是一个蛋，蛋里是一只眼睛。一件宝贵的事物藏在另一件里面，就像俄罗斯套娃，就像我们所有人一样，隐秘地嵌套。

汤

在别的城镇，别的时候，我的外祖母可能会被当成一个女巫。但在现在的贝尔法特东部就不会。所有的老妇人都在厨房里操练炼金术，将自己精妙的魔法搅拌进水果长面包、煎饼以及表面零星散落着面粉的苏打面包里。

她们用友善的话语吸引受害者。“真让人难过。”她们说着，还会说：“你一定感觉很不好。”当悲剧一件接一件地发生的时候：“当然啦，屋漏偏逢连夜雨。”她们说出来的每个词都如此温柔，像包裹了滑石粉。但这些老人就是知道如何引诱你们的魂。大部分时候她们给人打电话，但有时候也会把一些行人直接逼到墙角：在乐购超市外面，在巴士站，在学校大门前——常常有一个孩子在旁边颤抖着哭嚎。他们对于软弱的人有极为精巧的判断力。

“哎呀就现在，”她们看到泪光开始泛出的时候会这么说，“快来，快进来。坐下呀。水壶烧着呢，刚刚烤的东西快好了。别介意没什么好东西，但是上帝他老人家吃茶的时候也喜欢有点甜的东西。”

于是，特百惠牌和家园牌的饼干罐头就会被端进来，罐头里铺上了没有实际用处的纸质小垫布和圣诞餐巾；被压扁的纸垫着薄片饼干和摆成圆形的黄油饼干，以及蝴蝶小面包——它们那细小的、烤饼做成的翅膀从黄油乳酪中高耸起来，就像是真的昆虫准备起飞的姿态。

“多吃点。”她们端着刚刚抛光过的茶壶从黑暗的门口现身的时候，会这么说。于是这个哭泣的可怜虫会开始吃，吃完再拿一次，甚至吃第三轮。在此之后她不会那么想哭了。她的嘴里塞太多东西了，根本没地儿可以哭。她的脑袋会因为突然摄入精制的糖而开始快速、精密地运转。

“感觉好点没？”她们会问，于是她会缓缓点头，尽量小心不在地毯上洒上饼干碎和椰子粉。接着她会站起来，跌跌撞撞地回家，手里攥着一盒倾注了善意的油酥点心。当悲伤再次袭来的时候，她就可以把自己浸没进去。

整个东部的存在都倚靠这些女人。每一个，都是某一类型的专家。这个老年女人的小麦制品能治愈悲伤。烘烤后融化欲滴的黄油可以削弱任何东西，包括真正的死亡的戾气。下一个女人的苹果挞对于孤独有奇效。在理想状态下，这挞应该是滚烫的，而且得浸泡在新鲜搅打出来的奶油里。另一个女人则会做一人份或者一家人分量的炖菜，她根据问题确实的大小程度来精密修改分量大小。炖菜真的非常好，浓且厚，还有着恰到好处的流动性。这样的一勺踏踏实实地停留在你的舌尖，只会让你感受到被温柔地爱着，没有其他。你甚至会感觉到心烧，但这种感受只在炖肉的滋味从你齿间逃走之后，才会出现。

怀疑与忧郁，没能拥有的孩子，拈花惹草的丈夫，这些问题都能被直接解决，假使不能至少也能被缓解。就靠着用正确的方式摄入正确的食物（而且摄入越多绝对越好）。

这些来自东部的老妇人们，默默地承担起治疗当地人所有疾病痛苦的责任。她们诊断，开药。假如需要介入，她们会挨门挨户地去拜访。这是她们的使命，从一个伊丽莎白／玛格丽特／苏珊，传到下一个。她们像是从同样的坚硬布料里剪出来的：圆润结实，臀部肥大，能够用一个几乎空掉的食品柜奇迹般地制作出食物。她们在厚奶油上缺斤少两吗？绝不敢！就算只是做一个蛋奶冻完全可以替代厚奶油的小松糕，也肯定不会发生这种事。她们对家庭烘焙的虔诚近乎宗教信仰，谁会明知故犯地偷工减料呢？

我的外祖母是她们所有人的女王。她专长做汤。她的冰柜又硬又满，几乎成了一整堵砖墙，里面全是灌了汤的小桶，它们本来是装人造奶油的。假如汤从这些塑料包装中倾倒出来，就会形成巨大的冰块，从橙色、绿色到泛泥色的米黄，汇集了蔬菜可能存在的各种颜色。在她的冰柜里除了汤没有其他任何东西，剩下的空间大不过夏天的一块树莓冰淇淋。这是由需求导向的。她早已准备好在东部的紧急事态——用汤可以解决的那种事态中尽好自己的职责了。她主要能够预见葬礼，但是预测一个小地震也不会超越她的应对范畴。

“能在朋友有需要的时候帮上他们是件好事。”她会说。这是非常善良的一种念头。多数还算正派的人将会回应：“确实是啊，凯瑟琳。这确实是啊。”点着头生怕别人听不到他们同意的声音。只要朋友有点事儿，我的外祖母就会忙得停不下来。她做的汤足够喂饱贝尔法特所有悲伤的灵魂。

“这是我最起码能做的事情了。”她会说，然后我就想回答：“不对，外婆，这不是。你最起码可以什么都不做啊，然后在圣诞的时候捐十美元给慈善协会就行了。”但我并没有这么说。我知道在汤这件事情上，外祖母根本控制不住自己。

她为受苦的朋友们特别制作一罐罐汤，指派我祖父载着满后备厢的萝卜香菜或者旧式汤来来去去。(守灵要浓汤，病痛要鸡汤，悲伤的人则需要颜色鲜亮快活的汤。我的外祖母有自己的规矩，她坚守着它们，除了汤，她从没有片刻地考虑过从那些罐头里倒出别的什么东西。)“小心开车。”她会对外公说，“转弯的时候慢点儿开。”汤很容易溅出来，而且它们的气味在车里很难消散。几天之后，空空的容器就回来了，干净如新，还经常带着一张纸条或者代表“谢谢”的糖果。外祖母从不给容器贴上自己名字“凯瑟琳·里奇”

的标签，尽管在东部这很常见。“当然啊，这不过是一个小塑料盒子。”她会说，“假如它回得来，它就会回来。假如它回不来，那么也会有别人因它受益。”

她离开家的时候，从不会忘记在手包里塞上一整个装得满满当当的热水瓶。那是个很大的手包，更像是一个大麻布袋，刚擦拭过一样干净，里面缝着为了让汤不倒出来的特制口袋。她会做极好的番茄奶油，还有极好的蘑菇奶油，小葱和土豆，西兰花和斯提尔顿干酪的也有（这算是她比较高级的食谱之一了，是从《女性领地》杂志上剪下来的。苍白加上薄荷绿的颜色，里面分布着更深的绿色颗粒物，闻起来像是在炉盘上烤了太久的人脚）。祖母每个工作日都会准备不同的汤，周末的话就做一整锅蔬菜浓汤，一整只鸡骨架在表面上下浮动，就像可怜动物的残肢漂浮在酸水里。

有时候她会搅拌，有时候她忍住不搅拌。

每个呷啜外祖母这一碗汤的人都会感受到不同的黏稠度。决定因素包括年龄、性别、消化不良的程度和有没有假牙，收受者有没有说过喜欢牙齿和胡萝卜硬碰硬的感觉（或者从未提到过这种恶心的事情），季节、天气以及是直接从马克杯里喝还是从一个普通的碗里舀出来喝，民族、社会经济背景和婚姻状况。

有时候她会搅拌。有时候她的汤里面还有很多块状物，因为搅拌机里面那块塑料小东西还在洗碗机里，而她根本懒得去把它捞出来。

外祖母分发她的汤时几乎是无法想象的慷慨。她会停下脚步和面露悲戚的陌生人说话，无论他们是在邮局排队还是只想在路堤上安安静静地遛狗。她太精明了，我的祖母，她不会傻傻地直接给人汤或者问一些明显的问题，例如“你看起来不开心啊。有什么我能帮上忙的吗？”而会说“天气真好呀”，或者“天气好差”，或者“这小狗狗什么品种呀？”她说话的那种感觉像是有个肩膀温柔地推着门，于是那个悲伤的人会说：“过会儿会下雨”，或者“午饭之前会放晴”，或者“这是只杰克罗素梗犬，对的。性格很可爱的小东西”。于是他们觉得必须停下脚步开始谈话。十分钟之后，他们就会发现自己坐在长椅上或者其他公共休息区，和我的祖母倾诉着他们不知道在现在这样一切都令人绝望的情况下，该如何继续一天天地起床面对，此时的他们往往泪水涟涟。

“你不懂。”他们会说，“就是太难了。”

我的外祖母总会这样回答：“你是对的。我不懂的。”因为她真的不理解。

外祖母是那种生下来就站得稳的女人。她没有经历过任何大的病痛，或者失去过任何特别重要的东西，也从未缺过食物或钱。她的双眼由于微笑太多而永远和六角手风琴一样褶皱着。每过一段时间外祖父都会说："她睡着的时候笑得像个傻子。"他暗示这跟在公共场合放屁一样是个恶劣的习惯。但他不过是在找茬。其实外祖母随时随地都讨人喜欢。外公完全知道。他每次想起住在那些隔壁或者对门的苦瓜脸老东西的时候，都会意识到自己太幸运了。"你外婆不是一般女人，"他会对我说，"她会做全东部最好的番茄汤。"这已是他浪漫的极限了。出生在那个特定的时代，他完全不会油嘴滑舌也不会送花，从未将外祖母揽到怀里说："凯瑟琳，你万里挑一。"每周五晚上他会为她带回一个特里牌香橙巧克力和一瓶柠檬红茶，假定这些东西能够代替他说些甜言蜜语。

我的外祖母无可抱怨。所以她是快乐的。

她无法对那些在邮局排队和在路堤上拖着自己的西高地小猎犬走路的悲伤灵魂感同身受，但是，她的确有同情心和大量的汤。"亲爱的，哦亲爱的"，她会说，"一切都好糟糕啊"，或者"我的心和你在一起"。对于那种处于特定年龄段的忧伤女性，她会像年长的牧师施与祝福那样，缓慢、温柔地上下轻拍她的手。但是对待年轻人或者男性时，她会谨慎一些，因为这个举动容易让他们产生误会。"我根本不敢想象你到底什么感觉，"她会说，"但你一定要坚持下去。"接着她就会在手包里翻找那瓶汤。

有时候陌生人拒绝她的汤（常常十分礼貌地用合适的

借口），在其他时候，他们会拿起热水瓶离开，把它已经缓和下来的热量贴近胸口，像抓紧一个装满滚热的水的瓶子。常识让他们不去猜想里面的东西，但是当温暖悄悄蔓延过他或她的衬衫，他们的肉体微微渗出汗水，这已经足够令人安慰了。这些人，虽然从没有完整地感受到外祖母的汤全部的好，却也留住了一些余味——他们意识到，原来自己还能接触到一些小小的、在可控范围内的善意。

有时，这个人太饿了，直接在公园长椅上或者公共场合的座椅上就打开了外祖母的热水瓶——盖子就像热水瓶口上的帽子，拿下来就是小小的白色马克杯——把里面柔滑的液体倒进去。蒸汽升腾，一团团如花椰菜的雾气。于是他们会想起童年时候那些简单的汤，鸡肉、番茄、蘑菇，在没有意识到的时候，他们已经开始向着杯口吹凉气了。光是这个简单的动作，已经能够让他们逃离现在所处的境地半英尺远，甚至两英尺。他们会把杯子举到唇边，感受汤水灵活滑过齿间和舌上，落入他们焦躁的咽喉后方，直至等候已久的腹腔。等太久了，为了那一点点的安慰。过后他们会觉得勇敢一点，但只有大约半个小时的效用，就是他们仍在外祖母给予他们的善意之汤的宇宙里徜徉的那段时间。他们将会得到从公共座椅站起来的力量，沿着卡斯尔雷街往下走回到自己的门前——所有的烦恼都在那里等待着。

外祖母的名字是凯瑟琳。大部分东贝尔法特的人都认她为那个“汤女士”。在街上偶遇的时候，他们绝不会错过她。

去年春天，我的外祖父因为心梗突然死去。透过厨房的窗子，外祖母看着他慢慢滑倒在割草机的后面，躺在草坪上。静止了，他整个人静止了，甚至都没有一根手指在抽动。她不必前去查看，她知道他死了。她没有哭，或者发出任何疯狂的悲恸的声音，而是像膝头上卧着的猫一样持续着自己的安静。她祷告。不出声地坐在客厅的角落，快速一页又一页地翻过家里的圣经，直到自己学会怎样像一个丧偶的女人一样闭嘴不语。这一切花了大约一个月的时间，而这中间她没再做汤。我们拼命催促、乞求，指向她那充满了所有可想象到的味道的冰柜，可她也绝不喝哪怕是一茶匙大小的一口。那一整个月，我的外祖母就靠着白味的饼干和洗碗水一样的茶活下来。她声称自己对任何味道更浓烈的东西都毫无胃口。

其他的女人带来很多食物：砂锅菜，水果长面包，还有新鲜出炉的、仍旧温热的慰问煎饼。我的外祖母礼貌地道谢。她等到这些好心人都离开，把礼物转赠给前来拜访的亲戚，或者储存在冷藏库里，等候着更饥饿的时光的到来。

第二个月的第一个早晨，她从自己用来悲伤的椅子上站起来去做汤。蔬菜浓汤，鸡肉奶油，番茄，小葱和大块的马铃薯，每个都是徒手削的皮。她的炉台上挤满了长柄汤锅，一个个冒着气泡，迸溅液体，像迸发的火山口。气味从这些汤锅里溢出，神圣的气息，像熏香一样，向着屋顶和更远的天空升腾。凝结的水汽让窗户起了雾，又在窗台上形成小水池。厨房工作台那厚达一英寸的外表层也崩裂开，水滴滴落到亚麻油地毡上。我的外祖母站在漫过拖鞋那么深的混乱当中，像耶稣在他的船里平息风浪一样举起右手，把所有的悲痛都搅进汤里。她用的是一把木制的汤勺。每个汤锅都有一把自己的汤勺。

悲恸会让一个好的东西变得苦涩，但是，在外祖母最后做的那些汤里，并不是苦涩在吵闹着争夺舌头的注意力。最上面一点是酸的番茄，下面柔滑的奶油和黄油煎过的蘑菇构成更温柔的味觉，等着接管一切。就像是两个时常歌唱的声线慢慢响起和声。像一只手温柔地滑进另一只，或者一种理解，或者接收者特别渴望的某些东西。这些汤由最原始和真诚的材料而来，是我的外祖母做过的最好的汤。

孩子们的孩子

他们依照安排在石头旁边相见，石头从一边看像一只兔子，而另一边像帝国大厦。她从未冒险踏入过北方的土地，只知道它像兔子。他对南方一无所知，自他有记忆起这块石头就是一座高楼。

她是最后一个，他也是。所有其他的年轻人都抱着成为美容师或者博士的念想去了大陆。他们两个是被留下的孩子，过于肥胖和虔诚以至于无法离开。他们不梦想着记住梦想，也不在野心中沉溺。假使有一天没有见到海洋他们就会感到自己的身体病了。他们所知的一切只有父母和祖父母度过的那些漫长平静的时光；上至太阳，下到牛群，在海里养育或者捕获那些带着光滑的腮和飞扑的鳍的生物，还有电视来满足海无法满足的欲望。

他们是被留下的孩子，在这样的时候被抛到一边。为了从北到南的整个岛屿，他们明天就会结婚。他们明白这件事的意义，能够想象明天晚上，音乐声中穿着华丽衣服的自己。但是当他们试想一个月后，一起喝茶，为一个陌生人铺床，能确认的不过是一些细节：鞋带、陶具，以及一个不熟悉的水池中救生圈牌肥皂的腐蚀性气味。

他们完全理解事态，但没有任何选择。这个安排不过是一个数学等式的结果；如果没有足够多的婴儿出生，很快岛上就没有人了，岛也不复存在。他们为了所有人包括自己而结婚。结婚之后会发生什么，几乎没有人想过。比如，他们要安顿在岛的哪一边，他们的孩子会和谁结婚，当每年圣诞准时降临之时，他们会在哪里吃圣诞晚餐。这些问题都没被考虑过。

这块石头标志着岛屿的正中，距离北岸大约是七英里的森林，到另一边则是七英里空地。岛长而褶皱，像一段刚刚被展开的小肠。冬天的时候，整个岛都被淹没，直到由夏入秋的时候才勉强干燥起来。每年它都要轻上十到二十英石，因为一个接一个，有时一对接一对的年轻人都赶上渡船去了大陆再也没有回来。日新的轻盈让岛屿的潮汐线在过去的十二年内上涨了三厘米。人们之前总把这多出来的砾石覆盖的沙滩归因于全球变暖。岛民们心情轻松，坚信在极地冰盖崩溃和整个世界下沉的时候，他们，也只有他们，在高处漂浮着。

岛民们是一个忠厚而壮实的种族，头发硬而翘，非常英俊。每个月中的一个周三，岛上会来一艘书船，给人们短期借阅名著经典，养育他们。他们居住在北边或者南边，就算是那些流离盘桓在中部的人们，比如还会用脚趾在篝火边试探的孩子们，都确切知晓自己把头枕在了中线的哪一边。在岛上你不是北方的就是南方的，不然的话你就算是已经离开这里去向了大陆。东方和西方从不在认知范围之内。在谈及地理的时候，这两个概念才会姗姗来迟，像两个左方括号一样不合逻辑。20 世纪 70 年代，有一次，东部海岸的半英里自己断裂开，漂去了兰萨罗特岛或者其他阳光灿烂的地方。没有人注意或者特别关心这件事，因为只要北部还是北部，南部最远处也还在岛民们的掌控范围内，其他方位的边缘根本不重要。

岛屿所有的孩子都是从同样的砂质泥土里长成的，每年抽芽，朝着同样一片树汁般灰色的天空成米成米地生长。他们说着同样的话，性情阴沉，醉心于那条缓慢流淌的河流，它始于北部，然后笨拙地穿过南部的田野和森林，追寻着没有母亲的海洋。下雨的时候——每天下雨——同样苦闷的云停留在他们尖尖的屋顶上、秋千架上和越野车上；也是同样的雨从岛屿淤泥厚布的腹部将懒了太久的萝卜诱骗出来，投入岛民的汤锅中。

人们一模一样，就像岛屿两头最平凡的铁锹一样齐整。对于现在还生活在这里的岛民来说，这些相似点闻所未闻、不可能存在。1973 年，一个年轻人来这里拍纪录片，差点被愤怒的岛民踩死。他一封接一封地寄信回家，声称生活在两边的人完全相同，而将岛屿分成两半，这样根本是太愚蠢了。岛民们去小水泊中照一下就会意识到自己和住在另一边的人区别有多小，但就算是这样，他们也做不到。对于自己多种多样的眉毛、独家的菜肴和专属自家后院的运动活动，他们太自豪了。光是一个来参观的大陆人随意说一句话，例如“你们岛上的人是不是都有这么好看的头发啊？”或者“你们岛上的用那种老方法造船都很厉害，是不是？”，都会让一个岛民因为过于愤慨而面色紫青。真正的南方人决不想被当成一个北方来的傻子，同样地，北方人也决不要展示出任何和南方有关的习惯甚至发型。

当她走近石头的时候她认出了他。他比照片里看起来矮一些，但是胡子，以及那对同样狂怒的眉毛是一样的。假使她没有记错，他穿着的这件褪色的马球衫，和照片上的是同一件。

在这之前他从未见过她，本人或是照片。但她站立在布满树木、石头和颤抖的绵羊的田野间，只有这一个女人，所以他理所当然地假定这就是他的妻子。

“你是她吗？”他问。

她点了点头。她的帽子在额头上略微向上爬了一点，像一团奶油停留在皇冠的顶部。她已经够好看了，像当地电视上的女人，不过不是会出现在电影里的那种。

“你是他吗？”她问。

“我当然是。”他答道。他的声音全从鼻子里压滤出来，听起来和他的米奇叔叔完全一样。在她奶奶的葬礼上，她还是个孩子时候，曾在电话里听过这个声音一次。

“我买了三明治。”她说。他思忖着在岛的另一边，他们是不是也往三明治里面加一样的东西。

他曾听他的兄弟保罗——他现在住在大陆了——说在南部人们会用蛋黄酱涂满三明治吐司。不过这可能只是人们的谣传。自从岛屿一分为二，像两页书分开，各种故事在界线来回潜爬：北部人把家里的老人和鸡群养在一起，南部的人们不相信牙医或者牙刷的作用，以及北部至今没有卫星电视甚至微波炉。他们都是孩子的时候，就悄悄在中心空地上传递着这些谣言，捂嘴低声交头接耳。上学之后，他们不再在乎这些鬼话。学校在中心空地的一角，是一个活动房屋，带不大不小的厕所以及书架最顶上的一整套百科全书，皮制封面下不断鼓吹着理性。考虑到类似马丁·路德·金、黑廷斯战役以及犹太大屠杀这样的确切历史事实，人们现在居然相信那样毫无意义的推测，简直是荒谬。但这些谣言实在太有趣了，真的无法完全放任不听。

“给，”她说，“吃点火腿三明治。”她为他剥开锡纸，把裸露出来的三明治递过界线。他们坐到草上。她在她这边；

他在他那边。他把两片面包压紧，蛋黄酱从吐司的硬边中渗出。

“三明治里有蛋黄酱。”他大叫，“你们南边的是不是疯了？”

“你们光会说没用的，然后你们在茶里加红酱。这是我听过最恶心的事了。”

“我们不这样。”但是没有茶壶，他并无法证实自己的说法。

他们静静地吃三明治。蛋黄酱让他似乎要呕吐，但他不想在结婚之前就让她反感。她看着他吃。唾液沾在他的嘴角，像是布谷鸟吐出的泡沫，随着他每次咬下的动作铺展开，这让她反胃。她对于带着如此动物性热情进食的人并不习惯，但是她努力不盯着看。结婚之后她会慢慢习惯他的行为方式，开始教他文明人是怎样处理餐桌礼仪的。

“那么，你真打算好这么做了？”他问。

“我觉得是吧。”

“对以后怎么样算是满意？”

“我相信你和我是一样的情况。我一直就打算着找一个岛民结婚。”

“没得选了吧现在？”

“你在说我丑吗？”

“当然没有啊宝贝。你当然不是岛上最丑的女人。只是，我觉得假如不是我们自己那边没人可选了，我们也不会这么做。”

“……根本没有别人了。”

“这还是为我们的岛好是不是？我们还是得为老一辈做那么一点点牺牲吧。”

“是啊，他们不就是总把我们放在第一位吗？”

他们滔滔不绝地谈了起来，先是他，接着是她，知无不尽地描述许许多多发生在他们各自那边的新奇事：北部高耸的树木和南部有七个手指的男人，她那边五种不同的麦芽啤酒和他那边完全不同但一样烈的五种生啤。

他的声音就像是一场能够对抗无聊的陆地上的庆典。她发现自己的前臂起了一层鸡皮疙瘩，恐慌不安又激动不已。

而她的声音像一声枪响，遥远缥缈，没有什么威胁性。

正当他们几乎已经准备好跨越界线，跳过牧师教堂那一套，直接步入婚姻的种种美好之时，未知的未来像个闷屁一样溜了进来。

“今后我们住在你那边还是我这边？”他问道。她扮出一副施恩的姿态，为了她丈夫的血统，主动要求去北方。（这多少是个谎言，以甜蜜的方式说出，却掩盖了她自己的欲望，她生平第一次渴望生活在树下，身边跑窜着狐狸、陪伴着歌唱的人们。）而他则以自己的谎言去应对她的。他声称愿意搬到南部去，首先是为了他妻子好，其次是为了那空旷的土地、新鲜的牛奶和充足的晨光。

他们无法决定到底去哪边，因为只要有人踏入一边，整片土地就会改变形状。距离举办婚礼的日子还有十分钟时，他们意识到，小岛向他们索求的已远超过他们的掌控。

“如果同时搬到北部，我们就会打破平衡，让整个岛倾覆到海里”，在边界线上，他冷漠地握着她的小手，这样解释道。

“但如果我们都在南部定居，小岛就会向另一边倾倒”，她哭道，“更别说等我们有了孩子之后了。”

“我们加起来的重量将会毁掉一切。”

他们松开相握的手，就像一条老旧项链的两端，断开了。她盘腿坐在南部，而他则凝视着熹微晨光降落在大石头的北面。他们没入一片虔敬的静默里，思忖着自己是否足够热爱这片岛屿，以至于可以既不去北边也不去南边，既不做异乡客也不做故乡人，而是勇敢地开拓一个全新的方向，在一切的中间，达成一个如发丝状裂缝一样微妙的平衡。

她感受到它急迫的牵引，一路唱着歌爬向高处的抓手，扎进不同的电线，通过机器的电路，降落到她的臂弯，再进入她凹陷的腹部。在那里，她等待着这样的歌唱，经年累月。

游戏机

撰文　凯丽·哈德森（Kerry Hudson）

译者　余烈

“你要这个还是那个？”他问道。

她抬手指向那个游戏机箱，里面尽是些看起来像儿童电影角色的软绵绵的玩具。

“那个。”她说，尽管她根本不在乎他们到底在玩哪一台游戏机，只要够嘈杂，只要能让他闭嘴。

娱乐场的天顶覆盖了他们的声音，这里类似一个大教堂，一个充满了色彩、光线和闪烁光芒的神圣的所在，那种五颜六色的光芒。这里有全部的幸福。有年轻人活动发出的噪音和投币机器发出的“铿锵”声，迪斯科音乐的鼓点，旋转木马“嘎吱”作响，还有时不时的广播通知，含混不清，仿佛是从水底传来的声音。她的鼻腔里还留存着爆米花、焦糖、带盐味的空气和衣帽间汗水的味道。

对她来说，每一种高分贝的噪声都俨然一种剧烈的压力。音乐。小眼睛般闪烁的灯光。所有这些用之不竭的光鲜。她感到疲惫不堪。

“确定你想玩那个，莎拉？”他问道，“玩这个奖品丰厚。”

“不一样的泰迪熊吗？”她问。

“不，是手表和电子产品。自己看看。我想那边应该是有一台游戏机。”

她走过去，脸庞抵住游戏机的玻璃。玻璃不冷也不热，尽管她已经做好了触“冰”的心理准备。他站在她身旁，就像一个丈夫应该有的样子，手臂环绕着她的双肩。手就那样挂着，沉重得像一块生肉。这个姿势看不出任何意图，同样也缺乏耐心。

“看，”他说着，用空出来的那只手敲了敲玻璃，“我可以给你赢一个回来。你喜欢那个吗，亲爱的？”他总是想要给她点什么：咖啡，背部按摩，港口的周末度假。她则把这理解为一种道歉的方式。

越过他敲玻璃的手，再越过玻璃和闪烁的灯光，她看了过去。机器里面是成堆的 iPod，亚马逊礼品卡，还有毛茸茸的、腰部用弹力带绑着一张二十镑纸币的泰迪熊。这个机器里的东西普通人都渴望拥有。她见过，在电视广告里和诊所的杂志上。她一个也不想要。

“我们就盯住第一台吧，”她说，“我真的什么玩意儿都不需要。”

他叹了口气，刻意想让她听见。他的胳膊从她的肩膀滑落，挂在了他自己的腰带环扣上。他把身体斜向一边。每当他不想待在一个地方但是又无法离开的时候，他就会这样站着：在高档精品店，在教堂，圣诞节在她妹妹家的客厅。他想让她意识到，他一直在努力，意识到，她这边也需要努力一把。她已经努力了。她如今勉强只能让自己早上去为他倒杯咖啡。

她离开那些 iPod，注意力开始转向第二台机。一些黄色的小东西在游戏机里面如雪崩般地坠落，迫切地躲避着抓手。她记不起来这些小东西叫什么名字，它们发出的尖锐噪音就像空气压迫着膨胀的气球颈部。她斜着身体，以便能看得更清楚一些。这让她额头上的脂粉在玻璃上留下了一个桃色的毛茸茸的圆圈。

她不想擦掉，尽管只是举手之劳——她的毛衣袖口处塞着一片纸巾。海滩上的悲伤依然潮湿不已。在酒店的手提箱里有一整盒纸巾，昂贵的那种，浸满香脂。她早就知道会很悲伤。总是如此，甚至在假期也是如此。

“周末出门散散心应该会好起来。”他这么说着，同时把所有问题都带在了身边：口袋里，指甲底下，拉链箱子里，紧挨着洗漱包的地方。在酒店房间里，他们发现了足以放下所有行李的抽屉，能装得下所有无法折叠的衣物的衣柜。他们只待一个周末而已，但他坚持打开了所有的行李。

“换个环境就跟休假一样。”他这样说着，一边收拢和整理他们的那些垃圾。她坐在床边看着他，束手无策。

鞋子、毛衣、特殊内衣，女用剃毛刀、男用剃须刀，发梳、牙刷、旅行用洗漱包。当他把那些小小的瓶瓶罐罐在盥洗池边一字排开的时候，会大声读出标签上的文字。每当他感觉紧张的时候他喜欢念出任何他见到的单词——道路指示牌，标签，报纸标题——每一个在干巴巴的沉默中无限膨大的字符。“Timotei.Vosene.Radox.Colgate”，这些可能是外国小孩的名字，他思忖着，最有可能的是德国，也可能是希腊。他想告诉她这些，但他没有这么做。任何关于孩子的话题都可能刺伤她，尽管她很有可能觉得这个时候提到这个话题很有意思，就像他们在Facebook上看到毛发极多的婴儿时会一起大笑，笑到最后只剩下令人窒息的安静。他已经完全不了解她了。

他早已决定什么也不说，反正说了也是白说。他把箱子放在床底她看不到的地方，这样她也就不打算离开了。随后，他们像两条铁轨一样沿着对方并排躺下，醒来时才发现夜里所有的东西都散落一地。他们随身携带的所有物件都在地板上胡乱摆放，像一个个岛屿，或者小小的圣坛。她不想下床。她说只要一落脚，就会破坏什么东西。即使这样他依然对她保持沉默。他在她的手提包里摸索着纸巾。

吃早餐的时候，他什么也不说。沿着三公里的海岸线人行道散步的时候，什么也不说。在拉莫角[1]，大风呼啸着穿透他们的滑雪帽的时候，什么也不说。或者是在咖啡馆，透过热气腾腾的蔬菜浓汤，什么也不说。不说。不说。不说。随之而来的是某种意义上的崩溃，在东线[2]的海滩上。

她永远也搞不清楚，为什么他非要挑海滩去聊天。曾经，她特别钟爱这个海滩边铺满卵石的峭壁，长长的沙滩绕着海湾，像高高挑起的眉毛。如今，对她来说，海滩已是废墟，永远挥之不去的是他如何用双脚旋进沙子，站定，以抵抗想要逃离的冲动。

那时他到底在想什么？他应该已经下定了决心，在酒店房间里，或者是昨晚，在餐厅里，烛光似乎也在点头赞许他的勇气。海滩往往不是适合向前看的地方，大海在背后来来去去，承诺，一再地承诺，却从不兑现。

“够了。”他说。

“我们不能永远这样尝试下去。”他又说。

“也许该是放弃的时候了。”她试着要说出一个“不”字，却像被头痛药片堵住了喉咙，不上不下。接着泪水漫到她的鼻腔、眼眶，还有脸颊上——尽管这也可能是海浪

1 Ramore Head，是波特拉什（Portrush）的一处岩石海角。波特拉什，位于北爱尔兰安特里姆郡，是一个海边小镇，拥有几个优质海滩常年招徕大量游客。

2 East Strand，通常指的是 Portrush-East Strand，位于波特拉什东部的一条海岸线，也是一条休闲的行游线路。

的水雾——就是如此，她的悲伤显而易见，根本无需再说，“不，别停下！”他心里有数。随之而来的是一阵短暂的沉默，他们既不知道该说什么，也不知道该如何和善地触碰对方。所以，他们什么也没做。终于，潮汐远远地奔袭而来，追赶着他们跑上海滩直到进入游戏大厅，才得以避开这场雨水。

“我们玩一会投币机吧？”他说，“很有意思的。”

“好啊，反正都到这儿了。”她答道。跟别人一起捣鼓，换换口味，总归容易些吧。

他们玩起了双人机，柠檬黄的小脑袋不停旋转的水果机和有着老式操作台的几种射击游戏。他们花光了十镑的零钱。他对自己和她努力挤出笑容。尽管一点也不饿，他们还是吃了一根棉花糖。两个人分享同一片甜蜜的云。他举着棍子，让她捏下糖块塞进嘴里，享受那些粉色绒块在齿间结晶时发出的嘎吱声响。

他们都没有去追问这样共享一根棉花糖的时刻或者机智，意味着什么。

就好像他们依然很幸福，而海滩上也从未发生过什么，尽管每当她从他身后眺望，越过他的肩头，她依然能够看到海滩穿透游戏大厅的窗户，闪耀着金光。

最后，他们来到了这个夹娃娃机前。眼下，他们正在不同的机箱前举棋不定。两人离得很近，他的身子正斜向背离她的那个方向。但你依然可以看出来他们是“一对”。在游戏大厅里玩投币机的很多情侣就像他们一样，唯一不同的是高一点，胖一点，抑或带着德里[1]口音。这也是情侣们周末的消遣。在所有的游戏机中，夹娃娃机是她的最爱。她了解这种游戏机如何运转：拿得多，给得少。

“我要去赢一个回来。”她指着那个有很多黄色小东西翻着筋斗的机箱说。

“我去给你抓一个，莎拉。”他说。

“不，我自己来。这个是我的。”

他不喜欢这样，他想成为给予她的那个人：夹娃娃机里的黄色小东西，一栋两层楼的房子，还有一个孩子，有他的一部分，也有她的一部分。因为他是个男人。因为他不知道怎么说出口：“现在这样我已经够幸福了。”因为他知道她不是。

“我看中了那个。”她说，手指着最靠近顶端的那一团不可名状的黄色。他给了她二十便士。这根本不算什么钱。

他的手在口袋里夹着那些零钱，祈祷着她能开口管他多要一些，一镑，一百镑，献一个肾，甚至献两个肾，只要能满足她，没有什么是他不愿意给她的。他打算好了整

---

1 Derry，是北爱尔兰的第二大城市（实际名称是 Londonderry，爱尔兰人倾向叫 Derry），也是最古老的城市，德里的居民一般拥有浓厚的北爱尔兰口音。

个下午都要站在这里，用完手里这二十张零碎的便士，直到她赢点什么回来。只要她愿意，她可以玩到他破产。他感觉到了一丝牺牲的悲壮。她没有谢谢他，哪怕是为了那些硬币。这种无视让他高兴。愤怒是一种坚硬的东西，很难啃，比失败尖锐得多。

她把硬币滑入投币机。游戏机唱着，“Blinketty, clinketty, beep, beep, beep”，是麦当娜一首老歌的电脑拟音版本。尽管他的发音很奇怪，但还是低声哼唱了起来，听着像孩子的声音。

她抓住操纵杆，轻轻攥在手里，仿佛那些是餐具，一只手拿一个。右边的控制上下，左边的负责左右。中间那个得意的红色按钮掌握着抓和放。她不得不用大拇指来操作。如果她全力以赴，就可以够着了。

现在她一脸专注驾驶的表情：全神贯注，弯腰躬背，整个身体向前的角度就好像随时准备抵达目的地，哪怕她还没出发。每当她这样的时候，他就束手无策。

“有我呢，如果你需要任何帮助的话。”他说道。

她没有回复，甚至连眼睛都没眨一下。在这种情况下，他就好像只是一名乘客。

兴许他可以撞她一下。但他知道自己绝对不会这样做。为了确保这一点，他把双手硬塞进口袋。

为了平衡和支撑自己，她把头抵靠在玻璃上，在距离第一个化妆品印记几英寸的地方留下了第二个。她的一部分，比如指纹，现在已经跟这个机器融为一体，但没那么罗曼蒂克。她甚至没有用纸巾擦除痕迹的打算。又一个被忽略的印记而已。她让自己的眼睛放松下来。她的眼里只有那一堆黄色的东西。她一点不在乎留下了什么印记。

他背上的印记是昨晚留下的。今天早晨当他坐在酒店床边的时候，她注意到了这些。T 恤从他的双肩滑落，一直往下，往下，往下，就像一块罗马帘[1]。她没有去触碰那些印记，尽管她知道那一定是她指甲的形状和划痕。

当他们不断地尝试，就像昨晚那样，她时常用力撕扯他，一下一下地，掐进去，抠出来。她无法控制自己的双手表露自己的内心多么渴望这样做。这样的举动会让他们显得恰如其分，（恰如其分的情侣，恰如其分的家庭，恰如其分的圣诞节，就像电影里演的那样）。事情绝难遂愿，但他们一直在努力尝试。这些印记提醒着她，他们有多努力。当她看到这些印记在他背上一行一行往下排布，她就想到囚犯在墙上划掉的正字。这感觉不坏，类似锻炼之后的疲累，竭尽全力之后的那种。她已竭尽了全力。她不是想要停下来的那个人。她身上也有很多印记，一件 T 恤遮盖不住。

---

1 Roman blind，窗帘装饰中的一种，将面料中贯穿横杆，使面料显得硬挺而有层次，多用于酒店、咖啡厅、宴会厅等娱乐场所。

机器哐当的声音闯入她的世界，抓手带着贪婪的意图在导轨上滑动。它有四个廉价铝合金材质的耙叉，就是常用来做女士手包搭扣的那种材料。它看上去很邪恶。它并不朝着她希望的方向前进。那些杆子在她手里变得极度敏感，轻微抖动的一根眼睫毛都会被传导成机箱内突然倾斜的十英寸。抓手战栗着，如同阿尔卑斯缆车一样摇晃。停下。启动。它像关节炎患者一样沿着轨道移动，同时在那满坑满谷的小精灵里面翻犁，让最顶上的那一个从顶点处滚落下来。

“就像爆裂的蛋黄[1]。”她想，一边盯着那道流动的黄色。她的胃部起起伏伏。她早已不再吃鸡蛋了。料理一个鸡蛋的想法都会让她觉得恶心。

哪怕被搅得稀巴烂，她也能看得到一只鸡蛋本来可以长成什么样子并为此深感惊惧：那些半成型的双翼、喙和线条一样细长的腿撞进油锅里发出嘶嘶的声响。她已经几年都没有吃过一颗鸡蛋了。她甚至不允许他的嘴在吃过一顿有煎鸡蛋的早餐之后靠近她的嘴。

眼下，那一片黄色之中出现了一个洞，看得出来黄色后面隐藏的是粉色。她的双眼捕捉到了什么。他也看见了，

---

1 原文为“Like a burst yoke”，yoke 意为“轭”，无其他意义。联系上下文对厌恶蛋黄的描述，此处应是“Like a burst yolk（蛋黄）”。Yolk 与 Yoke 同音，应是笔误。

斜靠过来想看清楚一些。说它是粉色也不完全对，更像是绯红色或者绵白色的融化了的奶油：一种未经加工的香肠的颜色。或者生肉。

“那是什么？”他问。

“我不知道。”她说。

她清楚地知道那是什么。

她感受到它急迫的牵引，一路唱着歌爬向高处的抓手，扎进不同的电线，通过机器的电路，降落到她的臂弯，再进入她凹陷的腹部。在那里，她等待着这样的歌唱，经年累月。她感受到三个月孕期时每天早晨的那种呕吐感，此时一个简单的吞咽就可能让它冲上咽喉。她很想知道胃里的那些水是不是会冲出身体，在游乐场长廊的地板上形成一个水塘。人们会认为那是她的小便。清洁工会过来用拖把拖干净这些水，仿佛只是普普通通的水，或者洒掉的七喜汽水。他们理解不了这个奇迹。不是吗？

“是个婴儿吗？”他问道，她根本没有时间开口回答“是的，是个婴儿。这是我见过的最小的，最不像样的婴儿，但是无论如何我要了。”因为她的拇指已经先行一步，按下了红色按钮。

抓手在降落，那孩子来了，一时间摇摇晃晃如同中世纪画幅中悬在云中的圣婴。孩子被拦腰夹住，它的脑袋朝向外面的玻璃，这样她能看清它兴奋的小脸蛋，它的双拳像两颗蜷曲的胡桃，它的双眼，也许，很有可能——她宁愿用“肯定”这个字眼——像她父亲的眼神一样穿透玻璃。孩子掉落下来，就在即将坠地的那一瞬间，一种纯粹的幸运或者某种直觉左右着她躬身抓住了它。她双手捧着孩子，就像从水槽里捧起来的水。它很漂亮。这是她触摸过的最幸运的事物。

“我们得把它放回去，”他说，“我们不能留着它。”

“但这就是我们一直想要的，所有。”她说。

她小心翼翼地说着“我们”而不是“我”，尽管她此时此刻脑子里只有她和这个孩子。她打算叫她玛丽，取她刚去世的姨妈的名字，当然也是圣母玛利亚的名字，因为她就是奇迹。

“我也想，”他说，“但不是像这样。”

最终他还是会回心转意的，她想。他以前就是这样接纳墙纸和一楼浴室的。最终他会承认，这孩子蓝色的水汪汪的眼睛就是她父亲对他们的祈佑。而他也会高高兴兴地说着“你的”，然后变成“我们的”，然后有一天，可能就是，“我的”，就像她想要的每一件事的大结局。

站在她身边，他却在想，如果让他来操作这台机器的话，整件事会有多大的不同，会在多大程度上更能让他接受。

“Blinketty, clinketty, beep, beep, beep,”夹娃娃机依然在唱着。这是这个世界给予这个婴儿的第一种声音，不算特别令人愉快，古典一些的可能更好，但这孩子却不哭了。在这寻常的氛围中，他放松了下来。

在他们头顶的高处，灯光闪出红色，黄色和蓝色，迪斯科用得上的所有色彩。这里有年轻人活动的嘈杂声。这里有的是光鲜和所有的耻辱。随时都会有人放声歌唱。

再一次地，她并不是他真正的妻子。或者，至少现在还不是。她环顾房间里的女人，想知道还有多少人一开始也是如此，确信自己只是暂时待在这个世界，就好像一次野餐或者中途停靠。

涓滴

撰文　内德·鲍曼（Ned Beauman）
译者　林蓓蓓

显然，沙拉器要五周后才发货，吉尔甚至不知道那时她是否还在纽约。布雷特在和他的通讯主管打电话，草拟着另一条推文,关于他那个受伤的雇佣兵。晚上有筹款活动，他们都已经换好衣服，车子正在楼下等着。他们需要立即出门，否则就要迟到了。她想，订不订这台沙拉器，可能在某些程度上，左右着她是否要留在纽约，而不是正好相反。接下来的几年，她要么会在纽约，要么会在明尼阿波里斯市醒来，明白她的整个生命历程都归因于这个沙拉器，虽然她还没法用具体的语汇形容这东西的确切功能。但是，如果她因为沙拉器而做决定，那么至少她做了决定，终于。

“我们应该出发了吧，宝贝？”布雷特说。

“是的，我准备好了。”吉尔说。

不过，他只是接着聊电话，并没有离开沙发。

他的通讯主管帮他构思了一条推文，尽可能抽象地提到索马里事件。布雷特想要展示他在这件事上有一种成熟、可信、沉着的态度，但他不想再进一步表态，也不想和马蒂·奥斯多公开争辩。巴哈希森林传来最新消息，突击队员腿上的枪伤并不致命，但他还在奥斯多的控制之下，如果没有得到恰当的护理，就会有感染的风险。作为 Inputs.org 的董事会成员，布雷特和奥斯多都要出席今晚的宴会，不过布雷特确定奥斯多没有脸面出现。吉尔想，如果数月前她就把自己的命运交由沙拉器决定，或许就不至于落得这种境地，让这个东西成为她生命的一部分。

布雷特结束对话。"宝贝，我们真的该出发了，"他说，"我们的车子就在楼下等着。"

"我早就准备好了，随你时间。"

但是，再一次，他没有起身，也没有放下手中的电话。

当初，布雷特告诉她，他想在世界上做一些真正的好事，她当时已经尽可能地阻止他。你已经做得很好了，她告诉他，你有 app。这个 app 能让人们走到一起。她知道他想要那样，因为他自己总是说起。第一次在 Inputs.org 早餐会见到奥斯多（对冲基金经理，她知道他的名字，是因为他最近赢了对克里斯蒂牵涉巴斯奎特伪作的诉讼案）后，他就说了这个想法。那家伙做的事没有社会效用，布雷特在那天晚餐的时候向她抱怨，他的资本净值超过十亿，皮纳图让人们走到一起，可我的净资产只有五千万上下。考虑到自由市场的偏差性，布雷特有时会真心认可占领运动。

她已经尽最大努力劝阻他，因为她知道他不会满足于区区的慈善。他会想用每块钱榨取出世界的更多好处，多过之前的所有人，按照他个人对“好”和“世界”的理解进行衡量。结果会怎样？她担心，不管他想出什么点子，她都会在某一天读到它，并心想，天哪，我以前真的和那家伙约会，我是说我以前真的选择和那家伙约会。余生，他的名字都会与她的履历如影随形。对此，她无能为力，还要维持自我形象。她甚至没有想过，当这情况发生时，她可能还在继续和他约会。

但是接着，那些护士出事了，她们在摩加迪沙一家医院接受护理性侵幸存者的培训，回来的路上，八人遭到绑架。当她们的小客车被手持 AK-47S 的男人逼离道路时，她们距离自己的家乡吉利卜只有几英里。仅有一个护士成功逃脱，之后这些男人被确认是一个青年党分支组织的成员。其他七人极可能被往南带到巴哈希森林。在这里，绑架从不是什么新闻，这次得到关注是因为一位美国制片人认识这些女人，他曾为医院的这个培训项目拍摄纪录片。他前往绑架地点，和逃脱的护士拍了一些镜头，发布了一段二十分钟的宣传视频，观看者几乎都落下泪来。一位拥有一千五百万 Facebook 粉丝的女演员在她的官网上分享了这段视频，之后，视频疯狂传播。

碰巧也是这位女演员在她的电邮简报上推荐沙拉器，

使得这款沙拉器暂时缺货。如果吉尔决定搬到明尼阿波里斯市，光修改邮寄地址是不够的，出于安全原因，亚马逊会要求她重新输入信用卡信息，可她没有布雷特的信用卡，她只知道密码。她觉得，只有钱多到发疯的人才会花 160 美元买个沙拉器。她一开始注册这个女演员的电邮简报是想表示讽刺，但沙拉器已经是她在这上面的直接推荐里购买的第三还是第四样产品了。她想要沙拉器，因为她觉得这可以让她多吃沙拉，而且，如果她决定搬离纽约，那么这就是订这款产品没有意义的另一个原因。在明尼阿波里斯市，她不需要一个昂贵的沙拉器让她多吃沙拉。在明尼阿波里斯市，她会喜欢吃沙拉，因为她的身体不会因为某些原始的应激反应而一直渴求卡路里。

她意识到，她需要的是一个信号。不是出于迷信，而是为了给自己，也给别人一个说法——那就是我离开的原因，或者，那就是我留下的原因。这个信号应该简洁、适度。不能像沙拉器那么点儿大，也不能像惰性、疲累或绝望那样厚重、拖延、扩散。

“该死！”布雷特说。“该死！”

“什么？”

但他没有回答。

像往常一样，复式公寓的无线扬声系统正在播放互联网广播，一眼望不到头的播放列表是算法根据布雷特的偏好生成的。问题是，布雷特实际上没有偏好，所以他从未给算法下过任何指示，吉尔相信它完全是出于虚无主义做了一些选择，就像一个没有父亲的少年。她非常讨厌算法，如果一定要有背景噪声，她宁愿选择有线新闻。布雷特不可理喻地爱着有线新闻，有线新闻上的一次讨论给了他关于“皮纳图良知”的灵感。

这事发生的时候，他俩就坐在那儿，位置完全一样：他在沙发上拿着电话，她在桌子边看着电脑。她没有购物，她让自己沉浸在明尼阿波里斯市的虚拟现实体验中，也就是说，在一个页面上和住在那里的朋友莱西用 gchat 聊天，在另一个页面上浏览着房源表，包括单人卧室、艺术工作室和起居工作空间——莱西将这称为“房租色情片”，因为这类价位在纽约只够支付一半的空间，她比较着房源列表上的数字，发出无声的、渴望的呻吟。电视上，一位防务分析人员断言，这个青年党分支组织非常原始、毫无组织可言，世界上任何一支主要军队的任何一个经过训练的反恐部队，都能够飞往索马里并在数小时内完成营救任务，释放护士，并将持枪匪徒移交索马里武装部队。这过程可能根本不费一枪一弹。问题在于，除了联合国之外，没人愿意介入那块世界。“嘿，”布雷特对她说，“你觉得从，譬如说，波斯尼亚，雇二十个特种兵要花多少钱？”

布雷特已经从名为皮纳图的 app 赚了他那五千万上下

的资产。这是一款“闪电社交活动”app，它鼓励人们在某个地点紧急集合，可以是某个特定的运动酒吧或汉堡店或巧克力商店或喜剧俱乐部或美术馆。他们不一定会拿到折扣，但是如果足够的人“点击皮纳图”，也就是说在该地点用自拍把他们自己标记出来，“糖果”会“从皮纳图中掉落”，这意味着会赠送某种免费礼物。皮纳图用户会在个人主页上展示代表他们“成就”的“奖品”，特别是在“皮纳图聚会”上“交的那些新朋友”。吉尔从未用过皮纳图；在布鲁克林，她也从没听过有人用这款app。但它在她眼中的那些二线城市，譬如西雅图和费城，对了，还有明尼阿波里斯市，已经变得极为流行。

在布雷特看到索马里绑架案新闻的次日，他和他的开发人员组建了一个名为“皮纳图良心”的网站。他和毕业于纽约大学的朋友克里斯在Skype上聊天，克里斯现在在石油公司做风险咨询师。布雷特得知，只需要花费三十万美元，就可以雇佣并装备二十名前智利突击队员和两名医护人员去索马里执行一周的任务。去年，一个制造出带内置充电搅拌器的饮料冷却机的发明家，在众筹平台上筹得的款项，大约是这笔雇佣费的四十倍。布雷特考虑过自己掏钱，但是他觉得“每个人下注”的“参与和成长”很重要。他没有时间将“皮纳图良心”注册为慈善基金，所以他在卢森堡为它开立了一个银行账户。接着，他向所有的皮纳图用户发送了一条关于“皮纳图良心”的提醒——如果点击这个皮纳图，在限定时间之内捐款，他们就能够帮忙营救这八名护士，并为自己的个人主页赢得一个特殊的一次性奖品。

十分钟内，“皮纳图良心”就筹到了很多款项，不只是前智利突击队员，布雷特现在还能雇佣前尼泊尔特种兵，后者声誉更高，至少克里斯是这么说的。他在博客上公布了整个计划，这对于一次特种部队人质救援任务来说有点另类。但是这支伊斯兰青年党分支组织由于一些信仰层面的原因拒绝接触网络，即便他们发现特种兵要过去，也做不了什么有用的事，因为他们没有在森林中增强营地防御工事的真正方法。早些时候，吉尔曾一度深陷其中，怀疑自己是否太过愤世嫉俗，或许“皮纳图良心”并不是那么糟糕的想法。

“现在奥斯多在发推特。”布雷特说。他们正穿着晚礼服坐在那里，肯定要迟到了，除非一路交通顺畅。“他以前甚至没有账号。他刚开始做这个。多糟糕的混蛋。”

马蒂·奥斯多也被那八名护士的困境触动。他已经决定，不仅要解救那些女人，还要确保这类事情不会在朱巴谷重演。一个新闻网站估算他本人已经花了大约四千万美元的资产，部署了一支小型私人军队去索马里三个月，目标是永久铲除青年党及其全部分支组织：六百个人签约，主要是南非人，不仅有步兵和医护工作者，还有空中支援力量、情报机构、工程师、后勤和外交人员。但是，这个估算并没有记录在案的信息来源。奥斯多连一篇新闻报道都没发布。早期那些关于朱巴谷神秘外国军队运动的谣言，从未出现在西方媒体上，确实出现的是一段匿名发布的二十三秒视频，来自恰好位于库比约村外的奥斯多指挥中心。视频显示，一个南亚士兵，左腿的迷彩服浸透鲜血，被两名高加索士兵搬到一顶帐篷里，而其他人则在讥笑嘲弄。目前知道的细节还不多，但最有可能的情况是布雷特的尼泊尔特种兵在进入巴哈希森林的路上，运气非常不好地突袭了一支奥斯多侦察队，他们在那里短暂交火。

“布雷特——”

“是，好，我知道。”他说，好像她已经打断他二十次了。他起身，所以她也站了起来。她既没有下单订购沙拉器，也没有把它从购物车移除。她好奇这东西是否正在横渡太平洋的集装箱货运船上，或者根本还没开始组装。也许它根本不是一个将要左右她关于明尼阿波里斯市决定的真正沙拉器，而仅仅是一个虚拟沙拉器，尽管模糊不清且从未存在过，却被毕恭毕敬地纳入考虑，就像莱西一直说的那个她不想带到这个糟糕透顶的世界上的孩子。他们下楼上车。像以往一样，华盛顿大街整洁、空荡，只有马路对面围绕着新建住宅小区的加厚建筑屏障防护墙。墙外就是岛屿染上最后一抹黄昏余晖的地方。布雷特喜欢告诉人们，他的复式公寓“在市中心，毗邻运河街”，但实际上，他的房子在远远的西面，远到那个描述中的房子只是险险地挨着哈德逊河，好似地铁乘客小心挪离霹雳舞者在那儿踢踏的范围。

她是在一次相亲中遇到布雷特的，约会由一个热心的共同好友安排。同意跟一个比自己小两岁的互联网富翁见面，这种赴约精神基本上无异于她的前男友奥斯卡总喜欢开车去奥本代尔吃韩国血肠。她准备喝两杯后回家，然而她没有回家，还和他睡了。部分原因是跟奥斯卡分手后，她正处于和身边几乎每一个人上床的有趣阶段，还有部分原因是她想证明自己有多不在乎他的钱，证明对她来说这代价有多低，证明她有多不在意坚持到第四次约会再上床的说法，这样他会更可能让她做他女友，向她展露本色，和她结婚，让她怀孕。

还有，他看起来相当英俊（穿着她让他在巴尼百货买的灰色浪凡套装，现在甚至更为英俊）。他在床上也出奇地棒。不是激情四射，而是勤奋非常。在他们见面的数月前，布雷特组织了一场单身派对，派对上有一个环节，是布雷特花钱从威廉斯堡请了一位性爱治疗师，她带着一个模型来到他的复式公寓，给他和朋友上了两个小时课。想到她生命中最丰富的高潮来自这个家伙，他对待她的身体就像对待一门要掌握的程序设计语言，吉尔感到气馁。但她不得不承认，比起奥斯卡的自由爵士风格，整体上她还是更喜欢布雷特这种。

在这城市的第一周，吉尔站在第六大道，观看铁丝网围栏后的篮球场里进行三对三篮球赛，她发现自己兴奋地流泪，觉得自己就像是在一段说唱视频里，那种感觉如此强烈以至于她没有取笑自己这个陈腐的比喻。他们的车子正在篮球场边的交叉路口等着，此时，布雷特收到一封直接发自马蒂·奥斯多的电邮。“我不敢相信这该死的混蛋！”他说，双手紧握 iPhone，仿佛要拧断它的脖子。“他想搅乱女孩儿那件事，好像错在我的伙计。我有二十二个精挑细选的、来自一个印度教国家的专业人员，而他有六百个该死的持枪临时工。哦，对，当然，如果你在寻找害群之马，肯定会先从我的人里找。这绝对说得过去？”

“什么‘女孩儿那件事’？”吉尔问。

“没什么。这是胡说。”

她看到他在打字。“你在回他的邮件吗？”

“对。”

“也许你不应该给他回邮件。不是现在。”

“宝贝，他需要理解这里的情况是怎么样的。”

除了摄影之外，吉尔还有三份兼职工作：一家小型艺术出版社的助理、一间瑜伽工作室的接待员，以及布鲁克林高地一户人家的保姆。即使如此，在她没有卖出任何作品的日子里——这是大多数日子，她难以支付租金。如果布鲁克林高地的孩子周末去了马萨诸塞州，这户人家就不需要她，那么她就得靠鹰嘴豆度日。在吃完这样只够勉强活下来的一餐，而她还觉得饿的时候，她就会想：这不是真正的饥饿，这只是假象的饿意，是自主的饿意，因为在根本上我是一个享有优待的中产阶级，而且我已经选择了这个：我已经选择了追求我的艺术而不是一份真正的职业，选择了在纽约生活，选择了把钱花在护肤品、浓咖啡和烟草上，选择了不去联系只要我需要就会请我吃饭的朋友。而且，发自内心地说，自主的饿意不容易与真正的饥饿区分开来。那是她开始和布雷特约会之前。马上，她养成了习惯，把他的外卖剩饭装在她的背包里带回家，但那只不过是之后情形的预演，她开始用他的密码在网上购物了。

布雷特第一次在她的地方过夜，就是睡在她的书房兼卧室里，他告诉她，她应该把枕头换成他喜欢的防过敏记忆海绵型。希望他可以想到，对她来说，那算是一项重大基础设施投资，她谈起她听说那些枕头可以称得上昂贵。他便拿出 iPad，用他的亚马逊账户下了订单。次日上午，他已经决定，她还需要床垫套。他把密码给了她，以便让她在订单里加上一项。结果是，布雷特再未踏足她的公寓，也许因为他和她的两个室友之间滋生的一种直接、相互的敌意。但她留着枕头。还有密码。

亚马逊几乎售卖所有东西，除了烟草和地铁卡。她用布雷特的信用卡支付她相当一部分的花费，所以她不再为每月的租金捉襟见肘了。这个老破的三卧室居所像是突变成了布雷特的复式公寓：她不曾拥有的东西，买了，而她已经拥有的东西，升级了。她买得非常之多，以至于三个月后，她达到了想象的极限，这就是为什么她开始在一个160美元的沙拉器上打转转。但是，她的确有一些原则。她没有用布雷特的账号去买生日礼物，否则的话，不久之后她会向朋友们分发圣诞火鸡，就好像坦慕尼协会上的那些政客跟屁虫一样。她不会买高值商品，然后在克雷格列表网站上卖掉，换成现金，即使那是合乎逻辑的下一步。拿着布雷特的钱和他约会，这和卖淫有什么两样？她不觉得卖淫本身有什么错。对她而言，妓女和雇佣兵的唯一区别是人们已经接受、认可了雇佣兵是勇敢的冒险者。只要她喜欢，她完全有权出卖自己。只是，当她想象自己撰写珍贵回忆录，写到在纽约的那段年轻而贫困的生活时，里面从未有一章是关于卖淫的。

Inputs.org主持今晚的筹款活动，活动地点是在中央火车站附近的一家牛排餐厅。它宣扬的使命是利用技术革新，创造更了解情况的选民。其聪明之处，很明显，在于它吸引了每个人。因为民主党人士认为更了解情况的选民会给民主党投票，共和党人士认为更了解情况的选民会投给自己，而像布雷特这样的人则认为，更了解情况的选民会认可“遗留政治”得为像“皮纳图良心”这样的新方案让路。下车的时候，他们已经迟到了二十五分钟，但是吉尔发现他们不是最后一个抵达的。一如既往，在他们进去之前，她不得不等着布雷特在 app 上给司机评分，即使这家伙可能注射了芬太尼，布雷特也从不会注意到。有一次，她几乎要问他是否打算给他的尼泊尔雇佣兵评一颗星，但她阻止了自己，因为他不会懂这个玩笑的。

“你之前说的‘女孩儿那件事’是什么意思？”她说。

布雷特叹息。“现在有一些报道，说奥斯多派去的家伙里有人跟一个库比约的女孩子搞在一起，我雇佣的一个人可能强奸了这个女孩子，结果导致了这次枪战。”

“强奸她？布雷特，搞什么鬼？”

“听着，很明显，最后我们会发现她是妓女，奥斯多的家伙以为自己是唯一的恩客或什么，所以当他发现她有其他客人的时候，他就发狂了，那是整个强奸说法的来源。”

在女迎宾员为他们引路时，她思考着整件事。和布雷特在市中心吃饭的时候，她从没用过桌布。她那个环保主义者室友，让她对使用纸巾感到罪恶。所以餐厅或宾馆里使用厚重纯白亚麻布的那种奢侈感，恰恰能让她迫切地想要在上面热情洋溢地弄脏自己。她右边的年长男人礼貌地向她做了自我介绍，然后，又回到之前跟别人的谈话，她松了一口气。

“他在这里！”布雷特发出嘘声。“难以置信。你那么有钱，怎么就没有点该死的羞耻心。”他指奥斯多给她看。她本来以为他臃肿肥大，好像蛤蟆似的，但事实上他瘦小、温和、毫无特色，除了把一边的头发梳过来遮住秃头，这个判断失误的做法，让它看起来几乎就是一个赛博朋克的发型。就在那一刻，他抬起头来。“好，他看到我们了。”布雷特说，“我要过去。”

“为什么？”

“他在这里，我在这里。我不就应该若无其事地过去坐坐、吃吃东西？”

“是的，当然。为什么不呢？”他站起身，她抓住他的胳膊，把他拉回座位。“至少等到上甜品。”吉尔惊讶于自己的激烈反应，因为这好像并非出于她真的在乎布雷特会不会让他自己出洋相。她环顾四周。这里大约有一百人，做技术的多过玩金融的。房间里浸透了金钱。就好像某人特别为她安排了一个精心设计的戏剧作品，告诉她纽约为什么不是适合她生活的地方。当一位喜剧演员站起来，开始给会议制造笑点时，她想着九千英里外的强奸。如果最后发现它是真的，那么她肯定得把布雷特从她的生活中剥离。但是，如果她不得不回到没有他的信用卡、只能勉强维系生活的状态，那么她肯定会失心疯的。她想象着一封确认这场战争罪行的邮件，另一封确认她的沙拉器订单的邮件，她收件箱里的这两封新邮件，以某种疯狂的方式相互制衡。她不能这样做出决定。她提醒自己，巴哈希森林的那些女人会多么渴望拥有她这样的问题。但是她的移情从未让她真实地感同身受，尽管她可以把这想法安在大脑里，但她不能让自己感受到它。

在明尼阿波里斯市，她能够拥有一间完全属于她自己的暗室，也不需要打三份工，所以她可以真正在摄影上花些时间。她认识的半数艺术家都移居那里。莱西一直告诉她，这不是个失败，而是场胜利，就像离开一个狂热团体，一个有着八百万人的狂热团体。数周前，夏日里最后一个真正炎热的日子，她决定独自去布莱顿海滩静静。她直到四点才出发，这样，等她抵达那里的时候，炎热和人群都会逐渐散开。但是随后，她的列车在海洋公园大道和布莱顿海滩之间停留了将近四十分钟，铁路工人们处理了轨道上的一些问题。当列车最终抵达目的地时，她发现六点后禁止下水游泳。所以她只是四处闲荡，直到其他人都离开，包括救生员，然后才走进空荡荡的大海。天空呈靛蓝色，地平线上有一场雷暴雨，不知怎的，海水感觉像池塘一样静谧。在这个明净的天堂，不必急着做决定，因为她知道她可以在她想要的任何时间处理事情。接着，大约一小时之后，雷暴雨沉重前行，她逃往地铁。当她到家时，她意识到自己中暑了，整个晚上都在呕吐。实际上，她没有进行任何思考，也不确定能得到什么结论。

差不多上主菜的时候，吉尔注意到布雷特和奥斯多还在通讯。他们两人一直在房间两头遥遥盯着对方，同时点击手机。有时，布雷特会半途转向她，仿佛他抑制不住要向她表达燃起的怒火但又知道她不会感受到。因为他没注意到其他任何人，所以她感受到一些和人社交的压力，让他们这侧的桌子不至于变成完全的空洞。再一次地，她并不是他真正的妻子。或者，至少现在还不是。她环顾房间里的女人，想知道还有多少人一开始也是如此，确信自己只是暂时待在这个世界，就好像一次野餐或者中途停靠。如果纽约，这座城市及其精妙的设计，可以说服她和像布雷特这样的人约会，那么它毫无疑问也能说服她和他待在一起。

正在此时，布雷特站起来，敲敲自己的酒杯。“奥斯多！”他喊道。

又一次，她抓住他的胳膊，试着把他拉回座位，“布雷特，亲爱的，别这样。”但是，这次他甩掉她。突然间，她理解她为什么非常强烈地想要他别这么做：因为她恐惧这将是她一直等待的信号，明确的终点。

但现在，奥斯多也站起来了。

“为什么你不当面和我说？”布雷特大喊。

“那是你想要的吗？”奥斯多大声回答。

像呆头呆脑的匪徒一样，他们两人在宴会桌之间穿行，向餐厅中心走去。“跟你那该死的事业没关系，她实际上是摄影师，给门啊这类东西拍照片。这是二十一世纪，奥斯多，没人想要你那些恶心的有钱人家的过时思想。在非洲也没人想要它，混蛋。”

房间里的大多数人陷入沉默。“你不知道你在说什么，”奥斯多说。他的用词很奇怪，听起来像是在读剧本，而且这剧本字体印得很小，难以辨认。“你不负责任，也不够成熟。往索马里派去二十个夏尔巴人。每个人都知道，这只是一次败北的宣传噱头。他们都在笑话你。”

“我的二十二个前尼泊尔突击队员对你那六百个该死的不知所谓。我敢跟你打这个赌。”

“这不是游戏，浑蛋。我敢跟你保证，我的人会进行一切有必要的行动，完成他们的使命。”

“你在威胁我吗？”

“它听起来像什么？”

现在，他们面对面了。吉尔离开椅子，她不能再坐视不管了。

“你觉得我的伙计会害怕你的伙计？”布雷特说。“你去死吧，奥斯多！我要我的手下去强奸你所有的女人！你听到了吗？全部！一个不剩！”

奥斯多向布雷特飞扑过去，他们一起跌下。吉尔不太能看清他们两人在硬木地板上扭打，但是她可以看到布雷特的拇指别扭地勾在奥斯多的嘴里。服务生们匆匆赶过去。她希望他们不要太快结束这一切。因为就是这个，这就是她的信号，这就是她做出的决定。她现在明白，纽约是世界上最伟大的城市，考虑离开它可真是疯了，如今她会待在这里度过她的余生。

我曾希望自己永远不会再有现在这样的感觉。永远不必在走进人生的秋天之后，还要再一次体验这样的欲望。这种无助的困惑茫然。这种疯狂。

请赐予我们安宁

撰文　大卫·索洛伊（David Szalay）
译者　李鹏程

有一次，我听到有人问诗人索福克勒斯：“你的性生活咋样啊，索福克勒斯？还能和女人做爱不？”“小声点儿，你这家伙，”诗人回答，“能摆脱那件事，我可高兴了——高兴得就像一个从疯狂、冷酷的主人手下逃走的奴隶一样。”

——柏拉图，《理想国》

贝尔加马，那个秋日午后。我们一起走过了游客通常不会见到的街道，那种边上坐落着闹哄哄的学校和长满了无人注意的柠檬树的街道。

一切，这一幕，就从这儿开始。在贝尔加马。

我六十二岁，是一所著名大学的哲学教授。

你五十八岁，也是学院的一位老师，写过好几本研究柏拉图术语学的作品。

我们已经认识好多年了。

你是个寡妇。

你丈夫已经在两年前去世——还是三年前？反正两三年了。

自那时起，自他死后，我们一起度过几次假。都挺开心的，我们一起度的那些友好假期。阿奎莱亚和威尼斯腹地。（那是第一次，你丈夫在海上失踪后不久，有时候，我看到你坐在雪松下的长椅上，泪流满面。）漫步阿尔卑斯山。（那天，在劳特布龙嫩上面，我们见识到了布罗肯幽灵……）还有现在在这儿——土耳其的爱琴海岸上，希腊诸岛就浮在海上不远处，每天傍晚都沐浴在晚霞中。来这儿是你的主意。我没有异议。你以前经常来这儿，我知道，和你丈夫，即使我心里好奇这是否和你丈夫有关，我反正是没问过你。我们平时不怎么聊这种事。

我们飞到伊斯坦布尔，在那儿待了一两天后，沿着小亚细亚海岸南下，沿途欣赏了主要的名胜古迹。

然后我们来到了贝尔加马。

去阿尔卑斯山徒步旅行时，我们曾在好几间简朴的山中小屋里一起住过几次，自那儿以后，已经习惯了友好地合住一个房间。可以省钱，何乐而不为。但在那晚之前，我们还从没有同睡过一张床。所以，在贝尔加马那家唯一还能凑合的旅店里，当那个男人领着我们走上狭窄的楼梯，来到客房前，说他这儿的空房只剩这间时，自然，我们有些犹豫，嗯嗯啊啊了好一会儿。

最后，你说："我倒不介意。反正床够大。"

"那行吧。"我说。

然后那个男的把钥匙交给我，离开了我们。

我们在几条街外的一家当地饭馆吃了晚饭，里面的日光灯特别刺眼，电视上正在放足球比赛。

然后回到旅店，上楼去睡觉——在同一张床上睡觉很别扭，但谁都没提这事儿。

安静地看书。

然后，你说了句"晚安咯"，便扭过身去。

我躺在床上，继续看了会儿（《会饮篇》的一个新译本，我应邀写书评），然后关了灯。

那晚我睡得不怎么好。

房里有台电暖扇，吹着微热的风，但老是一会儿停，一会儿开。你安静地躺在一边。我能清楚地感受到你就躺在旁边——比我预想得还要清楚。我能感受到你身体散发出的温热，不知为什么，这温度让我在很长时间内都无法入睡，后来虽说终于睡着了，但也很浅，老是醒，醒了之后，我有一种异样的紧张感，感受着你的温热和体重，然后又迷迷糊糊地睡过去，又醒来，一时忘了我是在哪儿，忘了你正睡在旁边，就这么反复了一晚，一直折腾到天光开始勾勒出小窗的轮廓——一扇黄的，一扇蓝的。它们慢慢地被光填满。整个房间也慢慢地被光填满，然后你正坐在床沿上，睡眼蒙眬地盯着亮堂堂的房间，从桌上拿起你的手表，看了看时间，还打了个哈欠。

“几点了？”我问，意思是我也醒了。

“七点。”你答。

我们决定在贝尔加马多住一晚。你算是希腊文明方面的专家，而这儿的山坡上，文明的残迹俯拾即是。前一天下午，我们只是走马观花地看了看古老的珀加蒙。今天，我们要好好研究一番。你会给我当导游，你说。我们当时正在旅店的楼下吃早餐。我喝了一口颗粒感很重的咖啡，点点头。“好啊。”我说。

这时候，旅馆老板走到桌旁，告诉我们现在有间双床房空出来了，如果愿意，我们可以换过去。我们没理由不换房，当然。为什么会有？

你去安排换房的事，我坐在那里，往面包上抹了一勺蜂蜜。

双床房在楼下，比之前的房间要阴暗、潮湿。墙壁上始终挂着一层冷汗。卫生间像个山洞，那天下午，你去女士土耳其浴室的时候，我在卫生间里难受地自慰——我都想不起上一次是什么时候。

你回来之后，面色还有些潮红，手里拿的塑料购物袋里塞着一块湿毛巾，我正坐在那儿看我的书。

“怎么样啊？”我问。

“很有意思。”你说。然后你跟我讲，和你一起洗土耳其浴的那些当地女性话特别多，一边打听你的情况，从哪儿来，做什么的，和谁来的，一边旁若无人地剃着毛。你说你和一个朋友一起。朋友？她们问，女的？不，你说，男的。你告诉我，她们将信将疑地笑起来。男的？她们问。你怎么和男的做朋友呢？

我微微一笑。

你的头发裹在某种包头巾里，现在你解开了。你穿衣服的时候，身体应该还很热，因为我注意到，你那烟蓝色的衬衫上，还有东一块西一块的汗迹。

第二天，我们去了以弗所。

是啊，我有点烦心。我一直在想我们那晚在贝尔加马曾同睡一张床。这事儿不知哪儿别扭。刚开始，我只是有一丝几乎难以察觉的失望，那是第二天早上，旅馆老板告诉我们他现在有个双床间，如果我们想要的话，可以换。你看看我，表情明确无误地在问：“我们想要，对吧？”我放下咖啡，拿起蜂蜜勺，微微点点头。在我往面包上涂蜂蜜的时候，你已经去安排了。

那天我们去废墟逛时，我彻底忘掉了那种感觉，但第二天下午，我们来到伊兹密尔的一家现代酒店，登记入住的时候，那感觉又回来了——双床房，高层，窗户打不开。白天我们逛了一天以弗所，都累坏了。你去冲澡的时候，我坐在床上，听着淋浴那仿佛在逗弄我的声音，和楼下远远传来的闷闷的车流声。这时，我突然意识到，就那么若无其事地让贝尔加马那一夜过去，我或许实质上向你传递了某种信息——某种可能不真的信息。

当时我并没有那种感觉。事后我才开始琢磨，我是不是有点不太坦率了。我指的是，我一直小心翼翼地睡在我那边的床垫上，就好像跟我睡在一起的不是你，而是某个男人一样——也就是说，煞费苦心地避免任何哪怕是意外的肢体接触，不管有多么细小或无谓。在伊兹密尔的第二天早上，我们等电梯，准备下大堂的时候，我还在想这件事儿，现在看来，我那么做，那种显然不想有任何肢体接触的行为，可能并不诚实。

一整天下来，这些感觉更进一步。现在我似乎开始认为，我就那么让贝尔加马那晚溜走了——几乎没怎么睡，躺在你身旁，让整整一夜都溜走了，直到晨光照亮了窗户，你披头散发地坐在床边，看看手表，看到时间已经是七点。是啊，我让它溜走了。它还会再来一次吗？再有一晚可以靠那么近。再有机会表达我心中似乎拥有的欲望，至少不再像上次那么虚伪——不过，陪你走在伊兹密尔的考古博物馆里，看着那些泛绿的男孩、女孩青铜像时，我好像想不起来那晚在贝尔加马，我是不是真的有过现在似乎有的这些欲望。

我什么都不想要，只要再有一次机会，再有一个贝尔加马那样的夜晚。

与此同时，我试着享受我们的假期——对伊兹密尔的街道或者阿耳忒弥斯神庙表现得兴致盎然——但越来越难享受了，因为现在我满脑子都是睡什么房间。每间新的双床房，都是一场隐秘的大失所望。

随着日子一天天过去，我越发惊讶地发现当时的自己到底有多在乎贝尔加马的那晚。现在看起来，它多么独一无二，多么宝贵。而我，甚至根本没有意识到。

我们决定离开土耳其，去爱琴海东边的希腊诸岛上待一段时间。你很熟悉那里。你和他去过很多次了——你丈夫。我们会乘坐渡轮，我们决定，从库萨达斯去萨摩斯岛。

到库萨达斯时，天已经黑了，所以我们计划先在那里过夜，第二天早上再去坐渡轮。

渡口附近只有一家看起来不怎样的小旅馆——但好像也没得选了。于是，我们便走了进去。掌事的女人告诉我们只有一间空房了，然后带着我们过去。狭窄的走廊被漆成了深蓝色。“行吗？”我们站在门口往里面瞅的时候，她不耐烦地问道。

我们俩犹豫地点了点头。

把行李拿进去的时候，对于那张双人床，我们什么都没说。

那晚在贝尔加马时，我注意到你喜欢朝左边睡，所以在库萨达斯的时候，我专门挑了床的左边，这样我们睡觉时就可以面对面了。你注意到没？

当然没有。

你正在收拾行李，把你的东西放到那间又暗又脏的浴室里，滑门还是塑料做的。

稍后，我们在屋顶露台上喝了点东西。这儿有个屋顶露台，有蜡烛，有无花果树的落叶，可以看到海港。但很可惜，我太紧张了，根本无暇欣赏这些。夜晚压在我头顶。突然间，那晚在贝尔加马之后，我向自己做出的所有承诺，所有如果再有机会我会怎么做的想法，似乎变得疯狂起来，现在，我的心里只有这片麻木的空白，先前想得清清楚楚的欲望，早已不知去向。我们坐在矮矮的椅子上，周围一片黑暗，只有桌上那根蜡烛的光在摇曳。你在说话，问我这问我那。但我肯定看起来心不在焉吧，仿佛我的思绪已经飘到了远方。

整晚就这样过去了。

接着，我躺在了黑暗中，强烈地意识到你在我身旁，你温暖的身体就躺在我边上，躺在这张小小的双人床上。

壁挂电视上的时钟，微弱地发出橘色的光。

我觉得，你已经睡着了。

我躺在那儿。

我躺在那儿。

流逝的每一秒，都是我在想，我就这么躺在这儿。我就这么躺在这儿。

刚开始，这长夜似乎没有尽头。

但接着，它几乎就结束了。

天光放亮，窗户的轮廓开始显现，就像那晚在贝尔加马一样，在已经疲惫至极中，事实上，是在绝望中——因为这一晚，就像贝尔加马那晚一样，似乎要永永远远、不可挽回地溜走了——我把手放到了你身上。我假装自己还在沉睡，翻了个身，把胳膊从被子下面抽出来，让我的手落到了你身上，我猜应该是在你的屁股附近。你正睡在你那边的床上，背对着我，我的心怦怦怦地跳着，我让手落在你的身上，不再动弹。

我的手刚搭到你身上的时候，你似乎扭了扭身子，想把它甩下去，但接着，你便让它搭在那里了，时间一分一分地过去，光把窗户照得越来越明显，我的心像是在打雷。你让我的手搭在那里了。反正我心里是这么认为的，在那种几近能致幻的焦虑和疲惫中，我认为，你知道那是我的手，并且你允许它搭在你的屁股上。

对我来说，这已经足够。

我并没有幻想会发生别的事，至少那晚不会——我并没有觉得我的手搭在你的屁股上，会引来别的什么。我觉得不会。事实也如此。在某种意义上，手搭在你身上，本身就是目的。而且就连这个，我还是逼着自己才做到的。我得痛苦、绝望地用意志逼迫自己，才能把手放到你的屁股上，因为抗拒心里那种想要触碰你、不让这一晚像贝尔加马那晚一样溜走的欲望，有着同样强大的力量——某种比仅仅是害怕拒绝要更模糊、更深刻的力量：一种强烈、神秘的禁忌感，在这种感受面前，那只羞怯、拒绝的手，仿佛成了什么非常重要的东西。

是的，很抱歉地说，躺在那里，在灰色的天光中，我就是这种感觉。

仿佛它是什么非常重要的东西。

但到了上午，在酒店楼下的餐厅里时，我又不像大清早那么确定了，不像当时一动不动地躺在床上，手搁在你的屁股上时，觉得发生了什么很重要的事情了。

不过，可能性好像还在，确实有什么重要的事发生过——你让我的手在那儿搁了半个小时，这其中不会没有一点深意吧。

我尽量让自己往那种可能性上想。

但是，你表现得太过正常了，让我有点拿不准。你越正常——你确实很正常，边打着哈欠，边吃橄榄、羊乳干酪，翻阅你的《希腊诸岛旅游指南》——你越正常，你的行为就越表明没有发生什么重要的事，而我则越来越沉默、烦躁，到出发前往渡口时，我甚至都感到我们之间的气氛已经变得既冷淡又紧张，但似乎又很微妙，搞得我都说不清这气氛是不是只是我自己的幻想。

无所谓了，反正路上我们也没怎么说话。

那天早晨，我们在沉默中驶向了萨摩斯。

两个小时后，我们到达了那个小港口——和我想象的一样，弯弯扭扭地掩藏在小岛的海岸上，很漂亮，山坡上是一幢幢的白色房子。空气温暖，天空朦胧。

我们的午饭吃得很晚了，只有几家餐厅还开着，我们拖着行李去了其中一家。我有一口没一口地吃鱿鱼，喝酸不拉几的白葡萄酒，困意更浓。

从饭店出来，时间已接近傍晚，我们便开始寻找酒店。吃饭的时候，你基本上一直在翻那本书，那本旅游指南，然后找到了一家你想住的酒店。

我们找啊找。那种秋天已经过去的感觉，简直触手可及。整片地区都湮没在令人昏昏欲睡的静寂中。我们找到了酒店，然后被领着去看了一个房间。

两张床。

我说我不喜欢这里。

我还想要双人床，你懂吧。从早上到现在，我已经痛苦地得出一个结论，那就是前一晚很可能什么重要的事情都没发生，你当时一直在睡梦中，根本没有感觉到我的手搭在了你的屁股上。所以，我想再那么做一次。我希望有重要的事情发生。

你还在打量我们被带去看的那间双床房。幸好，那房间确实不怎么样——不过我觉得，要不是我反对，你肯定会要。因为你累坏了，只想找个地方歇息，放下行李，去冲个澡。

“我不喜欢。”我又说了一遍，这次口气坚决，完全不顾那个带我们来看房的女人就站在旁边。

我转身离开。

你叹了口气，跟女人道歉说，我们再去别的地方看看，说不定待会儿还回来。

她说，她都不知道还有别的地方开着门。

我们离开酒店，拖着行李，沿码头区继续走。还真是，大部分酒店都没开门。现在你已经找得很不耐烦，几乎要发火儿了。

终于，我们找到了一家，看起来相当典雅，也相当贵，就在山坡上去一点，掩映在苍翠的柏树林中。

进了大堂后，我对那个看起来精明强干的年轻人说我们要一间房："如果可能的话，最好是双床房。"你就站在边上——我不能不这么说。你之前跟别人说的时候，总会这么讲，因为你觉得这也是我想要的。

那个精明强干的年轻人说，他现在只有大床房了。这时，我的心开始跳得更快。"呃，"我说，"那……"

可接着，让我沮丧的是，他提出可以给房间加一张床。

他这话一出口，我就从很想在这里住，变成了非常不想在这儿住了。为了找个台阶下，我问他价格是多少，他告诉我之后，我立即说太贵了。他说价格上他或许能做点儿什么，并坚持要我们先去看看房间。我再次告诉他，太贵了，然后你说，你最终张口了："去看一眼也无妨。"

我们跟着他去了，房间挺不错，里面有个壁炉。他告诉我们，我们要是住的话，可以把火点着。

我们站在那儿看着它，房间里洒满了秋日午后的阳光。

然后你又询问了一遍，问是否有可能加一张床——你确证了可以，你再三地确证了可以——确定后，你说："我觉得我们就要这个吧。"

突然间，我一阵痛苦，突然间，某种黑暗包围了我，因为这下我终于明白了，前一晚确确实实没发生什么重要的事——或者说至少不是我期待的那个方向，也许是另一个方向，恰恰相反的方向。我现在恨死了这个地方，我的凄凉领悟的现场，这间浪漫的屋子，我说："我还是觉得太贵了。"

那个圆滑的年轻人站在边上，降低了价格。

现在，你不耐烦地说："我们要了算了。"

我毫无热情、满心痛苦地说："那好吧。"

奇怪啊，你为什么坚持要加一张床——寸步不让地坚持。我想，或许前一晚我把手搭在你的屁股上时，你并不是真的睡着了。我想，你当时醒着，知道那是我的手，不喜欢它，想忽略它，虽然刚开始本能地想要把它甩下去，但可能又不想小题大做，或者天真地认为我在睡梦中，完全没有意识到自己的手在哪儿，所以你便躺在那儿，等着我把手挪开，盼着我很快就会挪开，你很不希望这种事情再发生一次。

第二张床送来的时候，我正在卫生间里——我需要一个人自己痛苦会儿。然后我听到你说："不，别放那儿。"应该是搬床的男人想把它放在房里已有的那张四柱床边上。我听到你说："放那儿吧。"然后我又听到他拖着折叠床，按照你指的位置，放到了房间最远的那个角。我全都听见了。我站在卫生间里，一切都听得真真切切。就好像你知道我在偷听，要故意伤害我一样——反正当时我是这种感觉。

我出来之后，那人已经走了，而你占据了双人床，正在写日记。

我坐到沙发上，心中的凄凉无以复加。过了一会儿，你从日记里抬起头，停下了手中正在沙沙写字的笔，问道：“你没事儿吧？”

我显然很有事儿，而且这次完全无法掩饰。

“你怎么了？”你问。

我没法跟你讲真话——我怎么能跟你说出实情？——所以我说，我就是不喜欢这儿，真希望我现在是在自己家。

你盯着我看了一会儿，眼神冷冷的。然后，你的笔又开始沙沙作响。

过了几分钟，我说：“别担心。我并不是真的希望我现在在家。”

而你说：“我没担心啊。”然后又说：“我不担心你的精神状况。我只是不想被你影响罢了。”

我们在喝威士忌——格兰杰威士忌，是我们在库萨达斯那个小码头的免税店里买到的。我大口大口喝，借酒消愁，而你则小口小口抿。

你问了我什么问题，不知怎么把我刺激到了，我说我觉得人生在世，就是一场悲惨、孤独的挣扎，然后就死了。我说，哪有什么爱啊……

“你不相信爱？”你抿了一口威士忌，问我，听起来隐约有了点兴趣。

“不信。”我说，“我们为啥对爱那么执着？为什么我们觉得没有爱，就不可能幸福？”

“我们是这么想的？”

“不是？”

“那你幸福吗？”你问。

我说我从来没见过谁幸福。“你幸福？”

“那要看你指哪一方面。”

“你幸福？”我逼问道。

我看到一个影子在你脸上划过。

我把杯里的威士忌喝了个底儿朝天——一个小玻璃杯，从水槽上方的架子上拿的，架子上还有几个小装饰杯垫和一块包在亮晶晶的纸里的香皂。

他很幸福，对吧？他。那个淹死的家伙。没找到尸首。你想到的是这个。他很幸福。是啊，幸福先生。

你眼睛垂了下来，脸也低了下去。

我想说，我爱你。

没找到尸首。

嘘……

“别听我的胡话。”我现在有些醉了，“我就是情绪低落而已。”

你又开始写了。“好吧。”你说，看都没看我一眼。

然后，一个男人微笑着出现了，来烧壁炉。

如果我说了“我爱你”，会怎样？

你会说什么或者做什么？

你或许会哈哈大笑，因为惊讶得一时语塞，因为惊讶得不知道该怎么回答。

“哦。”你或许会说。

然后呢？

沉默了一会之后，惊讶过后，你告诉我不要这么说，或者别傻了之后。

你可能会说，那我们还是各住各的吧。或者更甚，你可能会认为我们的假期应该到此为止，因为它根本不是你预想的那种。

我笨手笨脚地又往小玻璃杯里倒了些威士忌，偷偷瞄了你一眼。你已经不再写了，你的笔再次沉默下来。你的头仍然埋在日记里。笔的另一头在你的嘴里。我知道你坐在昏暗的四柱床上在想谁。（从窗户里照进来的光，泛着柔和的伤痕。下午的天空已渐渐暗下来。紫色的雨云越积越肿，正向小岛赶来。）你心里想的，还是他。

大约十年前离婚时，我已经五十有余。我曾希望自己永远不会再有现在这样的感觉。永远不必在走进人生的秋天之后，还要再一次体验这样的欲望。这种无助的困惑茫然。这种疯狂。

这种疯狂，什么时候会结束?

有尽头吗?

我们只在萨摩斯待了一天。

这小岛上好像没太多可看的东西。而且，我们也实在提不起多大兴趣。那天，我对一切都有一种没精打采的冷漠感。无欲无求。我们看了看渡轮的时刻表。下午早些时候，会有一艘船去拔摩岛。你建议我们坐这趟。

我们在秋风阵阵的码头上等着船来。

你看起来很疲惫，好像没睡好一样。

渡轮是从希俄斯岛过来的，晚点了。我们上去之后，发现船上几乎没几个人。

很难想象有什么东西能比那艘小渡轮的内部看起来更古老、更陈旧。好几个小时里，我们坐在塑料椅子上，看着周围那些已经剥落起皮的仿木饰面板，闻着仿佛几十年了还没散去的烟味。窗户浑浊不清。马桶已经变了色。通向甲板的门被我用力拉开时，还嘎吱作响。航行中，我们大部分时间都待在船舱里面，因为爱琴海的东边一直在下雨。

现在快到拔摩岛了，船在绿色的海浪中呼啸前行，我走到外面，站在毛毛细雨中。

(你睡着了，蜷缩在塑料椅子上打着盹儿，头靠着饰面板，你的书还岌岌可危地抓在手里。）

我站在甲板上，被潮湿的风吹着。海岛若隐若现。

只是一个形状，一个剪影。

最终，一切清晰起来，成了朴实无华的山丘。

我盯着它们望了一会儿。看起来就是被大风摧残过的荒野，毫无美感，平淡无奇地滑向海中，仿佛周围一切都已经被淹没，只露出了最高点。

渡轮靠岸，我们下了船。

我们订了一间公寓，住两个晚上——两间卧室，一个客厅，角落里有些厨房用的东西。透过卧室的窗户，你可以看到大海。我们费力地爬着石阶，跟在那个女人背后去看房间时，我突然一阵紧张，在这类时刻我早已习以为常的那种紧张——这次睡觉又会是怎样的安排？所以她说“有两间卧室”时，我非但不怎么失望，反而惊讶地感到自己松了一口气。两间卧室。这确实是最好的安排，不过里面基本上没啥东西，那两间卧室——为避暑设计的，不适合这种秋天的天气。

第二天早上，雨又下了起来，滂沱大雨。十点钟左右，我们招呼了一辆出租车，去神学家圣约翰修道院——这儿的景点，唯一的景点。神学家圣约翰修道院。从四面都能看到，看起来就像是一座建在小岛制高点上的堡垒。

出租车里面温暖、潮湿，座位感觉像是海绵，车窗上蒙着一层水汽。车在陡峭的道路上艰难前行。我坐在副驾驶的座位上，里程表在我膝盖旁边走着可疑的数字。你坐在我身后，有时候我能在后视镜里看到你，看你透过明亮的雨帘望向窗外的样子。

上到修道院之后，不用说，里面没人。除了我们，没有别的游客。偶尔有一位毛发蓬乱的修道士，穿着黑色的袍子在公共区的边缘溜进溜出——院子已经被雨浇透，各个房间里摆满了各种外面罩着玻璃盒子的手工艺品，小礼拜堂和山洞一样，还算得上舒服，几百支燃烧的蜡烛照亮了圣人们神情严肃的脸。几乎算舒服，不是很舒服——因为门还大敞着，雨打在石头上的声音流进了烛光里，穿堂风驱散了那堆小火苗的微弱热气。

一位年轻的修道士正在我们参观的一间礼拜堂里当职，好像博物馆官员一样留心照管。他真的很年轻，估计二十岁都不到，胡子基本还没长出来。我想问问他这个年纪到这儿来干什么。当然，我没这么问。他注意到我在看他，似乎有些尴尬。我冲他点头致意，然后离开，走到了院子里。这时，附近哪里的一座钟突然响起来，震耳欲聋。我们之前是一起进的小礼拜堂，你肯定在我没注意的时候离开了。

我在一间摆满了中世纪银器和拜占庭时期《圣经》的

房间里找到了你。你正站在一个箭弩形状的石窗前，望着在天空下舒展开去的灰色大海。海面上闪烁着斑斑白点，它们似乎正在动，正在向前，正在找什么东西，永远都停不下来。

我不想惊扰你——因为你没看到我——于是我便去看那些展出的东西。

然后，你站到了我身旁。

“我们走吧？”你问。

我们打电话叫了出租车——修道院入口外面的公用电话亭里塞着一个电话号码——几分钟后，那辆载我们上来的褐色出租车再次出现，载着我们下去，穿过雨中的村庄，去了斯卡拉码头。我们不去“约翰的山洞”了，虽然据说这位《启示录》的作者就是在这里面看到了神给他的异象，但我们决定去码头附近的一家酒馆坐坐，吃点午饭，然后散步回公寓。

雨停了。

天光洁白、清澈，而且相当寒冷。

我害怕猪真正死去的那一刻。我害怕它眼中的恐惧，它会发出的惨叫。我害怕的是，有些可怕的时刻，会永远留在我脑海里，我永远再无法忘掉。

杀猪日

撰文　大卫·索洛伊（David Szalay）

译者　李鹏程

杀猪日那天我宿醉了。

我头痛着醒来，在黑暗中开始穿衣服。

那会儿是凌晨五点半。

外面空荡荡的街道上盖着一层雪。透过街灯的光可以看到，雪还在下。我听到不知从哪里传来了车胎声，正窃窃私语般地在一层薄雪上缓慢行驶着。路上有车经过的地方，雪落下的地方，一道道车辙交错——黑色的、深灰色的、灰色的。我把帽子拉到眉毛那儿，站在约好的地方等阿提拉，暗自思忖着我是否真的想做这件事。我已经跟别人说了一个星期了。“有人邀请我去看杀猪，”我这么说道，“我要去看杀猪了。”今天就是杀猪日，可我站在那儿等的时候，却和自己的身体有一种怪异的疏离感，任凭严寒穿过一层层的衣服，把它的手指伸到最里面。雪花落在我的绒线帽上。

阿提拉到了，我上了车。里面很暖和，我把帽子摘下来，看到上面挂着湿漉漉的雪水。“早。”我说，但没有看他。

他开始开车。

阿提拉是个光头仔，虽然看起来很像新纳粹主义分子，但实际上却是个温柔、善良的人。他的妹妹，也就是我妻子，说她有点儿担心他，因为他不太爱跟人亲近。确实，他寡言少语，爱独来独往。和很多同龄人一样，他在英国待了一年——骑着摩托送快递——但和很多人不一样的是，他不喜欢这份工作，便回来了。现在他好像是在网上赚钱，交易啥东西。

“你咋样？”他最终张口问我。

“还好。”我说，“没事。期待亲眼一见。”

他干巴巴地笑了笑：“你以前从来没见过？”

“没。”我答。

十分钟后，车出了城。街道变得稀疏，空间骤然开朗——加油站看上去黑乎乎一片，几家超级市场的停车场里空空如也，一家卖瓷砖，另一家卖体育设备，另一家是灯火通明的宝马专卖店——接着是第一片旷野，然后我们便驶入了昏暗的乡间。

我觉得阿提拉开得有点儿太快，但我什么都没说。轮胎下的路感觉毫无摩擦力，我们像是在冰上行驶。

慢慢地，亮光开始出现。某种灰色取代了车灯以外的黑暗。我注意到车驶过时，我可以分辨出东西了，尤其是那些灰色的事物——比如湖水上冻结的白冰——有些地方隐约出现了地平线，清一色的黑暗中有了一种柔和的渐变。

今天是一年中白昼最短的一天。我心想要不要提一句。阿提拉正目不转睛地盯着前面的路。

“雪小点儿了。”他说。但突然，在一个不算太急的转弯处，车失去了控制，开始乱转。旋转的时候，一切都变得漫长而沉重。

根本没有足够的时间让你感受太多的恐惧或者惊慌，肾上腺素才刚分泌出来一点儿，车便停了下来。

我们还没搞清楚怎么回事，一切便戛然而止了。

我们坐在那儿，面朝着相反的方向。

有个女人正站在公交站里——乡下那种周围什么都没有的公交站——她肯定看到事情的经过。但她没有继续盯着，而是很有礼貌地把头扭了过去。

现在有光了，我注意到。树木的剪影嵌在天上，我猜测那边应是东边，出现的雪景泛着紫色、浅紫色、青绿色。

发动机还在转，显然有些受惊的阿提拉，把车挂到一挡，小心翼翼地掉过了车头。

我什么都没说。我不想表现得好像是在批评他。再怎么说，今天他算是我的东道主。而且，我觉得他现在应该会开慢点儿了。

“还有多远？”几分钟后，我若无其事地问。

“不远了，”阿提拉从方向盘上抬起一只手，挠着下巴说，“不远了。”

村庄沿着一条笔直的马路绵延，两边各只有一排房子。我们把车停在了一道金属围栏旁边。炊烟从一些小矮房的烟囱里冒出来，伸向暗淡的天空。附近有些光秃秃的树。阿提拉领着我，嘎吱嘎吱地踩着雪，走到生锈的门前，把门打开。在门的那边，一条被无数双脚在雪中踩出的小径，引着我们来到了一个昏暗的院子里，一些人站在熹微的晨光中，仿佛在等待什么。我们走过泥泞的脏雪。我走得很笨拙，双手插在口袋里，而阿提拉则开始和站在那里的人打招呼。他向其中一些人引见我，但似乎词不达意。他不太擅长社交。我听清了几个名字：德索、索尔特、索巴克。我在颤抖。我怀疑自己穿错了衣服，不适合这个场合。这里的寒冷似乎比镇上更强烈、更直接。

院子里的人大部分都是老头儿。我和几个人互相点头致意。他们大部分都有些胡子，长着黑色的小眼睛。有个人看起来像是在加油站上完夜班后直接过来的——仍然穿着MOL的绿色尼龙工装。另一个看起来像穿了两件田径服，里面一件，外面套一件，裤子塞在威灵顿长筒雨靴里。大多数人都戴着帽子，或者从风帽里往外瞅。他们看起来好像从勃鲁盖尔绘画里走出来的人，我觉得。

想到这个，我记起有一次我曾在布鲁塞尔看过《伯利恒的户口调查》。画中，勃鲁盖尔给《新约》里的故事配上了十六世纪中期荷兰那白雪皑皑的景色。我尤其想起了画作前景中一头猪被宰杀的场面，猪在挣扎，一个男人拿一把刀，骑在它身上，正把刀伸向它的喉咙，一个围着围裙的女人举着一口长柄锅，准备接住喷溅出来以及随后缓缓流出的血。画里人头攒动，但你可能第一眼注意到的会是这个。猪大张的嘴，长长的鼻子，以及画外音——临死前恐惧的尖叫。另一个人正从一个被雪覆盖的大酒桶里接啤酒。在光秃秃的树后面，是一轮西下的红日。

这里也有个酒桶，上面也盖着一层雪。雪又下了起来，装点着一堆拖拉机轮胎。雪在空气中徐徐落下，落在一辆被拆得七零八落的车上。我害怕猪真正死去的那一刻。我害怕它眼中的恐惧，它会发出的惨叫。我害怕的是，有些可怕的时刻，会永远留在我脑海里，我永远无法再忘掉。

阿提拉的朋友玛利亚跟我打招呼。我在镇上见过她——经常看到她从美式美甲沙龙里走出来，或者提着大包小包在大街上走，iPhone 贴在耳边。她这种都市化的现代人，似乎不应该出现在这里，怪怪的——后来我才想起来，她的家人住在这里。她家人是我们今天的东道主，她在院子里走来走去，和每个人打招呼、寒暄，包括双手插在袖子里的多毛男人，在她身旁，则跟着一个穿着棉衣的女人，托着一托盘加了香料的热葡萄酒。玛利亚递给我一个杯子，感谢我能前来。“该谢你才对。”我说，然后尽量装作一点都不焦虑的样子问，“现在要干吗？”

“在等我父亲来。”她说。

她走开了，然后继续给其他人分发热葡萄酒。

我端着杯子，一边暖手，一边低头看着里面深红色的液体。有片钉子状的丁香叶浮在上面。

当然了，我想，勃鲁盖尔画作中那头死去的猪，意在提醒我们基督会怎样死去。因此，画里的猪，不仅是十二月的日常生活中一个很精准的细节，也是某种比喻或象征——而我即将要经历的事情，则会第一次把这个比喻或者象征，向我鲜活、生动地展示出来。

猪到来的时候，我和阿提拉在里面。我们在屋里，想暖和一下，一个很大的房间，里面有两张长桌和一个贴了瓷砖的大炉子，炉子刚刚开始冒出点热气。一张桌子上放着很多两升的塑料瓶，里面装的似乎是矿泉水，后来才知道，那是家酿的巴林卡。阿提拉给我们俩各倒了一大杯——这会儿还没早上八点，可我已经喝得很醉了——这时，院里出现了响动。

一辆还挺新的墨绿色尼桑纳瓦拉皮卡刚刚到达，喇叭鸣响，轮胎从雪和冰上滚过。一直在等它的男人们一拥而上，司机摇下窗户，喊着叫他们把猪卸下来。他们放下后挡板，猪出现了。

我注意到的第一个地方是，里面有两头猪。

我注意到的第二个地方是，它们已经死了，直挺挺地躺在黑色的塑料布上，里面的血泊看起来几乎是黑色的。

我注意到的第三个地方是，它们竟然有很多毛。

“它们已经死了。”我对阿提拉说。

“对啊。”

“为啥？”

“这里已经不允许杀猪了。”他说。

“不许？”

“欧洲的规定。”他解释道，然后又嘟囔了一句：“他们想毁掉我们所有的传统。那些王八羔子。”

我什么都没说。无疑，不必目睹真正的杀猪过程，让我松了一口气——但是，也有点小失望。这天本来应该是杀猪日，可我并没有，也永远不会看到猪真正被杀了。

男人们把绳子绑到了猪腿上，现在正冲司机喊。男人们抓着绳子，司机慢慢把车往前开，然后猪从后面滑下来，重重地摔到了雪地上。

“他们是怎么把猪弄死的？”我问。先前我还不太想知道，现在却对杀猪的方法多了点儿兴趣。

“用枪崩的。”阿提拉指着说。

还真是，我看到两头猪的脑袋上都有洞——小小的血窟窿，在耳朵附近。耳朵现在软趴趴的，几乎盖住了它们的眼睛。

惨不忍睹的是，其中一只的屁股上还粘着屎。或许只有这一点，真正让我深深地意识到不久以前，一个小时以前，这些笨重的东西还在活蹦乱跳。不夸张地说，看到这个景象时，我的眼泪几乎涌了上来。

玛利亚来到我们身旁，满意地看着男人们把猪从皮卡车旁拖走，在白雪覆盖的院子里留下一道道泥印。皮卡车开到一边，停在一堆跺到齐肩高的原木边上。两个男人从车上下来，甩上了车门。其中一个是玛利亚的父亲。他是这里唯一没有留胡子或者戴帽子的男人。很难说他是丑陋还是帅气。帅吧，我心想，虽然他的脑袋像一个奇形怪状的土豆。被告知我是谁后，他拍了拍我的后背。他的目光似乎还有点儿疯狂。我们握了握手，他的手劲儿可想而知——能把你攥疼。

他解释说，其实原本只打算杀一头，但黎明时的光线不太好，开枪的人不小心把一头年轻公猪打死了——但小公猪不能吃，他解释说，因为它们体内的睾丸酮会让肉有一种不好的味道。

玛利亚大笑起来，他父亲则冲阿提拉和我眨了眨眼。

这玩意儿，他说，现在只能拿去喂狗了。

接下来的几个小时，早上那几个小时，先是给猪脱毛，然后大卸八块。玛利亚的父亲和我们说话，其他男人则在收拾工具，包括两个老式的喷灯，他们要用这个将猪身上的毛燎掉。一个男人负责喷火，另一个拿把铁锹刮猪的侧边。这活儿很辛苦，很耗时间。他们提议我们来试试。阿提拉负责喷火，但有时候喷得太过，烤焦了猪的侧边，而我则拿着那把钝钝的铁锹刮来刮去。尸体周围的雪化了，悄悄聚成了一个个血水洼。猪毛噼噼啪啪地消失在火焰中，立时散发出难闻的味道。

院子里现已完全放亮。天空阴沉，空气凛冽。雪停了。我靠在铁锹上大喘气，那两个男人吃力地把死猪翻了个身。起初看来，把这两头死猪的毛刮掉，会耗费一整天时间。你干了十分钟，才刮完很小一块地方，小得令人气馁，然后别人再接着干，慢慢暴露出黄色的猪皮。你要么手插在口袋里，顶着一脑门儿的汗站在旁边，要么进屋里喝点儿东西。酒管够。

我进屋里歇了会儿，再来到院子时，完全像是到了地狱——火光、烟雾、血水，还有黑乎乎的影子像着了魔一样，疯狂地对那些一动不动躺在泥里的东西做着什么。农业机械的锯齿状金属。雪中的血脚印。站在混凝土台阶上，我突然觉得特别冷，开始瑟瑟发抖。我准备转身回屋，因为里面的瓷砖炉子现在已经很烫了，但这时，那个穿着加油站工装的男人递给了我一把铁锹。于是，我再次开始刮那头毛茸茸的死猪满是脂肪的侧边，而另一个男人，那个穿着两件田径服的人，则在对它喷火。猪毛在火焰中皱缩、燃烧。我从被烤出裂纹的猪皮上刮去烧掉的毛。我刮的时候，猪的腿还晃来晃去。血从它大张的嘴里慢慢流出。穿两件田径服的男人叫我用点儿力刮——说我刮得不够用力。

就这样，一直刮啊刮。

有几个男人不知啥时候在院子里生起了火。其中一个蓄着宽宽的小胡子，显然精心修剪过，外面穿着一件鼓鼓囊囊的羽绒服，里面是一件连帽衫，帽子戴在头上。现在，他示意说，架在火上的那口大铁锅里的水已经足够热了，另外四个男人便拖着、推着、抬着那头大点的猪，也就是母猪，把它扔到了锅里。

我旁观时，玛利亚的父亲递给了我一个东西——一个小圆锥状的东西，里面装着某种无色液体。

“喝了！”他喊道，其他人看到我有些犹豫，哈哈大笑起来。

他的另一只手拿着个塑料瓶，就是屋里那种装着家酿巴林卡的两升瓶子。

我接过那东西，喝下了里面的液体，确实是巴林卡。那酒辣得我龇牙咧嘴，更多的笑声传来。“你知道这是啥吗？”他接过那个圆锥状的东西，举到我面前问。那东西外面是深褐色，里面是灰色。看不出来是什么做的。我摇摇头，仍在感受着酒的辣劲儿。“猪的脚趾。”他喊道，然后拍了拍我的背，穿过水汽，给下一个男人满上酒。在蒸腾的水汽中，有人正在擦洗那头母猪。

刮猪毛的工作似乎做完了，谢天谢地，擦洗猪的事情不需要我来干，所以过了一会儿，我转过身，开始在长长的院子里溜达。我经过了农业机械，以及某种被塑料布完全盖住的庞然大物。再远一点，有一个部分结冰的池塘，和一个小棚屋，里面挤满了低声咕叫的家禽。院子里还有些土地神塑像和别的一些花园装饰，其中一些已经破损。院子的尽头是一道钢丝网围栏，而另一边，白色的田野伸向远方。

我在那儿站了一分钟，听着鸡在它们脏兮兮的棚屋里咕咕。

我的脚冻僵了。

去他的，我心想，然后走回屋去。

屋里很暖和。至少看起来暖和。炉子散发着阵阵热浪，那种刚进来时能把你撞昏的热浪。我把手放在热乎乎的褐色瓷砖上。屋子的墙由带舌榫的粗糙松木板做成。横梁上架着的天花板好像要压下来。我在其中一张桌子的边上坐下，解开我的围巾——一条薄薄的羔羊毛围巾，在天寒地冻的户外待一天的话，根本顶不上用。我的帽子也不保暖。地上到处都是雪水和泥脚印。到处都是泥，光这个就让我沮丧了——透过墙上那扇装得很低的四方小窗，我可以看到外面满是污泥和积雪的模糊空间。人影在白昼死一般的寂静中晃来晃去。我怀念打扫过的大街、宽敞的人行道、高高的外墙和暖气充足的商店。我满心恐惧地想象着一个这些东西都不存在的世界，那里只有这种泥泞、寒冷的地方，到处都是。生活在那样的世界里，或者干脆就说，《伯利恒的户口调查》里的那个世界，会对你的心境造成什么影响？

我突然想到，我祖父就是从那种世界出来的。他是那种很二十世纪的稀有现象：全家第一个上大学的人。或许还是全家第一个上中学的人，全家第一个能真正识文断字的人。和他出生的那个年代的大部分欧洲人一样，他成长的地方，也和这个村子差不多，沿着一条笔直的道路延伸，附近有十几座房子，房后便是田野。除此之外的建筑，就只有一座教堂——星期天早上，村里人会在教堂里听别人讲播种者、丢失的牲畜、芥菜籽和杂草遍地的农田，他们明白自己听到的东西，讲的正是和他们一样的人的经历，虽然不是特别形象，但也足够生动、准确地描绘了他们自己的世界和生活。不到一百年前，《伯利恒的户口调查》里的那个世界，就是他们生活的世界。

每张桌子上都摆着装了巴林卡的两升塑料瓶，这些旧矿泉水瓶的盖子是蓝色的，但标签被浸湿后已经脱落，只留下了胶水的痕迹。不知道干什么好，我给自己倒了一点儿酒。我被酒辣得泪水直流，眯起了眼睛，这时，玛利亚走了进来。

“啊，原来你在这儿。”她说。

“对啊。”我沙哑地小声回答。

“我们刚在找你呢。”

她在我对面坐下来。她身材高大、瘦削——脸同样棱角分明，但淡褐色的眼睛却很温柔。她是那种二十岁看起来就有一种诡异的成熟感，然后在接下来的四十年里几乎不怎么变的人。她有一张和善但不带感情的脸。她化了很浓的妆。她外套袖口上的软毛，装饰着她的手。

“好玩吗？”她问。

“当然。”

“卡塔咋样？我都好久没见她了。”

“今天她本来也想来的。”我说。

“要工作？”

“是啊。”

我们在那儿坐了一会儿。她手里拿着一根羽毛玩来玩去。锤子敲在金属上的声音，回荡在外面冰冷的空气中。

“这是谁的房子？”我没话找话地问。

事实上，这不是一处像样的住所。我们现在所在的地方是餐厅，里面的桌子能坐下四五十个人，墙上挂着一个很小的鹿角。外面有个没暖气的厕所，以及一个天花板很高的房间，我先前无意中走进去过，墙上的白色瓷砖贴到了肩膀那么高，就好像一个太平间，有时候还得用水管浇洗的样子。

“我叔叔的。”她说。

“哪个是你叔叔？”

“有鸭子的那个。”

我知道她指的是什么——有个穿医生那种白大褂的男人，胳膊底下夹着一只绿头鸭。他没干什么事，就站在门口看着，一边还用手指抚摩那只鸭的头。“对，鸭子，”我说，“那是啥情况？”

“可以算是宠物吧？”

“他不会把它吃了？”

她笑起来。“不会，”她说，接着又来了一句，“反正今天不会。”

“这种场面你肯定见多了吧。”我说。

“当然，这个我们家每年都干，”她说。我猜她是指杀猪。“是传统。”

“懂了。”

“这才是冬天。”她笑了笑。“我想到冬天时，”她说，“最先想到的就是这个。这个和圣诞节。”

“当然。”

“那你呢？”她问，“冬天对你意味着什么？”

我耸耸肩，说：“我不知道。下班时天已经黑了？商场里到处都是人？湿疹。”

她笑起来。“湿疹？”

“因为暖气。”我说，“导致空气太干燥。我记得是这么个解释。”

“我觉得，”她说，“在镇上生活，去办公室上班的话，很难想象生活曾经要受季节的主宰。”

“确实。”

“再来点儿？”她拿起一个两升的瓶子，里面的酒几乎快没了。

“也许我不该再喝了。”

“我觉得你该再喝点儿。”

“那好吧。”我说。我一直都有点喜欢她。

她又给我倒了些，也给自己倒了点儿。我们对饮。我很佩服她喝酒的样子，只是嘴巴微微抿一下，没有流泪或者把酒喷出来。我也努力学她，差点做到了。我的视线只模糊了一小会儿，喉咙里吐上来一丁点儿。

“我喜欢今天这种日子，”她说，“全家可以聚在一起。”

我猜她还是指杀猪，便说：“是啊。”

“一家人都会参与进来。亲朋好友。”

“是啊。”

“还有什么能和这个一样？”她问，“我是认真的。”

我想了会儿，说：“婚礼？”

“好吧。”她说，“但今天大家是平等参与。你懂吧。不是谁的特殊日子。大家都有份儿。我是说，今天的活动很根本，事关的是吃喝、生死。”

“令尊是做什么的？”我问。

“算是开发房地产吧。”她说，“在镇上。修新公寓楼。”

她丈夫和阿提拉一起走进了屋后，她抬起头来。

巴拉日接过那瓶几乎快空的巴林卡，一饮而尽。

“他们正把猪吊起来呢。”他说。

天空已经放晴。白色中出现了一道道冰冷的蓝色，有时候甚至还会出现模糊的影子。院子里的雪正在融化，踩在上面时，发出的声音也不一样了。房檐上的冰锥开始安静地滴水，在下方的雪面砸出了小洞，有时候，房顶上的雪会突然滑落下来，呼啦一声，重重盖在雪地上。

叮叮当当的锤子仍然在干活儿，男人们现在已经架起了两个铁管做成的 A 字形架子，每个大概两米高。带滑轮的钩子挂在架子上，我们站在房前的台阶上，看着他们开始用钩子把猪吊起来。男人们分成两队，在玛利亚父亲的催促下，勾住猪的后腿，费力把它们吊了起来，猪鼻子几乎触到了泥地——或者说那头公猪的鼻子是这样。母猪和我先前见到的不一样，她的头已经被砍了下来。那个微笑的脑袋，现在正摆在原木堆旁的一张搁板桌上。两头猪的后腿叉开，被倒挂在架子上，男人们最后给它们做清洗，用海绵从上往下擦拭，用水把一层层的烟灰洗掉，黑色的水滴滴答答流下，最终，下面的灰黄色皮肤露了出来。

我注意到有个男人一直站在一边。虽然我之前也见过他，但似乎在此之前，他一直没有参与什么。他大约五十五岁，我猜，每个人都对他恭敬有加。他是屠夫，现在要解猪了。但他不怎么急，先掐灭了他的烟头。他身上穿的衣服看起来很像画家的罩衣。他准备刀具时，玛利亚递给他一杯巴林卡，他默默接过去。然后，他把空杯子还给她，向前走了几步，开始处理那头倒挂着的无头猪。院子里很安静，大多数男人已经回屋了，现在只有冰锥滴水的声音。那个屠夫第一刀下去，在猪的肚子上，拉出了一道长长的口。

猪的肠子一股脑掉下来，它们的尺寸让我非常惊讶，实在大得惊人。虽然猪肠子基本上是灰色的，但却发出一种怪异的粉色光泽，表面亮闪闪的，几乎可以说色彩斑斓。它们在地上诡异地颤来颤去。屠夫擦了擦手上的血，又点上一根烟。

他的烟耷拉在下嘴唇上。他在猪的身体中切割着，有东西掉了下来。我对自己看到的一切，同时觉得恶心和着迷,又有一种奇怪的麻木感。屠夫用力地拉扯着什么。接着，他的手捧出了猪心，我猜是——而且猪的心脏也大得惊人，尤其是上面伸出来的管子，他把心放到一个铁盘子里，管子里的血还在滴。

阿提拉一直在屋里。现在他走出来,说:“准备吃饭了。”

他告诉我，这顿不是正餐。过会儿才是，要到傍晚，天黑之后。我们全都在餐厅的桌子旁坐下，女人们开始端上食物。几个小时前还活着的肉，炒猪血和洋葱，新鲜的猪血布丁，白菜卷，腌黄瓜、花椰菜和绿番茄。还有一罐罐的红酒，装着巴林卡的塑料瓶也随处可见，这些东西似乎没完没了。阿提拉在哈哈大笑，巴拉日正给他看什么东西——一个彩绘的陶罐。其实是一尊内空的小塑像，外形是一个端坐的农妇，她裹着头巾，双手搁在屁股上，双腿跨在壶嘴上，所以酒从里面倒出来时，就好像是从她裙子下面流出来的一样。这东西真是太色情了，被众人传来传去时，不断引来笑声。

坐在我旁边的是那个穿加油站工装的人——我想他应该是叫索巴克。他的脸非常红，眼里布满了血丝。他似乎听不太懂我说的话。肯定是累坏了。“这挺不错啊,对吧？”我又说了一遍。

那人点点头。玛利亚的父亲站在我身后，一只手捏了捏我的肩膀，另一只手里拿着被他抓到已经咔咔嚓嚓变形的两升塑料瓶。他俯下身，给我的酒杯斟到满沿儿。他招呼大家来干一杯。我和桌对面一个年轻的女人目光交汇。她用勺子舀起一点猪血洋葱，塞进了几乎没牙的嘴里。更多盘的肉从厨房里端出来。我看到玛利亚对着那个色情罐子大笑。现在她父亲回到了主座的位置上，叫大家安静下来。老实说，我们这位东道主，完全就是乔叟作品中的人物。身上穿着 20 世纪 90 年代守门员那种夸张艳俗的服装，顶着方方正正的发型，但一边的缝分得太高了，说话的声音很大，就像我大吼时的音量。他开始发表演讲。“又到了一年的这个时候了。”他笑出满脸褶皱，像月球表面一样坑洼不平。“又到一年这个时候了。”

那头母猪的一部分还挂在 A 形架子上。她现在就是一堆肉，已经不再像什么完整的东西，不再是任何可以把她定义为一个单独个体的“东西”了。屠夫还在干活儿——他没去吃饭，他是受雇干活的专业人士，想要尽快把活儿干完，然后回家。人们成群结队端着盘子和托盘，把切下来的猪肉，端回那个天花板很高、墙上贴了白瓷砖的房间做处理。里面放着桌子和各种机器，用来把肉切片、绞碎和捣碎。老妇坐在凳子上，拿削刀专注地削肉。一个男人转着绞肉机的把手，另一个往镀锌的漏斗里加肉。还有那个蓄了宽胡子的男人，正抓起肉，朝一个长长的木盆里扔，另一个穿着印花围裙、虎背熊腰的壮汉，则在用力地混合、揉搓盆里的脂肪和碎肉。他的整个前臂都被溅得鲜红，但那不是血，而是宽胡子男人正在往里面倒的巴林卡。

与此同时，上好的肉块从那头曾经的活物上割下来后，被放到了院里的一张桌子上。这些才是真正的猪肉——大块肥瘦均匀的肉。我给阿提拉和巴拉日打下手，提供着生疏的劳动。屠夫从那头快被分解完的母猪上把肉割下来，递给我们，我们把肉拿到桌旁，让鸭子主人和他开发房地产的兄弟评判。他们决定哪块要腌、哪块要熏，然后做好相应的标记。有时候他们意见相左，便跑去问屠夫，那人不紧不慢地过来，把烟从嘴上拿下来，用一副无可辩驳的权威口吻解决掉争论。

太阳出来了，在雪地上投下清晰的蓝色影子，把雪照得闪闪发光。房檐上挂着的冰锥正在疯狂地滴水，几乎连成了一道道水流。水洼里闪着光。

腌猪肉的地方以前是个马厩。里面停着一台小拖拉机，房梁上挂着装饰性的镰刀，地上的大塑料盆装满了盐。我们把肉拿过去，交给一个胡子几乎长到了眼睛那儿的男人。他小心地把肉埋在盐里，然后我们回去拿下一块。肉湿乎乎的，把我的手弄湿了。很快，虽然太阳光芒万丈，但我的手却已经失去了感觉，冻得像在被针扎。那种痛惊人得剧烈，很快我就受不了了。几乎让我害怕。于是我找了个借口，回到了屋里。

进屋后，我来到厕所，把手放到水龙头下，用凉水解冻。水龙头流出来的凉水感觉很暖和。那种暖和的感觉真是太奇怪了。虽然我知道水是凉的，流到手腕上时能感到凉意。我的手青里带红，又麻又疼。慢慢地，水让它们恢复了感觉。我能再次感受到它们，痛感几乎消失后，我关掉水龙头，四下看了看，想找东西把手擦干。有个那种在公共场合用的抽纸盒——粗糙的绿色纸巾，类似加油站厕所里那种——我抽了一张，仔细擦干了手。

出来后，我看到其他人举着托盘，里面放着肉——大块的培根，还有母猪的四个蹄子，以及其他东西。

“你要不要来帮我们一把？”巴拉日说，“要送到烟熏房。”

阿提拉把他的托盘给我，转身又去拿了一个。我们往院子的高处走，经过池塘、禽舍，来到一个小木屋前，地基是砖砌的，大小和茅厕差不多。玛利亚的父亲刚刚把锁打开。他推开门，里面黑光锃亮，架着许多变了形的横梁，样子很奇怪——越到中间越细。其中一些看起来快折了。横梁上挂着金属钩子，我们站在门口，托着盘子，他把肉拿下来，小心翼翼地挂在钩上。

我们走回房子时，天一点点地在黑下去。

太阳落到了光秃秃的树背后。

那间处理猪肉的瓷砖屋子里面亮着灯——高高悬在头顶的霓虹灯管，给一切都覆上了一种青绿色的苍白。托盘里放着要送到烟熏房的香肠。那些托盘让人有些伤感。那头活蹦乱跳的母猪，现在却变成了肉铺橱窗里的展示品。阿提拉和我端着托盘，跟随玛利亚的父亲回到黑乎乎的院子里，那头年轻的公猪——几乎完好无损，只有一些地方被烤焦了——还吊在 A 字形的架子上。外面现在显然冷了许多。空气静止，隐约能闻到烟味。我们再次等在烟熏房外，玛利亚的父亲把香肠成对挂到了沾满烟灰的钩子上。“我们明天再熏吧。”他这话更多是在对自己说，而不是我们。把肉都挂上去之后，他锁上门，站在那里，用他那巨大的鼻孔——跟马的一样大——深吸了一口气，环顾正在变暗的平坦土地。铁丝网围栏外的空旷田野，伸向远方无穷的黑暗中。上面盖着的雪看起来是灰色的。另一个方向，在其他房子的长院子之外，一排昏暗的街灯已经亮起。我们返回院子里时，脚下的雪又开始像清早那样，嘎吱嘎吱响起来，甚至更清脆。

在沉沉的暮色中，我差点在一块光滑的冰上滑倒。“小心。”玛利亚的父亲说。

他用力推开屋子的门，和阿提拉先进去了。我刚才差点滑倒，所以落在了他们后面。我在门口停下来，独自站了会儿。

房檐上的冰锥沉默无语。

我先前看见的那些房子，没有一间的窗户里透着亮光，它们渐渐消失在了黑暗中。这里就好像已经没有人居住，就好像整个村庄已经被完全抛弃了。

III 诗歌

113 玉环

萨拉·霍伊

Loop of Jade

玉环

撰文　萨拉 · 霍伊（Sarah Howe）

译者　刘宽

母亲的首饰盒

成对的盖子
　　在黑漆盒子上
　　　　　打开——

一条月光湖
　　幽幽的荷叶
　　　层层展开

银链子像
　　精致的 *o* 和 *a*
　　　是铜版体的

缠绕着的一串串
　　那些平整的珠子
　　　　是羽扇豆的种子

玛瑙
　　它们那生锈的背景
　　　　　马蝇的眼睛

母亲的琥珀戒指——

　　我用我的手指估量

　　　　它的重量——

一茶匙的蜂蜜

　　倾泻的威士忌

　　　　就着晨光

玉环

有时候，非常偶尔的时候，当电视机已经持续播放了很久,电视节目都结束了,楼下的灯都熄灭得只剩一束光时,妈妈会突然讲起关于她成长的故事,没有任何前奏、任何预兆。她的话在黑暗里欲言又止，又非常不加思考——她有意时是前者，无意时就是后者。我认为这种心照不宣的约定不仅是日常生活里的一种摸索，更是这样一种时刻：当男人们睡着了,妈妈这时候从一个倾听者变成被倾听的人。

有一次她讲到她小时候的恐怖经历。她家住在平房里。平房的公用厨房是一个半户外的空间，充斥着湿热的空气。公用厨房连成一整排，像是一个走廊，又像是一个平台。那个空间除了有一口像西方婴儿的澡盆那么大的锅以外，还是一个公共厕所。妈妈讲到，当时的她赤脚蹲在破裂瓷砖砌成的茅坑上，尽力屏住呼吸。她讲说即使很害怕，她的眼睛还是会顺着下水道看过去，好像有东西会从中涌出来——讲到这里她会咯咯笑，同时又微微打战——还有蟑螂

发亮的身体，像是充斥着用肮脏物做成的甜食。我仿佛看见了它们，有着锈迹或是粪便的颜色，用敏捷的腿在破旧的铁栅上疾走；

过去的事情就是这样从潮湿而隐蔽的脑袋里逃逸而出。

*

一个粉绿色的坠子
玉象征着结合
我们这两个年轻的恋人
所以当祝英台
被许配给了
别人，一个更年长的男人
梁山伯的那翅膀般的心
便从此停止了振动

*

还有一次她讲起，在一个桶状的房间里，在那个总被她称作学校的地方，她被迫用绿色的地板清洁剂洗头，

清洁剂从卷筒芯里摇落下来。说到这里，她的手指会无意识地触碰自己的头皮。记忆里，我不会去看她那玫瑰花瓣蜜饯般的斑块，那些癣或者伤疤。为了盖住它们，她每次离开房间之前，都会小心地把她美丽的黑发分层梳理好。

*

我永远都不会认识这个地方。还有盛在破口碗里的一勺米饭，以及日复一日清淡的汤。

海浪传来的雷声在他们的卧室回荡。在房间外，船只也被刮得吱吱嘎嘎作响。她和其他女孩儿一起缩成一团。垂在纤弱而黝黑的手臂上的头发，飞了起来。最猛烈最明亮的一道闪电和铺位的铁床架产生了反应(这样说对吗？)，就像是某种来自天上的音叉，与一个超自然的嗡嗡声一起发出尖刺的声音——

一个夜黑般的电视机，它秋日的风暴。在距离工作台发出噪音的一英寸外，她孩子的手在颤抖着。我感到我的手掌和她的手掌像磁铁般吸在了一起；但又有什么东西在把我的手往后拽。金属的味道很有趣：

一口冒烟的锅，或是碱性的肥皂。

*

他们把他埋葬在
山路边上
透过高高的窗格
她抽泣着：
像是困在笼中的蟋蟀。很快
婚礼的良辰吉日到了
祝英台，漠然笑着

*

妈妈讲述着这些或那些故事，带着一种停顿的、有旋律的、异常过时的犹豫。我的意思是，我每次听到的时候，那种不流畅的音调都会把我带回我们刚刚搬来这里的那几年时间。那时候，她四十岁出头，刚来到一个新的国家。那时候她讲话比现在还慢，带着一种微妙而几乎不停顿的鼻音，很像“nnnnnng”（类似普通话的“嗯”，是一种后鼻音。译者注）的发音。那是粤语里很自然的发音——

这个音填补了她后来说得很流利的英语的停顿处，就像普通话电影里的电子琴旋律。当她和我那些新朋友——短暂的玩伴的妈妈们聊天时，我始终强烈地感觉到她只会发出中音，讲话时手势僵硬，下巴朝门口倾斜，像是一个泄气的木偶。我多么多么希望它可以重新唱起歌来。那些当地的孩子会因为我发“nnnnnnnnnng”这个音的抽搐表情而在操场嘲笑我——

这时候我在努力不让自己感到羞辱。

*

这是不可能的事
但是一道神奇的旋风
快速穿梭过队伍
所以他们无法越过
梁山伯在路边的坟墓

被帘子遮住的新娘，探出头来
从她的花轿上迈开步子——

*

我发现，她最漫长、最空洞的停顿，通常在“母亲”这个词之前。

就像，有一次我刚从上海旅行回来，洗碗的时候，她说，“我——母亲，她会说上海话”。这是她著名的无前提推论之一。饭桌上的一家人都笑了。这一切就像是，她已经在脑中指挥了这对话一阵子，然后现在决定用窘迫的方式把你加入。还有一次圣诞节的时候，她把冷冻的肉末派卷进厨房纸：“我有时候觉得她不太可信，我——母亲。她跟我说的事情，我不知道我可以相信多少。”

她嘴里的那个名词让我感到焦虑。因为我永远不会自然地用“母亲”这个词，除非在移民办公室，或者是对一个完全陌生的人说话，或者在一首诗里。她把这个词放置在房间凝固的空气里，像是需要下一个决心，但却让人感到不太对劲——像是一个蹩脚的翻译——

就像看着她在跋涉，一次迈出艰难的一步，然后再走进一个宽广而灰暗的海峡——而我是在最远的海岸上一个挥着手的小点，却并不被看见。

*

随着一声雷鸣

坟墓被炸开

裂出一道沟壑

祝英台，在丝绸的鞋底上

站定了片刻

朝着大地张开的红唇

她扑身而入

*

曾经　　有一个男人　　在附近的一个区。当我　年轻的时候我　　母亲没有钱，有　一段时间其实是很长一段时间　我被　　送去别人家寄养。那个男人就是　那些别人中的一个人。现在回过头去看　在他家比　在澳门的学校寄宿要好。我从他那学到了更多的东西。那里　还有别的小孩，别的　女孩。　　在夜里他会教我们　　一些老的故事还会一起唱歌。　人们　他们过去谈论　关于他。那些歌不只是在托儿所的那种　童谣虽然　我也没有听过那些童谣。　我的意思是　经典的传说和故事。他的　名声很臭。　传说中　比如莎士比亚的故事里有很多女孩　　她们　穿得像男孩这样她们就可以被

允许　　　　去上学或者参战。我的　　　　　妈妈听说了这些然后把我　　　接了回去。　当我长得足够大了，我就必须去　　　学校上学了。有一首歌叫　　　　《梁祝》。那是一首诗　　　也是一首歌。　　我以前会完整地唱这首歌。他那时　　　对我很好。我觉得我从来没有　教你这首歌。

*

苍天有眼

情人同墓

清风徐来

破茧成蝶

比翼双飞

永不分开

*

它撞击着我的胸口，吊坠上

串着我乳白色的玉——

我把它串在我的旧表带上——

这本是为新生儿而做的手镯。穿过它

光滑的小圈
当我把五个手指缩成梅花状——我可以——勉强戴进去

玉在我的掌心冷却下来——
像蝴蝶翅膀上
绿色的眼睛。这是我刚出生时的事了

祖母把它送到黄大仙那里
开光。我看见过那个地方——

香火让空气烟雾缭绕，对好运的祈求——
驱使着人群，
他们许的愿都绑在树上，迎风飘着——直到后来

香客都变成了游客。至于那块玉，我从来没有戴过
甚至没有再见到它
这其中的道理是这样的：如果一个婴儿
不小心摔了这个石头环——一个必要的代价——
就是一次报应
会发生在她家。当她痛苦地跪在菩萨前面的

台阶上，这个年迈的女人有没有摇动签筒
里面装着一头红色的
竹签，然后摇一个，来祈求我的命运？

那么如果我现在摔坏这玉环——我还能被拯救吗？

亚利桑那之夜

我的脚踝从床单的尾端伸出来——
那声音像是沙子从铁锹溢出
像夜晚的空气变得浑浊的过程

在某一刻 因为突然传来的脚步声
我们之间的纠缠在黑暗里找到了其措辞
在我的额头和脸颊

都生长着
控制着你的呼吸
那是你我之间一时的解脱。炙热

在这里比睡眠通向更深处
裹挟了一切，熠熠生辉——
你侧身压在我的前臂上

就像，梦里，你转过身去
后背和大腿开出花朵来
我的手停在你的脖子上

眼睛适应着不同的黑暗
并且挣扎着调试着自己——
隐藏的椅子，和我们花束般的衣服

杜松那刀锋般的枝条在疯狂地吱吱作响
在那不断被染红的阴霾的边缘——
庆幸我们在黎明之时来到了城市里

垄断（致敬阿什伯里）

我保留一切直到必要之时
我是你银行经理眼里闪过的光
我从不吃蛋糕以防世界融化
我是我自己的安慰

我与物质世界有着麻烦的关系：
我沾沾自喜地把我的铜币扔进河里
（我做所有的事都带着一种让人难以忍受的得意）
我提倡公然致谢

我犯下对你有利的小小错误 至少有时候这样
我装作一切都没错
我在选美比赛中获得第二名
我身体的边缘正不断泛出黄色的皮肤

我是最后一个眼睁睁地抽中下下签的人
我在街角悲惨地游荡，在那里
我挂出的卡片上写着：如果你看见
我挣扎着试图举起这张卡片，拜托了，不要来帮助我

长江

月光闪烁着
在褐色的河床上
线状的云雾
围绕着山坡
山上杉树繁盛

倾斜的悬崖
沉入广阔的水面
在远处的小径边
松树的枝干曲曲折折

在下游处
烂尾的桥
两端
没能连在一起
我们简陋的小船
嘎嘎作响着
朝重庆的方向驶去
忘记是谁了

说过

旅行总是艰难的

我的脸迎着

晚风

我听见——

某个地方的梦境

一只白鹭 在微弱晃动的光线下

俯冲入江面

从白色的星光里

传来波浪声

一名渔夫

乘着他的快艇

沿着河岸前行

穿过我们的竹桨时

也带来了船的震动——

他的网并没有捕到鱼

而是一些沉入江底的

枯萎的枝条

在水下
一个沉没的村庄还在努力保持原样——

光滑而光秃的树干
被摇曳的水草覆盖着
盛满献给天空的水
也献给鬼魂出没的森林
树根深深腐烂在地里
那里埋葬着的岩石
还是干燥的

在这个空旷的
水泥房子里
窗户是窗外的取景框
房间的门慢慢移开

成千上万的人
曾经生活在
这些江边小镇里
如今这里正慢慢充斥着
什么，究竟

是什么?

忘记是谁了

说过

旅行总是艰难的

月光闪烁着

在褐色的河床上

IT'S STILL DAMP FROM THE SADNESS ON THE BEACH.

海滩上的悲伤依然潮湿不已

凯丽·哈德森 | Kerry Hudson

⋈ 访谈

幽默不是在文章完成后才加上的修饰，它是我感知世界的方式，甚至是我的存在本身中内在的一部分。所以，一方面我不太想和没有幽默感的人交谈，但另一方面又觉得和他们交谈很有趣，因为我总是好奇，没有幽默感的人是怎么在世界上存活下来的呢？

杰夫·戴尔专访
——待在书桌旁也可以拥有充满冒险的一生

采访、撰文　陈一伊

“你怎么看这部片子？”

我指着手中的《昆西四季：约翰·伯格的四幅肖像》（*The Seasons in Quincy: Four Portraits of John Berger*）。在封面上，是白发伯格线条清晰的侧脸与扭过头来的蒂尔达·斯文顿（Tilda Swinton），那个消瘦、冷傲的模特与演员，以及这部片子的导演。

“实在太难看了”，杰夫·戴尔（Geoff Dyer）脱口而出，“这很做作……让人觉得难堪、尴尬。”

我没追问具体原因。这一切可以理解，伯格是杰夫·戴尔的智识上的英雄，鼓励他踏上写作之路的人物。他人的诠释总显得过分轻薄，更何况是来自一位女演员，不管她显得多么与众不同。

我与杰夫·戴尔的访问发生在一个下午。他仍在倒时差的疲倦中，傍晚的啤酒尚未到来，我的习惯性紧张则因坐在对面的是他，更为加剧。他过着我渴望的生活——一个多年来的世界游荡者，他敏锐的观察力让我叹为观止，更重要的是，我怕自己抓不住他那絮絮叨叨的英国式幽默感，而这正是他那些迷人作品的关键所在。

最终，这变成了一场东拉西扯的闲聊，而就在我的情绪逐渐兴奋起来时，他突然说，他觉得自己太累了。

“伯格永远不会成为一个好玩的作者，但我想写好玩的东西”

单读：伯格去世的时候，你给《卫报》写了一篇短小的文章，你说伯格带你去了个酒吧，你们谈论了什么呢？

杰夫：他问了我很多问题，很典型的他会做的事情。

单读：那时你是二十多岁？

杰夫：对，二十出头吧。人在二十出头时候的生活多么棒呀。即使当时觉得自己很惨，回望的时候还是觉得那很棒。

单读：你经常怀念自己二十多岁的时候，或者说是年轻的时候吗？

杰夫：是的。我很喜欢教书，在给二十多岁的学生上课、帮助他们获得知识的时候，我感觉自己也变年轻了。这是一个很重要的接受教育的时期。

单读：我觉得好热。可能是因为当你可以与自己非常仰慕的人会面的时候，就会觉得很紧张。你遇到约翰·伯格的时候也有类似的感觉吗？

杰夫：你这是在调戏我。是的，但我更多的是抱有尊敬的心情，那时我比现在的你年轻得多。

单读：当你回望三四十年前你们初次相遇的情形，你觉得他给你带来的最大的影响是什么呢？

杰夫：他对我的影响太大了。首先是，他让我认识到还有这样的写作形式，或者更准确地说是写作空间，即批评、虚构、文化评论、叙事的组合。并不是说我直接模仿了他，而是他真正让我意识到了这种可能性。我会说这是一种文体上的启发。

在 1984 年，那时我二十六岁吧，我遇见了他，这感觉非常奇妙。他是我所遇见的第一位厉害的作家，我敬佩他胜于其他任何人。他是一个这么棒、这么伟大的人，而我们成了朋友。我觉得自己很幸运，因为那是我第一次与文学的伟大、人性的伟大产生关联，人性的伟大通常会走向伟大的反面：一个人拥有人所能拥有的所有优秀品质。

单读：他会给你带来影响的焦虑吗？

杰夫：不，完全没有。

单读：为什么呢？

杰夫："影响的焦虑"（anxiety of influence）是哈罗德·布鲁姆（Harold Bloom）的观念，这对学术界而言或许很有吸引力，但我从不认识哪个作家或者艺术家真的感受到过这种焦虑。我的朋友乔纳森·列瑟（Jonathan Lethem）曾经提出过一个词叫"影响的狂喜"。就我所知道的而言，我不认为任何人曾经经历过所谓的"影响的焦虑"。但我从不觉得我需要杀掉影响巨大的"精神之父"，或者做任何类似的事情，这部分是因为我们的风格很不一样。从我三十五岁左右的时候开始，也就是过去差不多二十年间，我已经不觉得他对我有非常直接的影响。我已经发展出自己的特点，不再需要通过"杀死"其他作者来找到自己了。

单读：那么对于伯格作品中比较"重"的部分呢？他总是对各种事情有着道德考量。在这方面你们不太像，为什么呢？

杰夫：因为我是我，他是他嘛。

单读：但你不会被他吸引吗？

杰夫：作为读者，会。但作为作者来说，有很多东西是超乎你的控制能力的。从风格上来说，那不是我的风格。伯格永远不会成为一个好玩的作者，但我越来越想写好玩的东西。这是我们在感受和写作能力上的不同。当我还年轻的时候，我想尽量像他一样写作，但对我来说他最大的影响，是让我拥有写作许多不同话题的自由，而不是仅仅关注某一特定领域。还有同样重要的，是文体形式和结构上的创新。

“写作的内在原则就是自我教育”

单读：你会担心自己涉猎范围太广，太不专注，而对所有领域的认知都比较肤浅吗？

杰夫：不，我不会有这样的担心。我对自己写的书还挺有自信的。举个例子，世界上有一大堆关于一战的书，但我的书不是一部传统的一战史，而是我留意到的关于一战的小事。因此我很自信在这个被反复书写的领域里，我的书会成为很有意义的一本。它的价值在于，我不是企图重复别人已经写过的东西，而是在写我的洞见。

单读：能描述一下你写书的过程吗，比如怎么找到想写的话题、怎么做调查、怎么完成它。在你的书里，你总是说你受到其他事情的干扰，那你是怎么完成这本书的呢？

杰夫：先说说怎么开始一本书吧，通常都始于一篇文章。比方说关于一战的这本书，我参观了一个墓园，然后写了一篇文章，之后我又写了另一篇文章，再之后我写了第三篇文章……然后我意识到也许我本不该写这些文章的，因为我有更多东西想说，我该写本书的。有很多这样的例子，关于塔可夫斯基的那本书(《潜行者：关于电影的终极之旅》)也是这样开始的。

完成的方式有两种。一是我感到我对于自己写作的对象已经有足够多的了解，能够回答一开始驱使我探索这一领域时的问题，通常是“为什么我会对这个领域这么感兴趣”。然后我开始写作，直到某个时刻，我感到我已经为这个写作对象找到一种最独特、最贴切的文字，这样的文字与其题材会拥有某些相近的特质。

单读：对你来说，一本书最可贵的品质是什么呢？真正有原创性的洞见又是什么？

杰夫：我会说是让书的特质尽可能与写作对象的特质相吻合。另外我的长处之一是书的结构，我之所以总是夸耀我的结构技巧，是因为它能够弥补我所缺乏的讲故事的能力。我曾说过好几次，在我的小说里，结构有时会承担本应由“故事”承担的分量。

单读：你在写书过程中遵循的内在原则是什么呢？

杰夫：我觉得这个内在原则就是自我教育，增进关于写作对象的了解。重要的是，不同于写作博士论文——你做完所有调研之后，才把一切写下来——我的写作与获得知识的过程是同步的，因此在文字中你仍能感受到好奇心的余烬在燃烧。在博士论文式的写作中，这是不可能实现的，因为好奇心会被埋藏在已固定的层层知识底下。

单读：但在今天，这样的从约翰·伯格、苏珊·桑塔格、本·雅明等人沿袭下来的传统似乎已经衰落了。

杰夫：你可以这样看，但另一方面，你也可以说这类作品比以前更多了。比如桑塔格很喜欢的 W.G. 泽巴尔德（W.G.Sebald），他的作品融入了散文和叙事，因此很难归类，这是他很有趣的一点。但桑塔格的话，她的散文和小说是比较泾渭分明的，当然她也写不同类型的小说，但她不会把散文和小说混在一起。在伯格的作品中，这个界线是比较模糊的，而在泽巴尔德那里，这个界线完全模糊了。现在的很多作品也是这样的。还有越来越多的非虚构作品不只是提供关于其写作对象的信息，而是本身就包含特定的审美趣味，我也会将其归类为伯格的影响。

单读：那么布鲁斯·查特文（Bruce Chatwin）呢？

杰夫：我不太喜欢他，不喜欢他在书中展现的人格，比如《歌之版图》（*The Songlines*）。我觉得他不是一个很好的思考者，而且人们在 20 世纪 80 年代对他的赞誉，我觉得用在伯格身上更适当，可能这跟我对伯格的绝对忠诚也有关。当然我很赞赏他的小说《黑山之上》（*On the Black Hills*），但我觉得《歌之版图》的意义没那么深远。

对了，关于查特文，我觉得阅读他的作品的欲望都在阅读卡普钦斯基（**Ryszard Kapuściński**）的时候被释放了，尽管他死后有很多传闻，包括捏造事实等等，我还是很喜欢他。阅读他的作品时所感到的不可思议的震动，是在阅读查特文的时候从来没有过的。

单读：你想过像卡普钦斯基一样生活吗？去过一种更危险的生活？

杰夫：不，我从没想过，我从来没有做过任何报道。如果可以选择另一种人生的话，我也愿意成为一个驻外记者，但我感兴趣的可能是和其他记者一起聚会，外头在革命的时候我们在酒店里面喝酒。卡普钦斯基自己说他的写作是“一种新的文学形式”，我觉得这也是对他作品的很恰当的评价。现在已经公认，他书中许多“所见所闻”其实都是虚构的，这更让我对他没有获得诺贝尔文学奖感到遗憾。他应该得到这个奖的。

单读：卡普钦斯基的一生中充满了各种危险，对你来说“危险”意味着什么呢？你会倾向于逃避“危险”吗？

杰夫：我只是从来没有处在他的境况当中，对我而言，问题在于一个作者能过怎样的历险生活，你一直待在书桌旁也依然可以拥有充满冒险的一生。这也就是“文学历险”的概念。比方说乔伊斯，他一生平淡无奇，但《尤利西斯》却是非常美妙的文学历险。对我来说，写作本身就意味着经历我无法以其他方式经历的事情，比如在旅行文学中，我可以不付钱就住到非常奢华的酒店，或者来一次昂贵的冲浪，而不一定是像卡普钦斯基那样去报道足球战争[1]。

单读：我们讲到卡普钦斯基的生活里有很多激动人心的内容，但在你的书里，好像激动人心的内容没有那么多，很多事情都只是发生了而已，没有什么重大的意义，好像只是一种个人体验。

杰夫：我和卡普钦斯基的共通点在于，我们的写作都是基于经验的。我不是坐在家就可以凭想象力写作的类型，我必须依靠经验，比如说去到某个地方，获得一些体验。只不过我去的地方不像卡普钦斯基去的地方那么紧张、危险，或者拥有那么多沉重的历史。

1　1969 年萨尔瓦多与洪都拉斯之间的六日战争，又称一百小时战争。

“在一个不同的时点去到某个地方，我的人生会多么美妙啊”

单读：当你到不同城市旅行的时候，最性感的部分会是什么？

杰夫：我不知道性感，但印度是给我留下最强烈感受的地方。它非常美丽，宗教很兴旺，但又非常令人作呕，这些都同时混杂在一起。它是个令我印象非常深的地方。但我也很害怕再次到瓦拉纳西（Varanasi）去，我怕会在那里生病，病个四五天之类的还好，但我不希望我的身体器官会因为某些可怕的病菌受到永久损伤。

单读：你关于美国的体验呢？你在洛杉矶也住过一段时间。

杰夫：我总是想，我曾在这么多地方居住过，如果能够改变一下它们的先后顺序，在一个不同的时点去到某个地方，那我的人生会是多么美妙啊。我现在在洛杉矶，但我觉得这好像是个错误的时间，我该在三十多岁的时候到那里去的，我很确信那样的话，我会度过一段更加美好的时光。

洛杉矶有很多好的地方，我也喜欢待在美国西南部。但另一方面，当你在伦敦的时候，你感觉就像在欧洲的中心甚至世界的中心，因为到哪里都比较方便；可是在洛杉矶，你会清晰地感觉到你在西方世界的边缘，去哪里都不方便，除了加州以内的地方。

另外，我很清楚我一直想住在加州，几乎觉得在加州生活是我的一种宿命。所以一方面我会觉得很好，我终于迎来了命运的安排，但命运的安排又总是会出一些小差错。我一直想住在加州北部，而不是加州南部，我想去旧金山，而不是洛杉矶。

单读：为什么想去旧金山呢？

杰夫：我最想到那里去的时候，是 20 世纪末到 21 世纪初，有太多我感兴趣的东西是起源于旧金山的，比如内华达州的“火人节”1，最开始也是在旧金山。但现在大家都说旧金山已经是一个和过去很不一样的城市了，因为有新兴的科技产业，当然洛杉矶也有。我很清楚我已经错过了那艘去往旧金山的船，我本该在 1999 年的时候乘上那艘船的。

---

1 Burning Man Festival，是一年一度在美国内华达州黑石沙漠举办的活动，九天的活动开始于前一个星期天，结束于美国劳工节（九月第一个星期一）当天。这个活动被许多参与者描述为是对社区意识、艺术、激进的自我表达，以及彻底自力更生的实验。

单读：刚刚谈到科技。你有想过写关于科技、经济之类的书吗？对于这个世代来说这是非常重要的新现象。

杰夫：不，从来没有想过。这些的确非常重要，但我能写什么呢？我到中国的时候，有人跟我说我应该下载微信，所以我就下载了，结果在中国的第一天，别人一直在帮我设置手机。所以我真的不是一个能写这方面东西的人。在中国，像上海、北京这样的城市，确实你会感到这就是铸造未来的熔炉。但在旧金山这种感觉可能更强，城区就有很多科技巨头公司的总部，这就是塑造现代心灵的地方，（新兴科技）也越来越明显地介入到我对世界的认知里。

单读：所以你更喜欢活在过去吗？

杰夫：不，我没有这种怀旧的情绪。

单读：你曾经在很多城市生活过，你觉得哪个城市是最惨淡的？

杰夫：这真是个好问题。我觉得是冬天的罗马吧，太灰暗了。春天和夏天时的罗马很棒，但冬天太冷了，而且没有人承认它太冷了，所以你不会有那种舒适的感觉，总是感觉冷冷的，在咖啡馆、在家、在公交车上，都觉得冷冷的。但在一些非常冷的地方，比如纽约，或者英格兰，冬天挺好的，因为有暖气的地方都很舒服。而且在冬天，你无法享受罗马的光和热，就会意识到它所缺失的东西，尤其是文化上的。

单读：那么酒呢？什么时候开始喝酒的？

杰夫：啤酒吗？作为一个英格兰人，三岁开始就喝酒了吧。

单读：你从没想过给啤酒写一本书吗？

杰夫：没有。但这确实是个伟大的发明，没有啤酒的话这个星球会多么糟糕啊。

单读：当你到世界各地旅行的时候，人们总会提起你谈论爵士乐的那本书《然而，很美：爵士乐之书》（*But Beautiful: A Book about Jazz*），你会对此感到厌倦吗？

杰夫：不，事实上我感到非常欣慰。因为这本书在英国的出版过程非常艰难，而且我又等了四五年它才在美国出版。现在我快六十岁了，四五年看上去不算太长。但当时我觉得真是太糟糕了，我受到的待遇真是太不公正了，因为我觉得这本书很应该在美国出版。后来这本书陆续在各个其他国家出版，我真的充满了感激和欣慰，我从没为此感到疲累过。

单读：你曾在一篇文章中提到，你在写一本关于网球的书。还在写吗？

杰夫：写那本书真是让我饱受折磨。现在我的网球生涯在走下坡路了，或许我应该在我越来越黯淡的网球生涯走向尽头的时候写这本书的。

单读：对你来说，网球和爵士乐之间有什么相似之处吗？

杰夫：它们太不一样了。我不会参与到爵士乐和摄影的创作，我不弹奏乐器，也不拍照。但我会充满热忱地打网球，尽管我打得不好。我的妻子以前会说，我很热衷于网球，而且总是花时间在上面。即使我的技术很糟糕，我还是很喜欢打网球。这是它和爵士乐、摄影不同的地方。

我没能完成这本书，或许就是因为我无法完成我此前所提到的，找到一种最适合网球这个题材的文字形式。但无论我最后能否完成这本书，我都对网球这个话题充满兴趣，这是没有疑问的。

单读：罗杰·费德勒（Roger Federer）是网坛传奇，在爵士乐领域你觉得谁能成为这样一个传奇式的人物？

杰夫：这是个有趣的问题，有好多费德勒式的人物，我觉得关键是我们生活在费德勒的时代。回到音乐领域，这就像在英国或者在美国，很多人都记得他们看亨德里克斯（Jimi hendrix）演出的夜晚，这给他们的人生赋予了特殊的意义。同样地，我看了费德勒去年在温布尔顿打的每一场比赛，这与某人看过约翰·柯川[1]在“先锋村落”的表演，意义是差不多的。

单读：在你看来，是什么让费德勒成为一个这么与众不同的人物的呢？

杰夫：在体育比赛中，通常都存在“效率”和“美”的对立。比如说在足球当中，踢得有美感当然好，但最终还是要赢球。但对于费德勒来说，最能高效取得胜利的方式，同时也是最有美感的方式。对于整体比赛而言，这是非常美妙的，也是难以持续的。所以看费德勒打球的时候，你会感受到极致的美和极致的效率，这是非常棒的体验。还有就是随着时间推移，他似乎已经变得——用做爵士乐的人会说的话来说——像是一只“漂亮的猫”，他很幽默，很令人喜欢。对我来说还有很重要的一点，就是他输球的时候也很优雅，因为体育精神的关键之一就是在输的时候依然保持风度。其他厉害的网球运动员比如纳达尔和德约科维奇也都是很有风度的球员，他们都各自打败过对方这么

1　John Coltrane（1926-1967），美国自由爵士乐代表人物。

多次，都经历过许多失败。

单读：在作家方面，有谁能够将“效率”和“美”结合起来吗？

杰夫：也有很多。比如马丁·艾米斯（Martin Amis）巅峰时期的作品，它们充满了力量感和创造力。现在艾米斯已经不在他最好的时期了，但他的确是我第一个想到的人。

单读：那你呢？

杰夫：我是绝对不会掉进一个这么显而易见的坑里的。要我在镜头面前吹嘘自己，这是个很好的尝试，但你该伪装得更好一些。（笑）

“没有幽默感的人是怎么在世界上存活下来的？”

单读：我们刚刚讲到失败。失败对你意味着什么呢？

杰夫：很多年来，如果以标准的出版界的成功指标来衡量的话，我不是一个成功的作家，我的书也挺失败的。我没有得到多少关注，我的书也卖不出去。我不得不说服自己，这让我得以从一个话题转移到另一个话题，而不必感到什么压力。比如说，我的前一本书是一本小说，如果它获得了巨大的成功，我们都知道出版商会希望作家继续写同样的东西，那么也许我就会面临比较大的压力。但如果这本小说只卖出一些，那么我去写一本非常私人化的、关于一战的书，压力就小得多，因为没有什么风险。以这样的方式，我会把失败解读为成功的必要前提。这里的"成功"只是指持续的创作。一方面，我会希望我的书得到更多的关注，尤其是 90 年代我出了很多书的时候。但另一方面，这些失败或许让我有些丧气，但它们没有在我持续创作的路上成为阻碍。

单读：所以你是说失败给你带来了更多的自由吗？

杰夫：是的。

单读：但怎么保持一个平衡呢？太多失败也是很可怕的。

杰夫：的确，经历太多失败的人可能自杀，或者不再写任何东西。失败可能让人持续地写作，但也可能让人无法写作。但对我来说，它没有损害我写作的能力。

单读：过去几年间，你有遭遇过写作障碍吗？

杰夫：我不太认可这个词，因为我从来没有感觉到过"障碍"，我只是觉得我没有东西要说。我只是持续了一段时间的闲散状态。人们总说我那本关于 D.H. 劳伦斯的书

（《一怒之下：与 D.H. 劳伦斯搏斗》，*Out of Sheer Rage: Wrestling With D.H.Lawrence*）是关于写作障碍的，但那是我所写过的最简单、最有意思的书之一了。

单读：我还是很好奇，在你的书、你的座谈中，你总是给人感觉很放松。真的没有在伪装些什么吗？

杰夫：我倒是挺惊讶你觉得我是放松的，因为在很多书中我都坦诚地写到自己所受的折磨，这几乎是放松的反面，我对很多事情还挺焦虑的，我只是能够很放松地写出我的焦虑而已，因为我对焦虑的感觉太熟悉了。而且我会把写作作为游戏来娱乐自己，如果能调侃这种焦虑逗笑自己，那么我也会开心一些。

单读：你觉得你最大的弱点是什么？

杰夫：我有太多弱点了，刚刚也提到过。但对于一个作家来说，有弱点是可以接受的。如果你是一个网球运动员，你反手不行的话，你必须解决这个问题，不然对手就会盯着你的反手位打。但如果是一个作家，你反手不行就别管反手了。作家可以只专注于自己最擅长、最拿手的方面。所以我的弱点都不太重要，我可以不依赖于某些能力而写作。比如缺乏讲故事能力、不擅长构思情节，我会用结构来弥补它。

单读：你讲到你喜欢写有趣的文字，为什么“有趣”对你而言这么重要呢？

杰夫：部分可能因为我是英格兰人。关键是，幽默不是在文章完成后才加上的修饰，它是我感知世界的方式，甚至是我的存在本身、内在的一部分。所以，一方面我不太想和没有幽默感的人交谈，但另一方面又觉得和他们交谈很有趣，因为我总是好奇，没有幽默感的人是怎么在世界上存活下来的呢？在洛杉矶他们就活得很好。

单读：这让我想起乔治·奥威尔（George Orwell）曾写过“如何做一个英国人”，现在你怎么理解英国人的概念呢？

杰夫：这个概念经历的转变太大了。以前大家觉得英国人很保守，但在 20 世纪 90 年代，当英国开始输出它的锐舞（rave）文化，大家又开始觉得英国人就是非常疯狂的派对动物。这个观念是一直在不断变化的过程中的。但我觉得有些比较传统的英国人的特质在今天依然存在，比如前几天去世的罗杰·班尼斯特（Roger Bannister），我觉得他身上就有很传统的英国人的特质，这些特质在今天也是很普遍的。

单读：你在世界各地游历，这会增强还是削弱你作为英国人的特质呢?

杰夫：我觉得如果在游历世界之后就感到自己更“英国”了，那是很可怕的。比如住在加利福尼亚的时候，我和我的妻子都觉得我们变得更为礼貌，而美国人对英国人的典型印象就是他们很礼貌、举止很得体，但我们变得更为礼貌的原因并不是我们变得更“英国”了，而是在加利福尼亚，举止得体的要求变高了，相对之下英国几乎成了一个行为粗鲁的国家。当然，在任何情况下、在任何国家、对任何人，礼貌都是重要的，所以当你有动力去改善这个的时候，这其实是件好事。

单读：特朗普的上任对大家的举止有影响吗?

杰夫：我觉得影响在于，我们都非常一致地反对他。

单读：你对特朗普当选有什么看法吗?

杰夫：他当选美国总统的时候我正好在美国，英国脱欧的时候我也正好在英国，这两件事情我都亲身经历了，而且这两件事是互相关联的。我对这方面没有太深入的研究，但我想大家现有的解释已经非常充分了，就是“身份政治”的局限性。这是我非常感同身受的一点，因为我现在在加州大学，“身份政治”确实是校园文化中非常重要的一个部分。

单读：但特朗普的粗俗作风似乎与大众情绪非常契合，怎么看待这样的现象？

杰夫：现在回想，民主党人应该对此负有部分责任。因为特朗普被某些人嘲讽的许多部分，恰好是其他人非常欣赏的部分。比如说最近曝出他和一个艳星的丑闻，但有一部分美国人对此的回应就是“哇，他太幸运了”“这真酷”。所以任何这样的所谓丑闻里面，都有让人更欣赏他的部分，他也很善于利用这一点。即使是很恶劣的，比如逃税，他也会说这说明他很聪明。这对于至少部分民粹主义者很有吸引力。

单读：那么是非对错这样的道德问题，从来不困扰你吗？

杰夫：文学所做的事情之一就是以非常微妙的方式来塑造道德观念，而不是以愚蠢的、教条的方式。特朗普与美国之前的任何一届总统都不同的地方在于，其他总统都是以服务民众作为选举宗旨的，这在美国是非常重要的，尽管他们各自有不同的表述。但我觉得特朗普只是将其视作权力的取得和商业的机会罢了，这是他独特的地方，大家可能对他的种族歧视、厌女症有所夸张，我觉得他最主要的目标是个人利益层面上的，无论是商业上还是大家对他的评价。

十 影像

画画和写作就是这种困人之劳作。用磨尖的牙刷柄，一次次试图划开那厚厚的狱墙，用一根偷偷藏起来的小铁丝，试图挖出一条通往自由的地道。

囚人之眼

撰文　蒋志

事情一旦发生……

摄影/蒋志

在这个变化的年代，人们普遍期待某种东西的突然降临，像一束强光照亮自己，一切会从此变得美好、简单、容易忍受。等待命运因为它而发生根本性的改变。

突如其来的宗教信仰、爱情、财富、机遇，不管什么都好，只要能把自己从平庸重复的日常生活中拯救出来，一概受到热烈的欢迎。

生活不仅在别处，还在明天。

那突然降临的东西真的是幸福吗？还是经过伪装的灾难？

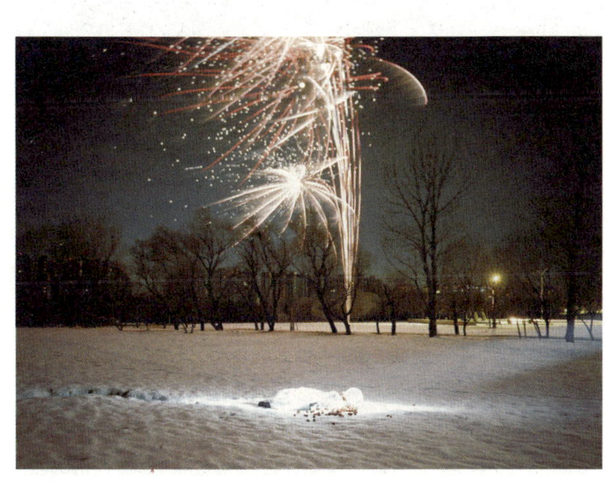

事情一旦发生就会变得虚幻

Things would turn illusive once they happened

C-Print，2007

事情一旦发生就会变得简单

Things would turn simpler once they happened

C-Print，2006

事情一旦发生就会变得简单

Things would turn simpler once they happened

C-Print，2006

事情一旦发生就会变得虚幻 | Things would turn illusive once they happened

C-Print，2007

事情一旦发生就会变得虚幻

Things would turn illusive once they happened

C-Print，2007

事情一旦发生就会变得简单

Things would turn simpler once they happened

C-Print，2006

事情一旦发生就会变得简单

Things would turn simpler once they happened

C-Print，2006

事情一旦发生就会变得简单 | Things would turn simpler once they happened

C-Print，2006

事情一旦发生就会变得虚幻

Things would turn illusive once they happened

C-Print，2007

画画和写作并不愉悦

我不想说画画的过程是愉悦的，它与写作很像，紧张、焦虑、仓皇，为自己的拙劣感到沮丧，基本上这是一个常态。但我为何要画画和写作？既然这么一件甚少乐趣的事情。

我想这可能是一件欲罢不能的事情。因为你有更大的焦虑和不幸需要摆脱和抵抗。

这种不幸在于——我是不幸的，你时刻不能安于自己的愚蠢，各种感性和思想上的愚蠢在不断涌现，你被卷入其中。你渴求去改变。

你无法一直沉浸在毫无进展的思考里，你无法不去逃离感觉的牢狱。

而画画和写作就是这种困人之劳作。用磨尖的牙刷柄，一次次试图划开那厚厚的狱墙，用一根偷偷藏起来的小铁丝，试图挖出一条通往自由的地道。

如果我能坐在床边思考，并能思考下去，又何须费此功夫？这就是画画和写作的人——囚人的命运吧：在画布上在纸上刻划、挖掘，怀抱着一个巨大却可怜的希望，他只能在那儿挣扎求生。

你需要一些行动，频繁地使用你的手脚、你的身体，如果你说这是为了遗忘，我也会有同感。画下和写下，就这么干着，我们的确会获得片刻遗忘。你涂抹、飞刷、点动、按压、锤击、泼溅、渗化、摇晃、抖动、让一根线去冒险，让每个点去摧毁和重筑世界。你变换着字和词，逼迫自己化身一个句子走向悬崖，凌辱一个比喻直到它成为一个异形，甚至不断移动着标点，像转移一个喘息。

但你这么干着——这么一件事情，你所画下和写下的是你主观的世界的形象。你企图看到另一种世界的形象，却只能借助你囚人之眼的局限所看到的世界，以此局限所生起的图像和文字，去生起另一种图像和文字。这就是《易经》所说的“生生”。你不去在那坚硬的墙上戳划出一道印子，你就无法开启另一道印子。在印痕中填下你的梦想。你会获得一次次绝望，谁说这不是一件美妙的事情？一次次绝望和一次次希望，它们是孪生的。

我们终究会一无所获，关于这一点我完全清楚。困住你的牢狱如此之大，你无法了解，整个牢狱有无法计数的牢房，你划破的墙的那边，只是隔壁的牢房，你无邻居，整个牢狱的世界就只有你一个囚人，你在牢狱的中心。

只是为了不在这间狱房（为什么要待在这间狱房？），你迫使自己成为自己的俘虏，让他去做一件没有刑期的苦力。

2017 年 7 月 27 日

静物的静和不静

2014 年 4 月初，我在深圳的杨梅坑因事停留几天，心情低落，有时会带着一个相机在村里散步，我住的民居的隔壁，是一个守林员。他觉得我是一个摄影师，就介绍我去附近山里看看，他说那儿有一个老村子，最早是四百年前一对来自福建的周姓夫妇为避世来到这座山安家，慢慢形成了一个以周姓为主的世外桃源，有祠堂、小学堂、完善的水利系统，但现在已是一个空村，里面的人二十多年前就搬离了，移居山下生活。2004 年以后封山育林，已经不让游客进去，但他可以用他的摩托车载我。

进了山以后，树木茂密，天气比较热，空气里有浓郁的植物的气味。经过一棵拦路的大树，树后有一座碉楼，再经过一座石板桥，就顺着青石路进了村庄，虽然不少已是残垣断壁，但仍有三四十所老房子还存着基本结构，高大的祠堂还很完整，观音宫只剩墙壁，不少屋顶长满野花野草。也许再经过一些岁月，植物们会瓦解掉这些遗迹。我们看到一处非常美的两层楼西洋风格建筑，守林人说是小学堂，圆形大拱门，希腊多立克柱式，令人惊叹。有几间教室的屋顶已经垮了，黑板还在里面，蓝色的墙壁上有不知谁写的“我爱你”、“世上少有百岁人”等等文字。

守林人说我可以一个人在里面走走，三个小时之后他来接我。他走后，整个空村就只剩下我一个人。我一所一所房子走进去，很多没有带走的物品留在那里，木床、桌椅、油灯、酒瓶、药瓶、旧衣、麻绳、农具……已经在这里安静地待了二十多年。油灯上有铁的地方已经锈成黄褐色的渣，一个木边腐朽的空镜框斜靠在墙边，里面的照片应该是被带走了，一个原本在屋顶的横梁倒在地上，布满青苔。

开了顶的房屋地上野草兀自生长，少有人打搅。山风习习，蚊子发现有人，开始围过来。我开始拍照，尽量拍下我遇到的物品和场景。不知道到底是因为这些被弃物的状态打动了我，还是因为拍摄的行为让我可以忘忧，不管怎样，我从中获取了一点慰藉。这里的一切没有被带走，没有被选中，再没有被需要，再没有动……

好像一切静止在这罕有人至的山里。偶尔有飞鸟掠过。

它们真的是静止的吗？那盏放在一条长木凳上的油灯，主人在撤离时随手搁在这里，还是之后有人把它放了这里，灰尘年复一年地飘落，空气每时每刻氧化，微生物随着潮气在它表面上繁衍生灭……并无片刻安静吧，只是我们难以察觉。

我们都是旋转的星球上的一点，这个星球又是一个高速运动的星系上的一点，这个星系又日行万里漂移在宇宙之中……好比我们观看一个空中旋转的乒乓球上的一个黑点，它怎么可能是静止的？

所谓的静止，是我们对它的运动没有察觉。

穿过窗子投射在墙上的阳光，我们一时难以察觉它的移动，等我们从外面再走进屋里，那片阳光早就偏移，或者已经从墙上消失。那就是说，一切事物都不是静止的，都在流变。

但我真的不能如此肯定。只能说，我可以看到，可以感觉到，我的理智可以让我意识到，一切没有静止不动。但事物原本真的都是变动不静的吗？

前一刻，那片阳光的影子在墙的当中，当我拍完几张照片回来，阳光的影子已经到了墙的边上。如果我们没有这种记忆，尤其是把两者的差异进行某种特殊的联想，我们可以意识到阳光的运动吗？

一只飞鸟在天空划过，它的轨迹，如果我们细想，应该是由无数静止的点构成。只是因为我们的视觉残留的生理安排使我们看到运动，或者说，我们把这种视觉残留的效果称之为运动。我们把这个静止的点和另外一个静止的点勾连在一起，如果没有我们这种“理解”和“联想”，还能说事物是运动的吗？

事物原本无静无动，知道这一点，又对我有何意义？我在这里感受到的片刻慰藉，虽说只是片刻，但也需要好好自问，我为何获得了这样的感受？我的心前一刻还处在剧痛之中，来到这里，看到这些景象，竟然有些平静。在此时，在非静非动的物的感受中，喜与悲突然消融在那些斑斑铁锈和苔藓之中，是无悲无喜吗？是悲喜交加吗？那盏沉寂的油灯不再跳动着暖黄的火光，而被一束每天到来的阳光笼罩着。

守林员准时过来接我，一路上他说起另外一个空村的事，也是这个海湾的一个村，叫大水坑。60 年代，突然有一天整个村子的人男女老幼全部消失，至今没有任何人的消息……

我最后问，能不能那儿去拍些照片？他说那个村子的人消失没多久，所有房屋就被附近村子的人拆的拆，搬的搬，拿的拿，很快就徒剩四壁，几十年下来，一切早就消失无迹。

2017 年 8 月 6 日

刻舟的人

在江中有一条小舟，这一天风浪有点大，船摇晃得比较厉害，突然传来几声惊呼，原来是一个男子身上的佩剑掉进了江里，激起的水花很快被一个波浪覆盖。男子遭遇这个突如其来的意外，怔住了，他趴在船边，伸出手去捞，手上只有水而已，他看着自己湿漉漉的手心，水珠从手指上滴落下来。

船上有几个人，除了花白胡子的老船夫，还有两个和他差不多大的男子和三个年轻的女子。两个男子和两个女子就这件事情嘻嘻哈哈开着玩笑，这并不是一件好笑的事情，但年轻人不都是这样吗？看到一个不幸的小事件从天而降打在旁人的头上，就觉得是个可以打趣的事情。另外一个女子没有加入这场调笑，她很沉静，眼神里甚至不经意地流露出一些同情，如果有个摄影机能拍到这个场景，在一小群人的画面里，这个女孩就显得很突出，面目的善良之色毕竟让人觉得美，而且她本来就是一个美丽的女孩。

“哈哈，快跳下去捞啊！”

“这剑应该不便宜吧？”

也许这个小伙子真想跳下去，但江这么深水这么急，就算水性再好的人也会被水冲走。

他找老渔夫借了一把小刀，在船边剑掉落的地方刻上一道。

他知道不可能寻回以前丢失的那把剑，那个物件已经遗落到过去的时间里了。

他并没有找到剑，那支过去之剑。他也不可能获得未来之剑。手持或身配一把剑，就等于我们拥有了它？你真的能拥有现在之剑吗？我们经常觉得拥有了一个女人或男人——是啊，她或他和你一起吃一起睡，性交或山盟海誓，即使在关系最密切的时候，我们不也总是升起若有所失的感觉吗？如果你拥有，而没有“拥有”的感觉，那还能说是“拥有”吗？我们一旦死去，一切都离我们而去，一具尸体口中的夜明珠，是尸体在拥有它吗？难道不是因为有活着的人“认为”他在拥有？

所以，“拥有”某物不就只是一个想法、一个感觉而已？我觉得自己拥有了它，我觉得自己真的拥有了它，我觉得自己拥有它是一个事实。

感觉太容易变动，一般来说，你难以阻止一种感觉的发生。我们喜欢拥有某种事物的感觉，无法舍弃。我们不喜欢那种拥有某种东西的感觉，也无法舍弃。比如不适、焦虑、痛苦、不安，等等。快乐和痛苦，并不是从天而降落在我们头上。而是因为“觉得”，我们如此觉得。

我们觉得我们拥有。但其实——也可以这么去理解——我们并没有真的拥有——这一切。过去之剑不可得，未来之剑不可得，现在之剑也不可得。

每一个印迹都是事物的谢落之余。

我穿过一处小小的树林，在一处山坡，看见了一朵花。那时的阳光，微风中草木的摇动，空中传来的鸟叫声，当时我正在思念着一个女人，或者我正在试图遗忘她。所有的这一切，使我看到“那朵花”时，形成了我所看到的“那朵花”。假如你换一个时间，或者换一个地点，你看到的将是另一朵花。虽然它仍然叫玫瑰或蝴蝶兰。一个名字对你来说有什么意义呢？你爱上一个人，不是因为她的名字。你凝视着那一朵花，片刻。你忘记了自己，忘记了这一切，这好像就是一切。直到一阵风突然惊醒了你。

当你的思维中留下这个印记——“那朵花”时，形成“那朵花”的所有条件，都已经一去不复返，它已经不是“那朵花”，那朵花只留下一个词、一个印迹、一个符号、一个躯壳。

在你的头脑中，你留下的不是一个记忆，你无法储存一个记忆，你只能刻下一个记号、一个记号、一个记号……一个个记号。这一个个记号在你将来的读取中，在你生命中每一次不同的境遇和心态之下，每一次读取，都会重新编排解码生成每一个不同的所谓“记忆”。

所以，你无法通过一个词、一个脑海中的一个印迹，寻回到“那朵花”。“那朵花”早已谢落。

语言一经说出，它的意义就已经谢落。谢落是为了另一个生命的开始。

叙述，就是语言不断垂死的表演。

他明知道在那里刻上一个记号是徒劳的，但这种记录本身——他刻下：是从这儿失去的。这种行为本身是完成一件关于信念的事情。这个失去的事件需要被铭记。

既然需要铭记，没有比在遗落之处留下一个印迹更合适的地方了。

这如同我们的故地重游，我们的童年、少年或青年在那儿度过，什么叫度过，就是你的生命的那一部分遗落在那儿。

我们返回去故乡，去寻找什么？谁都知道我们无法寻回已经过去的那一部分生命。但你仍然要去寻找，这种行为一定要发生，这是你生命中的一种欲望，我们就是通过去做这种明知不会有那种结果的事情，获得另一种东西。

我们画画、写诗歌，是为了追寻某一种存在过的真实吗？并不是，是为了发生另一种真实，我们也并不知道这种真实是什么。其实我们也并不知道，存在过的真实和将要发生的真实是什么。我们去做，是为了能让我们平息。

于是有了“刻舟的人”。

这种行为平息了某种欲望。但是，“去做”，这种行为恰恰是我们不能平息的证明。

“去做”，是为了其他的欲望。

明知不可为“之”而为“之”,没有“之”是一样的“之”。

此“之”非原来的“之”,是“之”之“之”,是由“之”之“之”。

2017 年 12 月 5 日

七个盲人和一张大象的照片

一个小孩捡到一张照片，大声叫了一声：哇，这里有一头大象呢！这被七个正在路边晒太阳的盲人听到了，他们决定去摸一摸这头大象。

第一个盲人说：它有光滑的皮肤，一丝凉意浮在一层浅蓝色的薄光之上。

第二个盲人问:我很好奇你的浅蓝色是什么样的感觉?

第一个盲人回答说：我不知道不盲的人的浅蓝色是怎样的，我的浅蓝色，是小时候等待母亲把我抱起来之前的那一刻浅浅的伤感，加上我听到小鸟啾啾叫声时心头泛起的愉悦，再加上数字2。我有上千种色彩的配方，你有兴趣的话以后可以慢慢讲给你听，但是我现在想听听你摸到的大象是什么样子的?

第二个盲人说：它有尖锐如刀锋的边缘，沿着这个边缘，无论从哪一点开始旅行，都能再一次回到这一点。你也可以离开这个薄如细线的边缘来到一个表面，或向另一个方向滑落，你会来到另一个表面，这两个表面好像是连续的、但又是不同的世界，也许是一个世界的正反两面，我曾经听人说这世界是由大象支撑的。

第三个盲人说：我真的没有想到大象竟然这么轻，有时几乎感觉不到它的重量，像一片花瓣，一点点风就能把它吹走，它是那种随风飘荡的动物吗？只不过，当我一直托举着它，它开始变得越来越重，以致我无法承受。

第四个盲人说：它是沉默的。我们在讨论它时，它没有发出一点声音。虽然我是盲人，但我并不聋，我能听到它没有作声。而我的盲，却因为从未见过一切而看不到黑暗。

第五个盲人说：它的皮肤表面上有一些凸起和凹洞，这像我走过的山岳和曾经掉下去过坑洞。但关于大和小的区别，因为缺乏视觉的参照，我常常无法做出清晰的对比，就像我的哀与乐，上一次发生的喜悦和痛苦的强度大小，也难与下次所发生的有清晰的比较。记忆并不那么可靠。

微小与庞大，如果丧失了比量的能力，它们还能有什么区别呢？

第六个盲人说：我并不是完全看不见，我看不到形象，只能依稀看到一点明暗，但我能在这微弱之别的明暗之间分辨出上万种层次。

第七个盲人突然恢复了视力，他看到了眼前并不是一头真正的大象，而是一张大象的照片。他经历了长久的失明之后突然获得“看”的能力，但这并没有让他欣喜，他想，这突然获得的“看”的能力，也只是无数种“看”的能力的一种，他如何能确定以这一种“看”的能力所见到的就是“大象”的真实面貌呢？因为他相信一定有很多种“看”的能力，比此时他获得的能看到三维之体的能力还强几千几万倍。比起那些更强的，他目前的“能见”也只是相当于第六个盲人约莫可辨明暗的能力。

他重新闭上眼，去触摸这张照片。能见之前和之后的触摸之感，完全不同了。

他触摸了很久。

一种让他无语的神奇，局限之中的神奇，和对局限之外的想象的神奇。

2017 年 12 月 11 日

YOU CAN LIVE A DANGEROUS LIFE WITHOUT EVER LEAVING YOUR DESK.

你一直待在书桌旁也依然可以拥有充满冒险的一生。

杰夫·戴尔 | Geoff Dyer

三 随笔

有那么一瞬间，我感到这情景似曾相识：热带丛林、大海、昏黄的酒吧、身处异乡的外国人、沉闷的日子——这是约瑟夫·康拉德的东南亚小说里经常出现的情景。与小说不同的是，现实更加苍白，缺乏浪漫，人物也失去了殖民时代的光环。

菲律宾跳岛记

撰文　刘子超

马尼拉的枪声

从地图上看，菲律宾是太平洋上一连串大大小小的岛屿，岛屿之间均有渡轮连接，而且票价不贵。这让我想以乘船的方式，进行“跳岛”（island hopping）旅行。

我的跳岛计划是从吕宋岛的马尼拉（Manila）出发，一路向南，经过民都洛（Mindoro）岛、长滩（Boracay）岛、班乃（Panay）岛、内格罗斯（Negros）岛、宿务（Cebu）岛，最后抵达离棉兰老（Mindanao）岛很近的薄荷（Bohol）岛。我想看看每座岛屿的不同风情，在偏僻的海滩或者热带雨林中隐居、读书，兴之所至地游泳、潜水、观鲸，看一场著名的斗鸡比赛……

我办好签证，收拾好行李。这时，一位在菲律宾工作的朋友发来一个 VICE 视频，拍的是菲律宾猖獗的毒品犯罪。

“我知道你旅行时喜欢去偏僻的小巷，但在菲律宾一定要小心。”朋友说。

“我可是从利马（Lima）和马拉喀什（Marrakech）的贫民窟活着回来的人！”

“菲律宾不一样。”

“怎么不一样？”

“这里的毒贩和警察都喜欢开枪。”

我收下了朋友的忠告，但坦白说，没怎么放在心上。结果，到马尼拉的第二天，凌晨一点，正躺在旅馆床上的我被枪声惊醒了。

“啪啪”——那是两声巨大、突兀，却又有点干瘪的声音，像是贝都因人在沙漠里抽鞭子。接着，周围又恢复了平静，只有汽车声隐约从窗户缝中钻进来。

我确定那是枪声，于是一跃而起，快步走到窗前。我的房间位于旅馆顶楼，窗外可以看到零星的灯火和不远处住宅区的轮廓，住宅区旁是一块黑压压的平地，有树木的剪影。白天路过时，我知道那里是市中心的一座墓园。

我想，说不定枪声就是从墓园传来的，有毒贩在墓园中交易，中了警察的埋伏。在电影里势必会有一场枪战，一场在马尼拉贫民窟屋顶上的跑酷，但那只会在电影中发生。现实世界里，只有两声枪响：干脆、短促，然后一切戛然而止，像什么都没有发生过。

我之所以想到毒贩，是因为充满争议的缉毒行动正在菲律宾如火如荼地进行。这场声势浩大的运动，由菲律宾总统罗德里格·杜特尔特（Rodrigo Duterte）发起，已经在全国范围内击毙了7000名毒贩和嫌疑人。菲律宾的报纸上充斥着毒贩喋血的照片，有些毒贩的脖子上还挂着警示他人的牌子。这引发了国际人权机构的一片质疑和声讨。

我在报纸上看到，警察正在马尼拉的贫民窟进行所谓的“敲门认罪”行动。他们走访与毒品有关的家庭，敦促这些人主动自首。政府报告说，在行动的前两个月，就有多达70万瘾君子自首——这可能是人类历史上最大规模的集体自首行为。

马尼拉的治安似乎到底有了些起色。第二天打车去因特拉穆罗斯的路上，出租司机告诉我，现在晚上也敢拉活儿了。

“以前在僻静的小巷里，到处是醉鬼和抽烟、吸毒的人，最近几乎看不到了。”

当听说我从中国来时，他略带调侃地笑道：“哦，我们总统最好的朋友！”他指的是杜特尔特上任后不久的“破冰”访华。

在马尼拉迷宫般的街头，仍能看到杜特尔特的海报。海报上的杜特尔特年轻、庄重，甚至有点斯文，与他给人的实际印象截然不同。他敢在公众场合骂奥巴马是“婊子养的”。当记者要他澄清自己的健康状况时，他反问道：“你老婆有没有妇科疾病？给我一份报告。”

对于杜特尔特的语言和行事风格，菲律宾人倒是颇为倾倒，证据是即便如此口无遮拦，杜特尔特还是在大选中赢得压倒性的胜利，领先竞争对手 600 多万张选票。

我问司机怎么看杜特尔特。在随后的跳岛中，我也会不时问问碰到的菲律宾人——这是大家喜闻乐见的话题。在很多人看来，杜特尔特的胜利表达了菲律宾人对精英政治的失望情绪。

“民主当然是好的，”在车流中不断变挡、左冲右突的司机说，“但是并没有给我带来实实在在的好处。”

“你觉得什么是实实在在的好处？”

司机想了想，开始向我抱怨起马尼拉的交通。他说，因为太堵，一天下来根本赚不到钱。

“什么时候交通好了，对我就是实实在在的好处。”他一边打轮超车一边说，看上去一点都不乐观。

我们跨过帕西格（Pasig）河，进入因特拉穆罗斯。在这里，司机的梦想以一种出人意料的方式实现了。西班牙统治时期，因特拉穆罗斯是马尼拉的中心，遍布着教堂、学校和广场，如今却像驾照考试的考场一样空空荡荡。这里没什么汽车，没什么行人，就连东张西望的游客也没有几个。

我早就听说马尼拉没什么像样的景点。虽然西班牙、美国和日本相继占领过这里，但随之而来的战争又无情地摧毁了一切。和汉堡、华沙、广岛一样，马尼拉也是一座在二战废墟上重建的城市，仅是著名的马尼拉战役就导致了 15 万平民死亡。那还是需要巷战的年代，易守难攻的因特拉穆罗斯沦为一片瓦砾，成为残酷战争的注脚。至今都有一种被遗弃后的荒凉。

我看了几座西班牙教堂。因为地震和战争，教堂几乎都是建了又毁，毁了又建。好在这些庞然大物对自己所经历的沧桑不事张扬，因此产生了一种可以称为“优雅”的美感。

拐角处有一个星巴克的招牌，上面黑白线条的塞壬海妖，仿佛是因特拉穆罗斯还未被世界遗忘的唯一证据。我走过去，却发现这家星巴克大门紧闭，像拒绝了海妖的奥德修斯[1]一样态度坚决。只有一个发际线严重后移的警察坐在门外，吹着电扇。电扇是他自己带来的，包装盒刚刚拆开，牌子是令人生畏的“强悍妈妈”。不过吹着电扇的警察倒是一脸回到童年的恬静。我问他星巴克还开不开，他说，关了。我又问他附近有没有吃饭的地方，他指了指有一片

1 《荷马史诗》记载塞壬海妖拥有天籁的歌喉，她们用歌声迷惑过往的水手，使航船触礁淹没。英雄奥德修斯在经过塞壬的海岛时，用蜜蜡堵住了同伴的耳朵，又将自己绑在了桅杆上，继而躲过了触礁翻船的命运。

高楼的远方。他看起来不像个真警察，可皮带上挂着枪套，里面看上去倒是真家伙。

其实，在残留的城墙外，就有一排卖餐食的小铺，卖的都是油汪汪、黑乎乎的菲律宾黑暗料理。见我路过，精瘦的店主向我打了个胜利的 V 字手势，仿佛在说："瞧，日子还不是得继续过？"

整个东南亚的饮食都堪称丰富多彩，为什么唯独菲律宾菜给人一种自暴自弃的感觉？我曾经一厢情愿地以为，这里到处都是海鲜，便宜又多，但实际上除了一种叫"bangus"的炸鱼，普通菲律宾餐馆里几乎见不到什么海产品。

因为宿务芒果干大名鼎鼎，我以为到了菲律宾就可以大吃特吃新鲜芒果了。然而，在马尼拉的大街小巷，几乎见不到卖水果的摊位。问问菲律宾人，他们也摸不着头脑，或者不如说从没考虑过这个问题。随着旅行的深入，我才渐渐得出结论：菲律宾虽然盛产芒果，但价格并不便宜，不是普通人可以随心所欲买来吃的。加之交通不便、运输困难，大量的芒果都被晒成了芒果干，用来赚取宝贵的外汇。

我和马尼拉有一点虚无缥缈的渊源。很久以前，我有一位远房的亲戚移民到了马尼拉，在这里落地生根。或许正是这个原因，在一个忧郁的马尼拉黄昏，我去城市北郊的华侨义山（Manila Chinese Cemetery）看了看——这里埋葬着马尼拉富有的华人族群。

墓园坐落在一个小山包上，淡红色的薄暮中，可以看到远处城市的滚滚红尘。整个华侨义山看上去就像一个死人版的贝弗利山庄，抽去了其中的浮华，代之以静谧和阴森。

笔直的柏油马路旁，是一致性的精致“豪宅”。除了少数天主教风格的陵墓，大多数祠堂有着中式风格的雕梁画栋，像古代有钱人家的宅院。大门两侧刻着对联，上面悬挂着“葬此佳城”，或者“陇西衍派”、“颍川衍派”这样自述源流的额匾。

从这些字眼里不难看出一丝淡淡的乡愁，还有衣冠南渡、背井离乡的悲壮。马尼拉因贸易而繁荣，来自印加帝国的金银与来自中国的货物在这里汇聚，商业正是由这些马尼拉华人运作。祠堂里供奉着逝者的照片或祖先的画像，石制棺材上陈列着供品和鲜花。逝者的生平刻在石碑上，漫长的一生，往往化成寥寥数十字，但开篇必要追溯祖上来自何方。

我想起黑海边上的港口城市康斯坦察（Constanța），那是古罗马人的海外属地，诗人奥维德（Ovidius）的流放之所。我曾在那里看过古罗马人的墓地，墓志铭是拉丁文写成的，但后人为其配上了解说。我记得其中一块墓碑是这样写的：

你好，过客！你停下脚步，在心中问道：躺在这里的人是谁？从哪里来？听着，陌生人，让我告诉你我的故乡和我的名字：我的祖先来自希腊。母亲是雅典人，父亲来自赫尔迈厄尼。我的名字叫埃菲法尼亚。我一生中去过很多地方，航行过整片大海……

同样是巨大文明的异乡，同样的落寞和忧伤。不同的是，康斯坦察的墓园已经沦为考古遗迹，而华侨义山却比马尼拉大部分活人居住的地方都要整洁、豪华——有的陵墓装有水晶吊灯、空调，有的配备了冷热自来水、厨房和抽水马桶。

生前富贵，死后亦要荣华——这是华人心中的理想。相比之下，菲律宾的穷人则现实得多，他们住不起好房子，就干脆搬进墓园。这些气派的陵墓，的确比露宿街头或者住在随时可能被台风吹走的棚屋里要舒服得多。

果然，我听到了炒锅的声音。寻声走过去，看见一个菲律宾人正在配备了厨房的祠堂里做饭。地上摊着锅碗瓢盆，一台黑色半导体收音机播放着广播。他看上去一脸平和，享受着这尘世边缘的“小确幸”，甚至没有注意到我从旁边经过。

华侨义山很大，遍布整个山头。一座连一座的祠堂，看上去也极为相似。暮色降临，一阵凉风吹过皮肤，我这才发现自己绕来绕去，迷失在了墓地里。我看到一辆轻轨从墓园一侧的大门旁经过，车厢里亮着刺眼的白炽灯，挤满了通勤的马尼拉人。人们面无表情，目光空洞，就像铁轨下面的墓园。火车呼啸而过，在不远处的站台上吐出疲惫不堪的人群。

我想从那里出去，搭乘轻轨，然而走过去才发现墓园的大门紧锁，旁边是一片未完工的瓦砾和一座废弃的祠堂。天几乎完全黑了，不知名的虫子在热带的草丛中鸣叫，火车渐渐远去，远去的声音充满了孤独感。而我突然开始怀念马尼拉混乱不堪的生活。

我花了很长时间，才最终绕出墓园，搭乘轻轨回到市区的埃尔米塔。街边的餐厅灯火通明，油脂烧焦的气味在空中飘荡。到处是灯红酒绿的招牌，小酒吧门口站满了招徕生意的舞女，对你说着英文或日文。

“不来一杯吗？”一个舞女问我。

我想了一下，这或许才是“葬此佳城”的真正涵义吧？

去往大帆船港的螃蟹船

离开马尼拉，我坐上去八打雁港（Batangas）的大巴，准备在那里换乘螃蟹船，前往民都洛岛的加莱拉港（Puerto Galera）。

坐螃蟹船完全是第一次。这是一种木制小船，船舷外有两根竹子做成的浮杆，形似螃蟹腿。据说海上波涛汹涌时，螃蟹腿有助于保持船体稳定，不易被浪掀翻。

船不大，凡是能下脚的地方都坐了人。旅行指南上说，超载是菲律宾渡船事故的主要原因，但问题是没有更好的选择。无论哪艘船都塞得满满当当。似乎有多少船，就会有多少人将船塞满。作为现实策略，只能系紧船员丢过来的泡沫救生衣，一切听天由命。

刚一出海，一个不算大的浪头就打进船舱，侧翼的乘客淋成了落汤鸡。之后，螃蟹船就像义乌小商品市场里的玩具，不时被大海腾空抛起，又重重跌落。

所幸那天晴空万里，海面虽不是波澜不惊，但也没有大风大浪。晒得黝黑的菲律宾驾驶员耳朵上挂着香烟，潇洒至极地催促着引擎。超载的螃蟹船就这么踉跄地飞驰在海上。

螃蟹船的另一大特色是引擎声足以震到耳膜出血。为了转移注意力，我开始观察船上的乘客。我发现船上有一位肌肉极其发达的大叔。此人长着一张拉美人的黑红脸膛，穿着紧身骷髅头背心，戴着一副绿松石大项链。全船人都穿着臃肿的救生衣，像等待救援的幸存者，唯独他洒脱地把救生衣踩在脚下。不管风浪多大，船只怎么颠簸，他都是一副泰然自若的样子。他戴着雷朋墨镜，扬着下巴，不时看看手机上发来的信息。我注意到，他的右手无名指被砍去了一节！

不管怎么看，他都更像是一个拉美毒枭或者合同杀手，在去加莱拉港完成任务的路上。他的随身行李只有一个双肩包，里面装的好像也不是什么“浮潜三宝”。

在加莱拉港，我提前预订了一家潜水酒店。我不打算在这里潜水，但凑巧看到了酒店的网站，上面自吹自擂地列出了自己的很多优点，其中一条是“挑逗的女侍应生（Flirty Waitress）”。

菲律宾女性素以性感奔放著称，在这样的地方还能以“挑逗”取胜，肯定功夫了得。

酒店就位于加莱拉港的码头旁，是一家普通、平价、面向潜水爱好者的本地酒店。我发现，除了打扫卫生的阿姨，能称为“女侍应生”的只有坐在前台的女孩。她正吹着电扇，无聊地玩着手机。

我试着说了声“有预定”，她冷冷地抬起头。戴着牙套，很瘦，两只眼睛的距离有点远，像小牛的眼睛。

她啪的一声打开登记簿，让我自己登记。说话中规中矩，与其说挑逗，毋宁说有点冷冰冰。我怕自己记忆有误，在房间一放下行李就拿出手机，查了查“flirty”这个词：

1. 调情的；轻浮的。

2. 性感的；有女人味的。

当然，我的印象很可能是片面的——经常如此。希望不要因为我这样的描写，就对那个女孩，乃至那家酒店丧失信心——这绝非我的本意。

况且，相比挑逗的女侍应生，我更欣赏酒店的位置。从房间窗户望出去，就是蓝色的大海和停泊在港口的白色帆船。我突然明白这里为什么叫“加莱拉港”了。在西班牙语里，“加莱拉港”就是“大帆船港口”的意思。

那天晚上，我坐在露台上喝生力啤酒，看夜潜归来的螃蟹船。大雨将至，闪电点亮了远处的山峰，也照亮了坠满椰子壳的海岸线。螃蟹船的大灯像一把匕首划破海面，四五个潜水者打着手电筒走上码头。一只猫看了看我，然后蹑手蹑脚地从铁皮屋顶上走过。和菲律宾的狗一样，这里的猫也瘦得不像样。

积雨云移动到了穆埃列湾上空，顿时暴雨如注。住在隔壁的日本老头同时带回来两个菲律宾女孩。其中一个在走廊上看了我一眼，肩膀上露出透明的胸罩吊带。她还算漂亮，但有心事，或许再过十年，她的眼角就会出现几道美丽的鱼尾纹。

因为隔音差，那晚我睡得很不好。加莱拉港是外国年长侨民的乐园。他们来这里寻找爱情，寻找菲律宾女孩结婚。你甚至可以找到专门的网站，上面介绍了此类事情的经验。

整个东南亚都不乏这样的故事。在万象的湄公河畔，我碰到过一个法国老头。他直言不讳地说，自己是来万象找老婆的。刚到不久，他就去做了一次老挝式足疗。当那个年轻俏丽的老挝女孩把他的老脚捧在怀里揉捏时，他说自己一下子就爱上了对方——不可抑制。“让一个法国女人给你捏脚？”他激动地直嚷嚷，“这完全不可想象！”

港口旁边是几家面朝大海的酒吧，同样坐满了喝啤酒的外国人，谈论着类似话题。一家酒吧餐厅装修成了蓝白相间的地中海风，铺着白色餐布，点着蜡烛，却无人问津。我在这里打了一辆螃蟹船，去穆埃列湾西侧、椰林掩映下的游艇俱乐部。

那是个美妙的地方，除了停泊的游艇、山间的别墅，还有一间能够俯瞰海湾的酒吧，被厚重的热带植物包围。每到日落时分，久居加莱拉港的外国侨民就会纷纷来到这间黄色灯泡点亮的酒吧，围着白色的吧台喝酒。

酒吧里有一张台球桌，常客都有自己固定的球杆。这天，一个大腹便便的英国老头正独自打台球，旁边站着一个七八岁的法国小男孩。

“你愿意来一盘吗？”老头问小男孩，目光中露出期待，或许想到了自己远在康沃尔郡的孙子。

小男孩的英语不好，要不就是有点害怕。老头每次说什么，他都要叫正在吧台喝酒的爸爸，于是英国老头不得不把刚才那句无关紧要的闲话再重复一遍。

“晚上好，姑娘们！”两个美国口音的老头走进来，对吧台的女孩说。

他们要了生力清啤，然后聊起来。其中一个人显然刚到不久，是来找菲律宾女孩做老婆的。另一个老头已经在这里结婚。他建议同伴不要找40岁以下的女人：“那很费钱，很麻烦，而且她们还在喜欢疯玩的年龄。”

接着他开始抱怨养老金投资出了问题，必须赶回美国处理。

“我不打算带她回去，机票太贵了。”他说。

在吧台坐着的人，平均年龄大概超过了60岁。头顶的电扇单调地转动着，从林中的飞虫被灯光吸引，一次次地撞向灯泡，发出噼噼啪啪的声响。英国老头把最后一个球击落袋中，但脸上毫无表情。

有那么一瞬间，我感到这情景似曾相识：热带丛林、大海、昏黄的酒吧、身处异乡的外国人、沉闷的日子——这是约瑟夫·康拉德[1]的东南亚小说里经常出现的情景。与

---

1 Joseph Conrad，英国作家，生于波兰，作为一名水手，他周游世界近二十年，积累了丰富的海上生活经验，有“海洋小说大师”之称，著有《吉姆爷》（*Lord Jim*）、《黑暗的心》（*Heart of Darkness*）等。

小说不同的是，现实更加苍白，缺乏浪漫，人物也失去了殖民时代的光环。

说到底，这个世界正在进行着的，不过是一种金钱与爱情的全球化交换。这群外国老人带着在本国已经卑微的养老金来到这里，寻找能够照顾他们下半生但并不爱他们的女人。而对于菲律宾女人来说，嫁给外国老头则是一种职业规划，一种现实出路，一种略有保障的人生。

游艇俱乐部的码头上响起了螃蟹船的马达声。两个穿着吊带、热裤的菲律宾女孩顺着小路走了上来。我一眼认出她们就是前一晚睡在我隔壁的女孩。她们化了浓妆，但掩饰不住刚刚睡醒的倦容。她们坐在吧台边，玩着苹果手机，等着什么人过来为她们点一杯饮料。于是，我给她们要了两杯姜汁可乐，然后聊起来。

她们是两姐妹，一个 24 岁，一个 22 岁，相对漂亮的那个是姐姐。她们的家在民都洛岛的卡拉潘，下面还有一个 18 岁的弟弟。父亲欠下了赌债，所以她们需要钱。她们来到加莱拉港，希望找到合适的外国人结婚，只要那个人答应照顾她们的家庭。她们的陈述轻描淡写，嘴角甚至挂着一丝笑意。我没问她们是不是也做小姐——昨晚太黑了，她们没认出我。

我问两个人有没有男朋友。姐姐说她有，在卡拉潘，但她不想见他。

“为什么？”

“因为他很疯狂，”她指着自己的脑袋，“而且他也没钱。”

来酒吧的人渐渐增多，一个美国老头为她们买了饮料。我决定在摆渡船停运前返回酒店。夜晚的海面空无一人，天空是劈头盖脸的星星，只有码头上闪烁着灯火。

我突然很想知道这对姐妹十年后的生活会是怎样。她们会嫁给什么人？过上怎样的生活？我时常被好奇心俘虏，但我明白，那大概是没可能知道的。

——我很快就会离开加莱拉港，十年后与她们再次相遇的可能性几乎为零。

迷幻海滩

在廉价航空迅猛发展的今天，飞机承担了大部分旅行的交通任务。尽量缩短路上的时间，减轻旅途的辛苦程度，提高出发和到达的效率，是旅游业的基本意义。因此，除了喜欢自讨苦吃的旅行者，很少有人愿意换乘四五种交通工具，去一个像长滩岛这样国际化的地方。

这或许解释了为什么从加莱拉港到长滩岛的难度远远超出我的预期。长滩岛虽然是菲律宾的第一大旅行目的地，但绝大部分游客都是坐飞机去的（合乎情理），像我这样跳岛前往的可谓凤毛麟角。

从加莱拉港到罗哈斯港的路上，我没看见一个外国游客——不光是外国游客，连穿着得体的菲律宾中产阶级都十分罕见。

那天一早，我被塞进一辆核定载客人数 10 人、却坐了 19 人的小面包，沿着民都洛岛的海岸公路，一路向南。宁静的大海和无人的沙滩不时从窗外闪过，山上是大片大片的椰林。

车上的人各式各样：有晒得很黑的渔民，有扛着大包的农夫，有门牙只剩一颗的老伯，也有用喊叫的方式打电话的大婶。这些人之中，穿着像样衣服的只有一个（不是我），他挤在我和一位渔民中间，是出于某种理由要去卡拉潘公干的银行职员。一车人里，只有他喷了淡淡的古龙水，其他人（包括我）都是一身汗臭或者鱼腥味。

那人穿着一件浆洗得簇新的制服衬衫、熨烫过的裤子、干净的黑皮鞋，戴着机械手表。他一边刷新 Facebook 动态，一边和朋友在 WhatsApp 上聊天。一路上，他从没有抬过头，仿佛有一堵看不见的气墙，将他与众人隔开。那堵气墙上写着“我不属于这里”。

他在卡拉潘下了车，招手叫了一辆摩的，消失在熙熙攘攘的街头。通风不良的车厢里，依然残留着他的香水味。

中午之前，我就到了罗哈斯港。这是一个安静得近乎神奇的小镇。一条灰扑扑的柏油路通向码头，有些地方正在施工。路两侧有渡轮公司的办公室和没什么生意的餐厅。我的感觉有点不好。

我走到渡轮公司的办公室，两只流浪狗正趴在阴凉处午睡。售票窗口紧闭，上面挂着“已售完”的纸板。我的感觉更不好了。

不过，我发现屋里其实有人。空调扇叶上上下下地摆动，这个人就趴在办公桌上打盹。我敲了敲窗户，他睁开惺忪的睡眼，把窗玻璃拉开。我问有没有去长滩岛的船票，他一脸迷茫，好像还没从睡梦中缓过神儿。于是我又问有没有去卡蒂克兰（Caticlan）的船票。他告诉我，下午 4 点有一班，而且票没有售完——实际上，票一张都没卖出去，因为整个航行取消了。

“船出故障了。”他有点兴奋地告诉我。

“下一班是几点？”

“晚上，10 点。”他微笑着，“6 点开售。”

这意味着我还要在这个无聊的小镇度过 10 个小时。到达卡蒂克兰的时间将是凌晨 2 点。如果足够幸运，我还能找到深夜载客的螃蟹船，把我送到长滩岛的码头；如果没那么幸运，我就得在码头挨过一夜，等待天亮。

午后的小镇酷热难耐，一切仿佛都睡着了。除了几家餐厅和一个破败的台球房，也没什么可去的地方。乐观的一面是，这地方没人拉客，因为什么都没有。不幸滞留在此的都是等待渡轮的旅客，而那天这样的倒霉蛋不多——确切地说，好像仅我一个。

当然，也有拉货的卡车司机，正等着把货车开上渡轮，运往别的岛屿。货车整齐地停在码头上，但司机全都不见踪影，想必有他们可以找乐子的去处。

我找了一家餐厅坐下，吃了鱿鱼炒面，喝了生力啤酒，看到街对面的旅馆门口挂着“空调、热水、钟点房”的招牌。

老板是一个粗声粗气的中年妇女，喉结很大，“骨骼清奇”，五官带有明显的男性特征。我认为她应该是一个异装癖或者变性人——两者在菲律宾都很常见。不过房价还算公道。更主要的是，我也没有别的去处。

就这样等到太阳落山。再出来时，街边已经点起路灯。我发现，街上的人明显多了，还出现了几个外国背包客游魂般的身影。我这才注意到，离码头稍远的街边，有几家新建的酒店，看上去比较高档，明显是服务游客的。

但是，酒店再豪华，大概也很少有人愿意在此过夜，毕竟罗哈斯是个一无所有的地方，而长滩岛就在海峡对面。这些酒店存在的基础就是海上阴晴难测的天气，以及时常故障晚点的渡轮。

不过这一次，晚上 10 点的渡轮如期而至了。巨大的钢铁家伙，几十辆大卡车塞进去也不在话下。海上一片漆黑，一路上都能听到涡轮搅动海水的巨响。

四个小时后，我看到远方出现了一条狭长的、五颜六色的光带——那是长滩岛西岸的灯火。已经将近凌晨 2 点了，岛上还是一片灯火通明，国际化的夜生活才刚刚开始：海鲜烧烤的白烟冉冉升起，迪厅舞曲的节奏震颤着夜空，啤酒和鸡尾酒正被无数扭动着腰肢的男女喝下，以便为之后的活动提供动能。

在经历了罗哈斯的萧条后，这一切多少显得有些不真实。长滩岛仅是一个 7 公里长、腹地只有 1 公里宽的小岛，可它却吸引了所有的资源。这里有全菲律宾最好的餐厅、最活色生香的夜店、最与国际接轨的酒吧。站在黑暗的大海上眺望长滩岛，我深切感受到了某种隐喻——整个菲律宾都沉睡在无边无际的“现实”黑暗中，唯独这座人工雕琢的热带乐园，好像海上的灯塔，永不熄灭。

我顺利抵达了海边度假村——长滩岛的螃蟹船和摩托车都是通宵营业。这是来到菲律宾后，我第一次体会到旅游城市的便捷。

不过长滩岛这样的地方，自有其运行的法则。这就是：只要你肯花钱，就会受到礼遇；你花多少钱，就得到多少服务。

一切都是明码标价，通过价格区分不同档次，提供大致符合该档次的服务。虽然这就是当今世界的运行逻辑，并不稀奇，但长滩岛是一个高度集中的袖珍小岛，这种逻辑就体现得格外露骨，不免让人瞠目结舌。

花几十块钱，你可以住在岛上不靠海的普通民房里；多花 100 块钱，可以住进不靠海但是稍有设计感的度假屋；再加 200 块，可以住到海边的小旅馆；但与小旅馆享有同样风景、仅几步之遥的中等规模的度假村则要再加 200 块；中等规模的度假村旁边是一座大型度假村，有自己的餐厅和 SPA，房间也更宽敞，价格至少需要再加 100 元；如果把大型度假村的价格加倍，就可以拥有一片私人沙滩和面朝大海的小型别墅；“终极梦幻”是不仅拥有一片私人沙滩，还能独占一座山头，价格自然也相应翻倍。所谓成熟的旅行目的地，大抵就是这样。

另外一大利器，就是将几个原本没什么吸引力的项目打包出售。长滩岛的旅行社经营多种套餐（package tour），从潜水、卡丁车，到跳伞、风筝冲浪，但最流行的无疑是“浮潜＋跳岛”套餐。

我参加了这样一个当日往返的“浮潜＋跳岛”旅行团，同行的有六个韩国人、两个中国人、两个澳大利亚人、两个俄罗斯人和一个巴西人。螃蟹船将我们载到长滩岛的近海，然后停在海面上，我们戴上潜水镜和呼吸管，扑通扑通跳进海里。

水下有大片珊瑚和在珊瑚间觅食的鱼群。鱼群五颜六色，游动的身姿如同舞者。不过相比斯里兰卡和泰国南部，此处珊瑚和鱼群的漂亮程度都不算太高。

半小时后，我们回到船上，去往下一个景点“水晶岛”。这是一座漂浮在水面上的小山，有一些人造景点，假如不是囊括进套餐里，很少有人愿意为它单独付款。

水晶岛看上去很像一个本想开发成度假村、但不幸失败后的转型之作。岛上很多修建完好但弃而不用的茅草屋，以及一间废弃的餐厅，这似乎佐证了我的推测。

人造景点包括贝壳博物馆、照片展览和历史展览。贝壳博物馆敷衍了事地陈列了一些贝壳和海螺壳，种类少得惊人。但更无聊的是照片展览——与其说是展览，不如说更像儿童益智乐园。比如，其中一张画的下面写着这样的提示：请在画中找出 13 张人脸。我很快找到了 10 张，在找剩下的人脸时心想：有谁会无聊地跑到这里找人脸呢？

稍有趣味的是历史展览。除了介绍菲律宾国旗的含义（这个不太有趣），还讲述了一个班乃岛山地部落的传统。

长滩岛的最早定居者是低地土著“阿提人”，与之相对的是住在山上的部落，称为“苏洛德人”。“苏洛德”的字面意思是“内陆”或“封闭之地”。

苏洛德部落有一个世代相传的女巫家族。家族中的某一位女孩自降生之日起，就成为部落的公主。这位公主从小锦衣玉食，但除了核心家庭成员和仆人外，一辈子都不能接触外人。长到 18 岁时，她会以竞价的方式，与部落中出价最高的男人结婚。婚礼仪式结束前，即便是这位竞价成功的丈夫，也无法看到公主的真容。

公主一生不用劳作，唯一的使命是掌握对部落来说至关重要的史诗——以舞蹈和歌唱的形式。史诗的表演长度在 24 小时—33 小时之间。也就是说，在没有文字的时代，这位公主就是苏洛德部落活着的《圣经 · 创世纪》，她的记忆就是部落赖以存在的证据。

但是，这一传统如今濒临灭绝，因为女巫家族的年轻一代拒绝再过这样的生活。女权主义者认为，苏洛德部落的女性有权利选择自己的人生，人类学家则担心古老的传统将因此丧失。

如何适应时代的发展，同时保存固有文化，是一个世界性的难题。不过，对于长滩岛来说，更迫切的问题是如何在发展旅游经济的同时，防止过度开发。

“普卡海滩还没怎么开发，不过讽刺的是，这才是这里看上去特别棒的原因。”菲律宾向导罗德里格对我说。

从水晶岛离开后，第三个景点就是位于长滩岛西北角的普卡海滩。和白沙滩一样，这里有细腻的沙子。不同的是，除了一些贩卖饮料的茅草屋，这里几乎没有太多旅游开发的痕迹。海滩后面是一座长满热带植物的小山，椰子树在海风中摆动。

罗德里格刚从马尼拉的一所大学毕业，在长滩岛的一家旅行社工作。他的担忧是：长滩岛的资源被越来越多地开发，最终导致这里丧失了吸引游客的最根本力量——自然之美。

“开发是不可逆的行为。”他说，“你开发了这片山坡，发现效果不好，可你没法说：‘哦，那算了，我想再回到原来的状态。’那是不可能再回去的。”

罗德里格的担忧并非空穴来风。乘船离开普卡海滩的路上，我发现香格里拉酒店已经占据了昔日岛上相对遥远的西北角，而离香格里拉不远的那片原本未经开发的山林，如今也在修建一家大型度假村。

很难想象的，仅仅三四十年前，长滩岛还没有电力供应，当时只有少量的阿提人定居在岛上，靠捕鱼、种植木薯和采摘椰子维生。是德国背包客在 20 世纪 70 年代率先发现了这里。旅行作家詹斯·彼得（Jens Peter）出版了长滩岛的第一本旅行读物，称这里是“亚洲最美丽的岛屿”。他也把在长滩岛的照片印成了明信片，四处散发。到了 20 世纪 80 年代，长滩岛成了少数欧洲背包客的秘密天堂，其情景让人联想到莱昂纳多·迪卡普里奥（Leonardo DiCaprio）的电影《海滩》（*The Beach*，2000）。

旅游开发随之而来，旅馆、餐厅和酒吧纷纷建起，它们的老板就是当年第一批来到长滩岛的背包客。如今，已经中年发福的德国人、瑞士人、比利时人，依旧坐在自家旅馆的茅草屋檐下，不时和住在店里的客人感叹一番。

2000 年以后，随着大批亚洲游客的涌入，长滩岛终于不再是昔日小众群体中口耳相传的隐逸之地，而逐渐成为国际化的旅游目的地。不过，快速增长的声望也给长滩岛带来了负担。比如，排水系统跟不上发展速度，一部分污水只能排入附近海域，从而导致绿藻的过度繁殖。如今，白沙滩一侧依旧美丽，但只要走到长滩岛东岸的布拉博格海滩，你就能看到大片被海水冲刷着的绿藻。风筝冲浪者们只能在绿藻外围的海域乘风破浪。

在长滩岛的最后两天，我常在日落时分步行到布拉博格海滩的冲浪者酒吧。远处的海面上，皮肤黝黑的沙滩男孩“嗖嗖”地飞驰而过，突然身子侧倾，潇洒地调转方向。穿着紧身泳装的姑娘像站在半个贝壳上的维纳斯，追逐着落日余晖。还有尚在练习阶段的风筝冲浪者，经常把握不好风向，于是风筝就会像失事的战机轰然坠海，发出一声巨响。

酒吧里放着雷鬼音乐，老板自称是当年留下的背包客。他有些自嘲地说，如今只有这片不太容易吸引游客的海滩，还多少保留着一点当年的样子。

他指的是：没有灯红酒绿的喧嚣，只有自得其乐的背包客，幻想着自己找到了一片热带天堂。

“海鲜之都”和“糖业重镇”

在长滩岛悠然休整一周后，我坐上螃蟹船，继续跳岛。这回只用了 15 分钟就到了对面的班乃岛，很是意犹未尽。

在码头买了大巴票，沿着海岸线南行，一路有山，有海，还有大片的稻田。农民牵着水牛，在田中耕作，椰林掩映着村庄，升起炊烟。三小时后，大巴抵达一座海边小城。这是菲律宾前总统罗哈斯的故乡，也叫罗哈斯，自称菲律宾的“海鲜之都”。

相比民都洛岛上凄凉版的罗哈斯，这里的罗哈斯多少有趣一些。我到的那天下午，正好赶上一年一度的西纳迪亚狂欢节，大街上挂着横幅，庆祝圣母“无原罪始胎”。市民广场上站满了准备游行的人群。广场一侧矗立着大教堂，旁边是罗哈斯市政厅；另一侧是西班牙人留下的石桥，横跨在保留着老房子的班乃河两岸。游行人群身着盛装，在鼓乐声中边走边跳。罗哈斯总统的铜像微笑地注视着眼前的一切。

虽然空气又闷又热，聂帕棕榈树的叶子也纹丝不动，但人们不为所动。毕竟，这是当地最重要的节日，也是难得的放松。游行人群之外，还有无数贩卖零食、水果和饮料的小贩。提前放学的少男少女们聚集在小贩四周，一边吮吸着五颜六色的冰棒，一边嬉笑打闹。我挤在围观群众中间，看着眼前的场景，听着人们呼喊口号。“Fiesta”，在西班牙语里是狂欢节的意思，而这就是西班牙人的狂欢节在罗哈斯的样子。

游行临近尾声时，一场热带大雨不期而至。我以一种不可思议的心情见证了街景的迅速转换：前几秒还是淅淅沥沥的雨，瞬间就变成瓢泼之势，而人们像归巢的蝙蝠，灵巧地钻进一把把路边小摊张开的阳伞。我也躲在伞下，旁边是吃着零食的女中学生，其中一个长着好看的眼睛。刚才还喧闹不堪的街头，一下子变得异常清静。人们都以一种入迷的目光凝视着连绵的雨水，倾听着比锣鼓更响的雨声。

然而，雨突然停了。毫无征兆，干脆异常。前一秒还是暴雨如注，后一秒就像突然拧紧的水龙头，几乎没有拖泥带水的中间过程。雨刚停下，人们就钻出花朵一样的阳伞，像风中四散飘落的花瓣，街上顿时又变得熙熙攘攘。

当晚，我在拜拜海滩吃了便宜惊人的海鲜——老虎虾7块钱一只！生蚝7块钱一盆！——并且没有中毒。等我回到市区，狂欢仍在继续。市民广场已经变身为一座巨型烧烤场，烟熏火燎得几乎让人睁不开眼睛。乐队在现场演奏，狂欢一直持续到深夜。

我本以为这样的热情第二天就会偃旗息鼓。但当我在清晨走出旅馆，发现街上仍然到处是人，新一轮的鼓乐游行已经蓄势待发。

一个显然是通宵饮酒的女人，拿着一瓶朗姆酒，走到我跟前，要和我跳舞。

“不行，”我说，“我要坐大巴去伊洛伊洛（Iloilo）。”

“大巴，三个小时。”她悲伤地看着我，然后自顾自地跳起来。

伊洛伊洛没有喝醉酒的女人，也没有狂欢节，老城区多少显得有些萧条。很难想象这里曾经是富庶的糖业和纺织重镇，是马尼拉以外百万富翁最多的城市，也是西班牙帝国在菲律宾的最后据点。

凭借着深水港的优势，当时的伊洛伊洛是菲律宾与欧洲经贸往来的中心，港口停泊着驶往全球各地的远洋邮轮。然而，百年之后，港口反而没那么繁忙了。

我站在伊洛伊洛市政厅的天台远眺，发现通向港口的伊洛河就像一条没了皮带扣的皮带。我后来又来到港口，打算继续跳岛。昔日繁忙的港口如今仅剩几家本地渡轮公司，经营前往临近岛屿的线路。

穿过福布斯桥，来到老城哈罗区。这里还有一些散落在凋零市景中的老房子，让人能够看到一丝当年的蛛丝马迹。有些老房子已经荒废，像大象的尸骨，瘫立在街边。但从它们留下的骨架，从那些新古典主义的断壁残垣中，能看出这里过去是一片富人区。哈罗大教堂就在不远处，富商的家眷们可以轻松走到，而不必车马劳顿。广场边缘耸立着孤单的钟楼，穹顶已经熏黑，石缝间长满杂草。

风光不再的马里基塔别墅依旧保存完好，它是菲律宾前副总统费尔南多·洛佩斯（Fernando Lopez）的私宅。别墅矗立在一条尘土飞扬的小巷里，后院已经被开摩的的车夫一家占据。院子里散养着鸡和土狗。我走进去时，一阵鸡飞狗跳。车夫闻声从私搭的棚屋里钻出来，说只要 50 比索，就能带我进去看。

50 比索，还不到 7 块钱，我不由得感叹区区 7 块钱在这里的功效。我付了钱，车夫拿出钥匙，叫来他 10 岁的儿子，为我打开了通往过往的大门。

别墅是木质结构，有漆过的木质墙壁和木质地板。家具和陈设都维持原样，好像随时会有人回来居住。墙上挂着洛佩斯家族的照片，有费尔南多·洛佩斯和蒋介石的合影，还有他和独裁者费迪南德·马科斯（Ferdinand Marcos）的像章。一张桌子上摆着古老的电话、台灯和闹钟，另一张桌子上是国际象棋的棋盘，黑白两军已经列队完毕，仿佛只待指挥官入场。

别墅的采光不好，透过条状的窗棂，可以看到院子里被风吹动的棕榈树。每走进一个房间，男孩就为我打开屋顶的枝形吊灯。

“这是床，”他对我说，“马科斯睡过。”

我想起马科斯和他的妻子伊梅尔达（Imelda）。据说伊梅尔达拥有 4000 多双名牌鞋、2000 多副手套、1700 多个包包。

马科斯曾经十分仰仗洛佩斯家族的势力。凭借着糖业贸易，洛佩斯家族逐渐成为控制了数个领域的名门望族。尽管费尔南多·洛佩斯两度作为马科斯的竞选搭档，但他们最终还是反目成仇。

1972 年，马科斯宣布军事管制，掌控着媒体的洛佩斯家族成为封杀的对象。费尔南多被解除副总统职务，他的侄子被投进监狱，哥哥则在逃到旧金山后，含泪而终。

大概正是从那时候起，马里基塔别墅就无人居住了。它和伊洛伊洛一起，褪去了昔日的浮华。马科斯倒台后，洛佩斯家族东山再起。但是，家族的事业重心显然已不在伊洛伊洛。如今他们经营着菲律宾最大的电视台，马里基塔别墅却像一块凝结了记忆的琥珀，继续着沉寂的命运。

在伊洛伊洛的码头，我坐上渡轮，横渡吉马拉斯（Guimaras）海峡，前往两小时外的内格罗斯岛。和伊洛伊洛一样，内格罗斯岛上的小镇锡莱也曾经是糖业鼎盛时期的明珠。

19 世纪 50 年代，法国人率先在这里种植甘蔗。随后的将近 100 年里，这个籍籍无名的小镇一跃成为特权阶层的堡垒，修建起了众多宗祠和豪宅，聚集了一大批欧洲的音乐家和艺术家。

不过，二战很快爆发。日本人占领了菲律宾，有钱人纷纷逃亡。更不幸的是，糖业贸易也随之衰落，再没有复兴。和伊洛伊洛一样，锡莱的辉煌不再，如今只是一个美丽而忧伤的小镇。

我坐着忧伤的吉普尼前往锡莱——这种车是菲律宾普通民众的日常通勤工具。直到内格罗斯岛，我才有勇气乘坐吉普尼，因为吉普尼和吉普没有任何关系，准确来说，它只是各种报废汽车零件的组合体。虽说个头比吉普车大不了多少，但马力惊人，超载七八个人不在话下，而且每个司机都会充分利用这一点。

吉普尼的车身通常涂得花花绿绿，路上，司机一边抽烟，一边扭头和乘客嬉笑打闹，至少是在我坐的这次，我竟平安无事地抵达了。

锡莱镇不大，有一条老街，两侧都是旧房子。路边遍植着聂帕棕榈树和大榕树，很像法国在印度的殖民遗产——本地治里（Pondicherry）。很多老房子现在成了博物馆，可以随意进入。

我走进一家，发现是维克多·佳斯顿（Victor Gaston）家族的宅邸。典型的糖业大亨，父亲是法国人，母亲是菲律宾人。一个房间里摆着一张巨大的圆桌，桌布上印着家族的族谱，已经延续七代，像一张复杂的星图。维克多有几个儿女，每一个支脉用不同的颜色表示。我注意到，不少后人已经移民欧美，三代以前就不再是菲律宾人。

在这里工作的何塞告诉我，佳斯顿家族每隔三年都要举行一次家族聚会。届时，散落世界各地的佳斯顿们都会回到锡莱祖宅。他们必须按照族谱上的颜色穿衣服，以此辨别彼此的亲疏关系。

何塞说，上一次聚会就在一个月前。锡莱镇一下子涌入了上百人。他们中有美国人、英国人、法国人、比利时人、瑞士人、西班牙人、巴西人、澳大利亚人……当然也有菲律宾人。

“这是一个非常国际化的家庭，”何塞深情地解释说，“但他们的根在这里，在锡莱。”

我问何塞，锡莱现在的支柱产业是什么。他告诉我，附近仍然有一些甘蔗种植园，但不足以改善生活。在很长一段时间里，当生活需要改善时，村民们就会集资，资助村里外语最好、最强悍的女性，去国外当菲佣——她们会把一部分收入寄回来，用以回报村庄。

原来锡莱早以另一种方式融入了全球贸易，只不过这一次不再是糖。我向何塞表示了感谢，然后走出佳斯顿大宅。

街边有一家咖啡馆，写着开业于 1935 年。那正是锡莱最辉煌的年代。这家咖啡馆就是为当年那些不下桌的赌徒提供点心的。我进去吃了三明治，喝了红茶，同时思考接下来干什么。

我决定去看鲸鲨。

观鲸之旅

观鲸之旅让我从锡莱出发，斜穿过内格罗斯岛，到达西南角的大学城杜马格特（Dumaguete）。这里本身没有鲸鲨，却是离鲸鲨出没的奥斯洛布（Oslob）最近的城市。

杜马盖地是内格罗斯岛上外国人最多的地方，有一种慵懒而颓废的气质。黎刹海滨大道是市区唯一的景点。这条于 1916 年修建的林荫大道，至今保留着当年的老式街灯。

大道一侧全是餐厅、酒吧和小旅馆，入夜后一片醉生梦死。当地的大学生整桶整桶地喝着廉价啤酒，菲律宾女人挎着外国丈夫的胳膊。在一家叫“卡萨布兰卡”的奥地利餐厅，一个垂垂老矣的白人老头正请两个微胖的菲律宾男孩吃维也纳炸肉排。空气中飘着德国小麦啤和失败情欲的味道。

在杜马盖地度过一夜后，我坐上螃蟹船，横穿海峡，来到 10 公里外的里洛安（Liloan）码头。这里的海水是蓝绿色的，清澈见底。走在上岸的石桥上，就能清楚看到趴在海底岩石上的红色海星。码头很小，很晒，没人愿意在此逗留。从这里往北 20 多公里才是奥斯洛布，我可以随便搭一辆沿海岸线往北开的大巴。不过从码头到公路还有一公里左右的步行距离，这就成了当地人的致富之路。

在拒绝了几个摩的和面包车司机包车的邀请后，我被一对淡黄色头发的北欧情侣拦住了。两个人都是一副典型的背包客装扮——大背包、人字拖、一双脏兮兮的徒步鞋系在背包后面。看上去都有点沮丧。

“你要去奥斯洛布吗？”留着维京海盗胡子的男人问我。

在得到肯定的答复后，他开门见山地说明了拦住我的缘由。原来，他们打算包车，但价格太贵，因此想找人一起分担——共享经济的北欧背包客版。

“面包车司机告诉我，这里没有去奥斯洛布的大巴，我们只能包车。”他说。

我告诉他，最多再往前走 500 米就是公路，随时都会有向北开往宿务的大巴，招手即停。

“你确定吗？”

“常识告诉我是这样。”

“司机说包车 2000 比索，如果你愿意，可以只出 600。”

我在脑海中计算了一下——多走 500 米，然后坐大巴，最多只要 60 比索。不过我最终还是同意了共担车费——他们看起来都像是大学生，可能是第一次来东南亚。

面包车司机走了过来。我对他说，三个人 1000 比索。他做出一副思想激烈斗争的神情，但我知道——20 公里，140 块钱——他已经挣得足够多了。果然，思想斗争的表情还未凝固成型，就瞬间转为了暗自窃喜的微笑："上车吧！"

我们把行李放到车后，钻进面包车。一驶上公路就看到了开往宿务的大巴。我没说话，但听到北欧情侣操着斯堪的纳维亚方言，熟练地咒骂了一声。

奥斯洛布是一个海边小镇，只有几家旅馆。结果我和北欧情侣订的旅馆是同一家。他们是挪威人，来自卑尔根（Bergen），那是小小的挪威第二大城市。总的来说，生活非常安静，或许还有点无聊。所以他们喜欢看犯罪小说，喜欢热带，对菲律宾的印象也很好，"够热，够乱，充满活力"。他们告诉我，两人曾去苏格兰的奥本出海看过鲸鱼，花了超过 250 欧元，而在奥斯洛布，观鲸的费用只要 40 欧元，合人民币不到 300 块钱。

"而且你还有机会和那大家伙一起游泳！"

我们在旅馆办了入住，老板是一个英语很好、说话干练的菲律宾女人。她告诉我们，渔民第二天有节日庆典，所以每天早上 6 点到 12 点的观鲸活动要推迟到上午 10 点后开始。

她又对我说，10 点时海上已经极度暴晒，“既然你订了两晚房，不如改到后天早上 6 点再去”。挪威情侣只住一晚，他们也喜欢晒太阳，所以依旧第二天去观鲸。

严格来说，奥斯洛布还没怎么开发。除了观鲸，很少有外国游客跑到这里。这里缺乏成熟的旅游项目和基础设施，反而有一种菲律宾小镇的真实感。

暮色中的大海是青蓝色的，非常宁静。海风卷裹着浪花，舔舐着堤坝。几个五六岁的菲律宾小孩在水中嬉闹，风声中夹杂着笑声。

沙滩尽头有一座游乐场，桌子上都盖着防雨塑料布。两只土狗在其间觅食游荡。除此之外，只有不知谁家养的斗鸡，单腿站在一根木桩上。我心想：一个还没怎么被旅游改造的菲律宾小镇，就是眼前这个样子。

走回镇中心，集市外已经摆起烧烤摊。我走了一圈，没发现一家像样的餐厅，或者说，那种也许干净但必定昂贵、以游客为主要客群的餐厅。倒是有一家比萨屋，不过已经关门大吉，使得烧烤摊成为唯一的项目。

两个挪威人也出来觅食了。他们一脸愁苦地逡巡着，似乎被烧烤摊的卫生状况和烟熏火燎吓住了。他们商量了几句，有点犹豫不决，最后还是拐进了集市，买了一把香蕉就走了。

我听天由命地坐下来，点了乌贼、大眼鲷和烤茄子沙拉，又去马路对面买了啤酒。我对正在奋力挥扇的烧烤摊主说："要全熟的！"

——在菲律宾吃烧烤，这可能是最有效的消毒方式。

然而，烧烤出乎意料地好吃：鲷鱼和乌贼显然都是早上刚从海里打上来的，只要稍微撒点盐就非常美味；茄子烤过以后很糯软，配上洋葱和番茄碎，十分爽口；啤酒也很凉。我不由地为正在剥香蕉皮的挪威情侣感到些许遗憾。

回到旅馆，我看到挪威情侣的房间亮着灯，而院子里还有两对新来的俄罗斯中年夫妇。谢顶的丈夫穿着大裤衩，发福的妻子穿着吊带衫。不用说也能猜到，他们正在喝啤酒，而且已经喝了不少。小圆桌上摆了六七个空瓶。旅馆的酒吧是半自助式的，啤酒任君自取，退房时统一结算。这确保了俄罗斯人可以喝到爽，也确保了账单会很好看。

俄罗斯夫妇们一直喝到大半夜，可第二天早饭时间依然神奇地出现在了餐桌旁，不愧是"战斗民族"。他们胃口很好，要了煎蛋和香肠，破例没有喝酒。健康的挪威情侣在一旁咯嘣咯嘣地嚼着全麦饼干。

9 点半，他们坐上旅馆叫来的面包车，而我拿出笔记本电脑，看拉夫·迪亚兹（Lav Diaz）的电影《历史的终结》

（*Norte, The End of History*, 2013）。

拉夫·迪亚兹获得了第66届柏林电影节金熊奖的提名，是我唯一知道的菲律宾导演。他的所有电影都有一大特点：时长超过四个小时。这导致我根本没法在晚上看他的电影，因为注定会睡着。

在《历史的终结》里，一个热爱思考社会和历史问题的法律系大学生，充满了苦闷感。他像《罪与罚》中的大学生一样，怒杀了放高利贷的妇人，却导致一个借贷的贫民被无能的执法机关当作杀人犯缉捕、判刑。电影中有两条平行线索：一条是杀人后愈加苦闷的大学生；另一条是渴望救赎的贫民家庭。

我决定一鼓作气地将《历史的终结》终结在奥斯洛布。不过，还没看到一半，院子里传来一阵喧哗——俄罗斯夫妇和挪威情侣回来了。

一进门，俄罗斯夫妇就直奔啤酒，咕嘟咕嘟地喝起来。挪威情侣则照例是标准的北欧式沮丧。他们有点激动地告诉我：鲸鲨今天根本就没出现！他们被骗了！在无遮无挡的海上漂了一个小时！终于在小船快要到达燃点之前放弃了！

“怎么回事？”

挪威情侣解释说，由于渔民每天黎明时在海上投喂鲸鲨，导致鲸鲨已经形成了生物钟。它们在清晨时分到达固定海域，吃到临近中午离开。但今天早上，渔民有庆典，没有按时出海投喂。挪威情侣估计，鲸鲨发现没人，盘桓了一阵子就游走了。等他们冒着大太阳来到海上时，当然什么都看不到。

“鲸鲨的智商很高，当然不会永远在那里傻等。”挪威情侣说。

我表示赞同。

鲸鲨的爽约，极大地伤害了游客们的心。据说，现场一度极为混乱，大家都认为自己被耍了。他们不远万里来到奥斯洛布，就是为了一睹鲸鲨芳容，结果白跑一趟。有几个美国游客甚至扬言将此事闹上 Facebook，让所有喜欢鲸鲨的朋友一起抵制骗人的奥斯洛布渔民。

渔民们只好返还了观鲸费用，承诺第二天一定让大家看到鲸鲨。不幸的是，挪威情侣已经订好之后的行程，只能遗憾地和鲸鲨失之交臂。

第二天一早，天还没亮，我就坐车前往观鲸海滩。和我一起的是那两对俄罗斯夫妇。他们都换上了泳衣，袒露着胸毛和雪白的臂膀，像四只大海豹。

观鲸海滩上已经来了十几个等待看鲸鲨的人。七八个渔民摇着单桨小船出海，在鲸鲨可能出没的海域投食。大海一片平静，微微泛着白光，看不出一丝有鲸鲨的迹象。

我们付了钱，听一位女性工作人员提醒注意事项，包括不能触碰鲸鲨，在鲸鲨过来时为其让路，不能抹防晒油，以防鲸鲨误食等。

太阳完全跳出了地平线，海面和天空霎时变得明亮。我换上泳裤，拿上潜水镜，随渔民登上一只小船。我们一路摇到鲸鲨出没的海域，只见之前在这里投喂的渔民已经一字排开。一只鲸鲨从水里伸出布满斑点的背鳍，接着露出半个巨大而扁平的脑袋，吞食着渔民抛洒的鱼虾。这只鲸鲨足有 8 米长，布满斑点的黑色脊背，像一艘小型潜艇。渔民说，这只是一只幼年的鲸鲨。鲸鲨成年后可以长到 20 米，重达 50 吨。

和属于哺乳类动物的鲸鱼不同，鲸鲨和鲨鱼一样属于鱼类，用鳃呼吸。它们是世界上最大的鱼类，体型与鲸鱼接近，故名鲸鲨。

鲸鲨以浮游生物、藻类、磷虾和小型自游动物为食。它们没有鲨鱼那样锋利可怕的牙齿，而是通过吸水的方式，将食物和水一起吸进来。就在嘴巴关闭与鳃盖打开的短暂瞬间，浮游生物被鳃与咽喉之间的过滤器官阻住，水则排出。这种独特的构造，使得鲸鲨无法对人类造成致命的伤害。渔民后来告诉我，确实有游客被鲸鲨吞进嘴里，但被阻挡在过滤器官，又被鲸鲨喷射出来。

在这片小小的海域，聚集了十来只大大小小的鲸鲨。

当我潜入水中，不时就会看到一只鲸鲨从身边游过。它们的身体几乎不用动，就能产生一股向前的动能。身体两侧还跟着“搭顺风车”的银色鱼群，就像威风凛凛的帝王身边总要有侍从。

鲸鲨的眼睛很小，有点邪恶感，嘴又扁又长，肚子是白色的，身上的斑点闪着奇特的光。它们游过来时没有一点声音，嘴一张一合，对周围的人也毫不在意。

一只鲸鲨擦着我的身子游了过去。我只要一伸手，就能摸到它的皮肤。还有一次，我在做深潜时，踩到了一个软乎乎的东西。低头一看，发现是一只足有 15 米长的鲸鲨，正从我身下抄底游过，我一脚踩到的正是它的脊背。

它游了过去，没有理会，没有害怕，没有扇动一下巨大的尾鳍，把我打飞出去，我虽然知道鲸鲨并不危险，却不免心有余悸，逃命似的浮上了水面。

在网上搜索奥斯洛布，会看到一些水下照相机拍摄的游客与鲸鲨的合影。人们与鲸鲨亲密接触，有的甚至骑到鲸鲨背上。这也就是为什么奥斯洛布的观鲸活动备受争议的原因。在动物保护主义者看来，这些海里的大家伙实际上已经沦为了人类豢养的玩偶。它们满足于不劳而获的生活，不再惧怕人类，甚至在迁徙的季节也情愿留在这里。

渔民则告诉我，鲸鲨带来的旅游收入改变了他们的生活，令他们有钱修缮房屋，添置家具，供养孩子。

旅游业或许不能解决这里的一切问题，但的确有好的一面：他们以前捕猎鲸鲨，现在则保护鲸鲨——至少不再动刀子。

我一次次潜入水下，着迷地看着这些庞然大物，完全忘记了时间的流逝。等我被渔民叫上船，发现阳光已经相当猛烈，海上一片粼粼波光。

回到旅馆，俄罗斯夫妇们一换下衣服就继续喝酒。旅馆老板告诉我，他们不仅订了四晚房，而且每天都要去观鲸。

喝酒，观鲸，喝酒，观鲸，喝酒，观鲸……直到假期结束，直到飞回俄罗斯妈妈的怀抱。

河谷深处

“奥斯洛布的观鲸项目是韩国人发明的，你知道吗？”在去阿尔高（Argao）的大巴上，坐在我旁边的首尔人说。他单眼皮，戴着棒球帽，一副罩耳式耳机挂在脖子上。他去宿务，而我在中途的阿尔高下车。

“真的吗？”我问道，心里却一清二楚：当然是韩国人发明的，所有东西都是韩国人发明的，包括汉字。

首尔人告诉我，是一个常年在奥斯洛布潜水的韩国人，有一天随渔民出海时发现了鲸鲨。他喂了它一些鱼虾，发现那只鲸鲨第二天再次出现。他又喂了它一些鱼虾，此后连续几天都来喂。鲸鲨渐渐在附近聚集，于是韩国人告诉渔民，可以组织游客观鲸，这是个一本万利的生意。奥斯洛布的观鲸活动就这样开始了。

“了不起。”我说。虽然发自内心，但可能听上去没那么热情。首尔人戴上耳机，沉浸在自己的世界里——也许此前他也一直沉浸在自己的世界里。

我在阿尔高北边的港口下车，与首尔人挥手告别。在这个荒凉的港口，我要搭乘正午时分开往薄荷岛的渡轮。

2013 年，薄荷岛发生了 7.2 级地震，引发了海啸，导致卢恩码头彻底被毁。阿尔高至卢恩的渡轮线路被迫改为阿尔高至塔比拉兰（Tagbilaran）。不过对我来说，这倒更方便。塔比拉兰是薄荷岛的首府，从那里坐上吉普尼，一个小时就能到我打算去的洛博克。

渡轮上大都是普通的菲律宾人。除我之外，旅行者只有一对印裔伦敦情侣。船上很热，没有空调，座椅照旧硬邦邦，其设计理念就是让人坐着不舒服。作为补偿，我看到了成群的海豚跃出水面，就像马赛马拉大草原上跳动的瞪羚。

薄荷岛近些年声名鹊起，直追长滩岛，这主要得益于附近的海洋生态正在慢慢恢复。这里不仅能看到海豚和大海龟，还有著名的巴里卡萨大断层。在大断层，珊瑚礁原本像大陆架一样向海中延伸，却突然消失不见，形成了深达 1000 米的海底断崖，成为各种热带鱼类的栖息之地。

不过，在旅游业主导薄荷岛之前，这里也是非法捕鱼的屠宰场。除了装满炸药的渔船之外，为了满足某些亚洲国家吃活鱼的癖好，渔民还得在珊瑚礁上播撒氰化物。鱼群中毒后会漂浮到水面上，渔民再将这些麻醉的鱼捕捞起来。然而，氰化物也会渗入并杀死珊瑚礁，导致鱼群赖以生存的环境遭到破坏。一旦珊瑚礁没了，鱼就没了，这是显而易见的道理。不过，让渔民放弃诱惑，扔掉毒药和炸药包，还是从游客开始光顾薄荷岛后才开始的。从这个角度讲，是那些背着大氧气瓶、一掷千金的潜水爱好者们拯救了薄荷岛。

“阿洛纳海滩？去阿洛纳海滩吗？”

一下渡轮，摩的司机的吆喝声就从四面八方涌来。到处是潜水俱乐部的阿洛纳海滩，正是鱼类爱好者们的乐园，而我要去的是离海很远的洛博克。

快要散架的吉普尼，在散架前把我扔在了洛博克镇中心。要问洛博克有什么，答案是几乎什么都没有。这里只有一个小小的广场，几家卖杂货的小铺，还有一个几年前在地震中倒塌、至今仍在重建的西班牙教堂。

除此之外，洛博克还有一条河。从薄荷岛内陆高山上流下来的泉水，和雨水汇集到一起，冲出了一个亚马孙丛林感的河谷。我订了位于河谷深处的一家旅馆，打算与世隔绝地住上几天。

从镇上走到河谷并不容易。我走进一家杂货铺，买了一瓶矿泉水，顺便问老板到河谷最近的路怎么走。老板是一个精瘦的中年人，留着两撇短髭，正坐在一堆落着尘土的杂货中间发呆。听了我的问题，他饶有兴致地看了看我，问我是不是中国人，好像只有中国人才会跑进一家杂货铺问路。我只好告诉他，我是。他摸了摸短髭，露出微笑。

“我父亲也是。”他说。

如果在相声里，这可能会是一个包袱，但我当时没什么开玩笑的心情。老板告诉我，他的父亲是福建移民，姓汪，叫什么已经忘记了。他从裤兜里掏出一个皱巴巴的本子，翻到最后一页，用圆珠笔写下了自己的姓。我这才搞明白，他其实姓黄。

“你会说中文吗？”我试着问他。

“我会说福建话。”

仿佛为了证明给我看，他开始掰着手指，用磕磕绊绊的福建话数数，从一数到十，用了三分多钟。我一边焦急地等他数完，一边暗自怪自己为什么跑到这里来问路。

“那么，很高兴认识你。”等他数完了，我决定赶快告辞，不再问路。

可他没接话，好像还在回味福建话美妙的韵律。过了一会儿，他才终于回过神来，问我："你想不想看公鸡打架？"

"行啊。"我随口说，知道他指的是斗鸡。

"每个周日下午都有，我们可以一起去。"

"怎么去？"

"周日下午1点，来这里找我。"

我没再问路，决定靠直觉走到河谷。实际上，只要沿公路走上两公里，就出现了旅馆的指示牌。按照指示牌的说法，从一条岔路下去，走500米就是河谷。

路是完全没修过的破石头路，到处是烂泥，如果没有行李箱，倒是颇有野趣。等我总算走到尽头，发现是一座悬崖。俯身望去，浩荡的河水就在悬崖下面奔涌。我又发现一个指示牌，顺着箭头指引的方向，看到一段坡度几乎有45度的台阶。那台阶弯弯曲曲，一直延伸到河谷最深处。

早知道是这样，我可能不会来这里，但当时已经别无选择。等我汗流浃背地下到旅馆前台，我突然明白为什么这家旅馆在喜欢隐居的小圈子里颇有名望了：你必须有足够的勇气才能进来，但你绝对需要更大的勇气才能出去。

我拿到钥匙，找到属于自己的那栋吊脚小木屋。木屋就在河边，掩映在一片椰林中。河的对面是一座山峰，好像一堵拔地而起的山墙，覆盖着茂密的热带植物。木屋里只有一张床、一个蚊帐、一盏台灯，没有电视，没有网络，甚至收不到手机信号。我要在这里度过两周，唯一能打发时间的只有伊恩·弗莱明（Ian Fleming）的那本《绝美之城》（*Thrilling Cities*）。

住在河谷地带的一大好处是可以划皮划艇。每天清晨，我换上泳裤，走到河边，把旅馆的皮划艇推到河中。清晨的河谷弥漫着淡淡的薄雾，两岸的丛林里传来各种各样的鸟鸣。微风拂过下垂的椰树叶，好像一只看不见的手，正在弹奏琴键。

我偶尔会看到划船上学的菲律宾孩子。姐妹俩，姐姐十来岁，妹妹七八岁，都背着色彩鲜艳的小书包。我和她们打了声招呼，姐姐就放下桨，和妹妹一起向我招手。直到湍流把小船的方向冲弯，她才赶忙拿起桨，重新调整船头。

河水是墨绿色的，漂浮着细小的枯枝，但仍能清楚地反射出周围没有名字的山峰。中午之前，河上几乎没有风。我在平滑如镜的河面上划桨，看到蓝色尾翎的翠鸟鸣叫着飞过。往上游划不到一公里，有一座小小的瀑布。水流变得迅猛，因此我就在这里掉转船头。整个下午，我都待在小木屋外的露台上看书，偶尔抬头看一下露台外的菠萝蜜树，盘算着美味的果实何时才能坠落。

每天午后，河上会有水上餐船经过。餐船是从洛博克镇开过来的，供应自助餐，有乐队演出。那是一天中唯一能听到的“噪音”。乐队唱的大都是披头士、理查德·马克思这样的英文老歌，只有一次，我听到传来的歌声是《甜蜜蜜》。

在河谷隐居的第二周，大雨开始光顾。雨像透明的珍珠从天而降，将整个河谷和山峰都封锁在一片白茫茫的雨幕中。大雨过后，河水不再平静，湍急的流水席卷着泥沙和树枝，一起冲向下游的入海口。大雨时下时停，除了待在木屋里，没有别的事可做。不过下雨的好处是使燠热的空气终于凉爽下来，还吹落了一只椰子，滚到我的门前。我费尽九牛二虎之力，享用了一顿椰肉。

第二周的一天，我才终于鼓足勇气，爬出了河谷。我租了一辆摩托车，去看薄荷岛的名胜——巧克力山。在电影《哈利波特与火焰杯》(*Harry Potter and the Goblet of Fire*，2005）中，哈利波特骑在扫把上飞行，其中一段镜头就是飞过巧克力山。

巧克力山由 1268 个圆锥形小山丘组成。每到旱季（2 月—5 月），山上的植物干枯，转为褐色，使得山丘如同一排排巧克力。我去的时候不是旱季，山上依旧葱绿。站在观景台上，震撼之处在于遍眼望去都是繁茂的植物，充满了原始的生命力。我几乎没看到什么人类留下的痕迹，仿佛自地球出现之日起，巧克力山就是现在的样子。

一百多年前，菲律宾的森林覆盖率高达 90%，而如今这个数字只有不到 25%。站在巧克力山上，我可以想象菲律宾一百年前的样子。那时，从吕宋岛到棉兰老岛，从巴拉望岛到莱特岛，整个菲律宾群岛大概都是眼前这样的景象。

大片的积雨云正朝我的头顶方向移动。雨燕在耳畔盘旋追逐，发出大雨将至的警报。远处的小山包已经在白色的水汽中消失，只留下淡淡的墨色轮廓。我没穿雨衣，急忙骑上摩托车往回赶，但还是被大雨阻在半路，上下淋个湿透，像只落败的公鸡。既已淋透，也懒得再找避雨的地方。

离开薄荷岛前，我去看了场“公鸡打架”。这才明白，落败公鸡的命运远比我凄惨——它们要付出的代价，是自己的命。

在菲律宾，斗鸡是一项国民运动，兼具娱乐和赌博的功能。几乎每个地方都有自己的斗鸡场（cockpit），洛博克也不例外。我打了辆摩的前往，为了耳根清净，没去找黄姓店主。

斗鸡场在附近的村子里，门口站着几个吞云吐雾的小哥。还没进去就能听到里面传来公鸡此起彼伏的啼叫。

斗鸡场的格局有点像乡土版的罗马斗兽场：一块围着护栏、铺着沙土的斗鸡台，四周环绕着一层高过一层的木质看台。看台上有卖啤酒和饮料的小贩，她们是这里为数不多的女性。

斗鸡台后面是候场区。斗鸡的主人捧着自家的斗鸡坐在那里，用抹了橄榄油的手为其梳理羽毛。斗鸡主人们的神情严肃，有着大战将至的紧绷感。他们手中的斗鸡看上去威武凶悍，缩着爪子，愤怒地左顾右盼，不时向对手鸣叫示威。这时，主人就会用力抚摸羽毛，让它们镇静下来——过早的亢奋只会损伤元气，真正的血战还在后面。

候场区也有木栏围着。很多观众倚在栏外，凝神观察每只斗鸡的成色，好决定之后怎么下注。我发现黄姓店主也在其中。他正拿着本子，小心记录着什么。那本子就是他在杂货铺里翻到最后一页，并写上自己姓氏的本子。他一抬头看见了我，面露吃惊之色。

“你怎么没来店里找我？”他问。

“我知道你肯定在这里。”我撒了个谎。

他看上去很满意，拉着我往看台走，说离比赛开始还有半小时。我要请他喝啤酒，但他拒绝了，表示“下注前要保持清醒”。于是我们坐在那儿，看着工作人员在黑板上写下每场比赛的对阵——32只斗鸡，16场比赛。

大概是为了填补半小时的空白，黄姓店主打算跟我聊聊中国——他记忆中的中国，也是在另一个时间维度上运行的中国，因为每个问题听上去都似懂非懂，但感觉颇有一番深意。

……

听了我的话，黄姓店主很久没有开口，仿佛与故国所剩不多的精神联系——除了他死去的、已经忘了叫什么名字的父亲——就这么瞬间崩塌了。我甚至能看到他内心的大石块像被地震撼动的洛博克教堂一样，纷纷坠落。

好在第一场比赛就要开始了，两位斗鸡主人已经捧着各自的斗鸡上场。在裁判的监督下，他们先让两只斗鸡互相啄几下对方，挑起彼此之间的敌意。与此同时，埋伏在看台各个角落的工作人员开始挥舞手臂，扯开嗓门大喊："下注！下注！下注！"

这时，你要做的就是向离你最近的工作人员喊出你的下注——押哪只鸡获胜，押多少钱。因为这一切只能在短短的半分钟内完成，周围瞬间就像炸了锅一样。人们紧盯着两只斗鸡，做出最后的选择，然后喊出自己的投注，仿佛这里不是斗鸡场，而是大萧条之前的纽约证券交易所。

"你不下注吗？"我问黄姓店主。

他摇摇头，说自己现在的状态不好，但表示可以帮我下注。

"押左边的斗鸡，赌 100 赢 70；押右边的斗鸡，赌 100 赢 100。"

我掏出 100 比索，押在了右边那只叫阿莫斯的斗鸡身上。

比赛开始了。只听裁判一声令下，两只斗鸡被主人放在了沙地上。刚才还沸腾的斗鸡场顿时变得鸦雀无声，所有人的目光都集中在左边的佩德罗和右边的阿莫斯身上。

佩德罗啄着地上的沙粒，假装不看对手。阿莫斯也缓缓踱步，等待时机。说时迟，那时快，两只斗鸡突然乍开羽毛，扑打翅膀，迎空撞向对方，同时一阵狠命铸啄。

这是一场血战到底的生死较量。每被啄一下，就相当于拳击场上被对方的重拳击中。一时间，场内鸡毛乱飞，伴随着一片扑腾声、咯咯声以及受伤后的哀号声。

第一回合过后，两只斗鸡看上去势均力敌，但阿莫斯的体力似乎已经有些不支。它尖利的爪子不再能牢牢抓住地面，身体看上去也有些左右摇晃。佩德罗的目光中燃烧着怒火，脖子上的羽毛完全爆炸开来。它紧盯着下盘不稳的阿莫斯，突然扑了上去，两只斗鸡再次缠斗在一起。

突然，观众发出一声惊呼。原来阿莫斯的鸡冠被啄掉了一块，鲜血直流。局势瞬间就向佩德罗倾倒了，尽管它右翅膀的羽毛被撕去了一大片，像是一只破掉的风筝。

受伤的阿莫斯已经筋疲力尽，它选择了逃亡。这是它最后一点力气，也是一切动物濒死前的求生本能。佩德罗追了上去，双方爆发了最后一番疾风骤雨般的互啄。我看到阿莫斯的鲜血洒在沙土上，像一只泄气的皮球，瘫倒不起。佩德罗也身受重伤，力气耗尽。它倒在地上，勉强支撑的脑袋犹在打太空拳似的，一下一下地啄着地面。

裁判走过来，同时拎起佩德罗和阿莫斯，然后松手，看它们还能否站立——它们都已经无法站立，与刚上场时相比，它们现在就像两摊没用的烂棉花。

最终，佩德罗获得了胜利，但已奄奄一息。阿莫斯的脑袋长长地耷拉下来，已经死了。它们的主人走上来，捧着各自的斗鸡离开。

我问黄姓店主，死了的斗鸡怎么处理。他说，有的人埋掉，有的人吃了。不过吃的人越来越少，因为斗鸡全都打过激素，吃多了会得癌症。

“赢了的呢？”

“养三个月伤，然后再来比赛。”

一时间，我不禁为斗鸡的命运感到悲伤：一生出来就打激素，每隔三个月就要进行一场血腥的较量。不幸的直接死在场上，侥幸活下来的不过是再活三个月，然后面对下一次决斗。

场内又响起了新一轮的下注声，但我没再投注。看了三四场后，我对黄姓店主说我准备走了。他点点头。

我刚起身，他却叫住我，好像突然想起了什么。他掏出记录斗鸡的本子，翻到最后一页。

“我想起我爸爸的名字了。”他对我说。

然后他拿起圆珠笔，把名字一笔一画地写在了“黄”字后面，再用福建话念道：“黄喜发。”

我不是司令，我和阿郎一样，和乐乐一样，我是加涛狗。我们一样的。

狗司令的故事

撰文　王占黑

［一］

老王说，富人养犬，穷人养狗。小区里到处都是狗。

犬讲品种，狗只讲一条命，狗命一条，有时什么也讲究不了。遛狗的人相互碰到了，从不询问种，上来只说，你家狗叫个啥呀。

名字也是不讲究的，毛黄的，就叫黄毛，皮黑的，都叫小黑。也有些即使留个心眼取了名的，就像小区里多叫斌斌和欣欣的小孩一样，动不动就撞上了。所以有两个嘟嘟，两个旺财，两个阿郎，叫贝贝的最多，数过来竟有四个。余下几只面熟的野狗，统统唤作噜噜狗。

这么多狗，老王全都能认清楚，像小学班主任一开学就能把教室里每张脸都认全一样。班主任不单记脸，还要熟知各位的脾性。路上走来一只狗，叫什么名，几岁，住哪里，是公是母，喜欢谁家的狗，老王都有数，他说社区干部管人，他管狗。老王和狗打照面的时候，那口气就像对人一样。

贝贝，吃了吗！

阿郎，出来白相啊。

来福，天冷，回去回去！

见到面生的狗，老王就主动凑上去，哎，你好呀，你叫什么呀。老王的喉咙总是响得惊人。

有时主人会在后面说，我们叫啥啥啥。也有人冷着脸不回答，当老王是傻子。

妈妈也说老王傻。人家是肉包子打狗有去无回，老王端着饭碗一出去喂狗，就不晓得要回来了。

老王说，你懂啥，狗看得起你，才跟你玩，吃你的饭。

那一只总是来不及洗的碗，就变成了固定的食盆。有时老王带着它出去找狗，有时狗会自己找来我家楼下。

小区里的狗都是吃百家饭长大的，老王说他小时候也是这样，东家一口，西家一口，不知不觉就长成大人了。吃百家饭的小孩通人情，好养活。狗也是，他说狗是最通人情的。

在家的时候，听到外面有狗叫，老王都知道是谁在叫。

老王说，你听，这个喉咙是黑豹。

黑豹平时很善，一碰到生人就要叫了。

有时夜深了，外面两只狗吵得凶。老王在卫生间里洗漱，或者已经躺下睡了，又自说自话，哎呀，大黑狗又和卡卡打起来了。随后象征性地把脸转向窗口，卡卡不准吵！

好像外面的狗能听到似的。

碰上下雨天，妈妈不准出门，老王就搬一只矮脚凳，爬出阳台。坐在防盗窗上，伸出头能看到很远。他看怪脚刀家的两只狗打架，把吃落的瓜子壳、话梅核扔过去，像一个热情呼喊的竞技比赛观众，刀脚怪，打回来！打回来！伊打你一下，你还伊十下！

小时候老王也是这么教导我的。那时我们也像这样坐在防盗窗上，等妈妈的脚踏车骑过敏芳的小店，接着进入我们眼门底的小路。老王说，你看妈妈样子好吗，背脊挺吗。

等到老王不想看了，他又变成裁判，一脸严肃地说，好了，讲平！握手！还是好朋友。

两只狗还在打，老王自顾自拍拍身上的瓜子灰，窗门啪的一声合上。回屋看电视去了。

老王说，打狗看主人，其实是看狗打主人。小官的黑狗凶煞，春光的狗和气。三麻子跑江湖，他的狗一样会看世面，沉得住气。杂货店的狗像敏芳，心宽体胖，处处好管闲事。看得出的除了性子，还有处境。人苦的，狗也寒酸。人神气的，狗也体面。老王说最好的狗睡床上，次一点的睡地板，再次一点的关车库里，顶次的，车库外面随便放个啤酒筐，就算搭个窝了。到天冷，套上苹果纸版箱，垫几层破布。天热，除了一个饮水盆，什么都不要。

体面的狗冬天要买新衣服，车库里的就拿旧棉毛衫改了穿，那颜色和花纹看上去同拖把头上的布条类似。要美容，就随便扎一个冲天辫。要洗澡，端个小脸盆在自家门底洗，或者去河边，游一圈再回来。人人都有自己的办法，钱少的人最多。

老王还说猫是离人的，狗不一样，狗亲人。要是没有狗，小区也不像小区了。所以不论是睡床的还是睡车库的，老王都给他们按个姓。老关的狗叫冬冬，老王非要叫它关冬冬，乐乐的爸爸姓侯，老王就叫它侯乐乐。老王讲，对待新认识的狗要有礼貌，叫全名，等到熟络了，再一口一个冬冬，一口一个乐乐。

有时候却很没礼貌。看到怪脚刀家的狗，就喊它怪脚刀，大不同养的狗直呼大不同，小店老板娘的狗叫贝贝，老王只喊它敏芳。走出家门，老远就喊，敏芳，过来！敏芳的狗就冲过去叫两声，然后和老王一起走到小店门口，人吊酱油，狗就趴在窗口看，那香气多闻一口是一口。

老王使劲按它的头：下去！馋胚！

［二］

我和老王饭后散步的时候，最喜欢商量我们家的狗叫什么名字。为了起一个和别人不重的名字，我们绞尽脑汁。

洋袜？

老王喊，来！洋袜过来！好像身边真的围着一只小狗似的。

我说，不行不行，连着姓叫就不好了。

小笼包？

测验一个名字灵不灵光，最好的办法就是喊几声，看叫得响不响。

皮蛋？

皮蛋来！皮蛋！老王又试。

老王一边喊一边自我否决，叫个皮蛋还不如叫老K，干脆做大一点。

每天走，每天想，就这么一个个叫过去，后来老王决定了，叫脚套。

老王说，人家喊我加涛，加涛，我的狗就叫脚套，脚套，这样很合拍。一听就晓得是谁养的狗，也符合小区的习俗。

尽管受到妈妈的嘲笑，我们还是坚持通过了这个名字。

散步的时候，我和老王总是假装喊起来，脚套来，脚套走。

可我们从没养过一只脚套。

妈妈不喜欢狗，她说，你们要养狗么，你们自己搬出去住。妈妈爱干净，家里没养过小动物，除了金鱼。

后来妈妈松口了，妈妈说，你们不如养在车库外面，让它也看个家。

不久小官捉了一只小黄狗送过来，老王把它锁在楼梯底下，当天就被楼上老阿姨敲门投诉了。

阿姨说，小王啊，阿姨见狗怕的，拿开好吗。

阿姨一头烫发，欢喜露小腿，穿时髦衣裳。阿姨的电瓶车一开进来，小黄狗就乱叫。

何况小黄狗和附近车库里的那些面孔一样，是个没有健康证明的黑户口。老王一声不响，隔手转送给了后门平房里独居的瘸脚老头。

老头唤小黄狗叫黄毛，于是小区里又多了一个黄毛。从小黄毛长成大黄毛，无数个白天，老头在活动室打牌，黄毛就拴在外面的长椅上，和徐爷爷们并排坐在一起。不知道的人还以为黄毛是来福呢。老头到晚饭边停歇，出门牵黄毛回家去。天气好的下午，老王也会去看看它。

老王喊，黄毛，黄毛。

黄毛就蹦跶几下，逃不出一根皮带。

老王带着它在小区里兜几圈，过把瘾，再拴回去。

有一天大黄毛穿马路的时候碰上一辆下班的汽车。小区里忽然又少了一个黄毛。

老头不响。仍是朝九晚五地去活动室上岗下岗。

老王说，那也没办法。狗命一条，你能讲究什么。

就像在冬天，好多只皮毛锃亮的狗被人套住了吃掉，搞文明建设的时候，到处有黑户口被城管抓去关公安局。小区里的人从不贴悬赏告示去找，也不愿花几千块给狗上牌照、打疫苗。有了就养着，没了，就算了，谁也不会为一只狗伤心。

人们对自己的命，也是不伤心的。生了病，就这么度几日吧，不想费钱。活动室外面少一个黄毛，就像活动室里突然少掉几个老头一样。

老王说有些事体，今天睡下去，明天谁知道呢。

长椅上少了黄毛，后来又少了徐爷爷，谁响呢。空的位置，总有人来接着坐。

［三］

黑豹的事情也没人响。

那天下午有人说黑豹去河边看老头钓鱼了，有人说他去马路对面找小母狗了。到晚，喂食的人不见他，把剩菜倒进碗里就走了。黑豹的车库就这么空空地敞开了一夜，第二天早上，饭碗干住了，老王说，黑豹不会回来了。他脸上没什么表情。

喂食的人再过来，黑豹是叫人捉去了吧。说完就带着饭碗走去另一处了，小区里从不缺一些饥饿的小狗。

黑豹脚杆很长，浑身乌黑发亮，眼睛下面有两块小黄点。是个小男孩。黑豹不叫小黑，叫黑豹，听起来很酷，叫起来很响亮。老王说黑豹的品种很厉害的，他有六个脚趾头，多出一个小小的钩子躲在脚垫边上，就是他厉害的地方。

黑豹最厉害的是人来疯。

黑豹在草里玩，在墙根玩，在太阳底下睡觉，和路上的小狗打架，一听到有人喊黑豹两个字，不管认不认识，就要立刻冲过去抓人家的腿。黑豹最喜欢吃老王的裤脚管，他扯着那只宽松的灯芯绒裤脚管左一绕右一绕，像小时候脚边玩着的一只拖链子的球。老王越是低头骂“黑豹，跑开！”，黑豹越是兴奋，他听得出这是高兴的骂，一路吃一路跟上楼，趁不注意就从门缝里溜进来，摇着一条细尾巴从客厅晃到厨房，房间里兜转一圈还不肯走，最后被妈妈大叫着赶出去。

老王说，这种狗叫作轻头狗，轻头轻脑的，见的世面很少，一发昏就不知分寸了。大概就是这样，黑豹才容易被捉狗的人骗去。也是这样，黑豹还在的时候，人人都爱他。

黑豹姓刘，最早是隔壁人家养来给小孩玩的。大人太忙，又怕咬，就关在底楼车库里，早上放了，到晚关回去，只准在附近活动。黑豹每天都有自己的路线，他喜欢去河边看钓鱼，也常常在白场上看人打篮球，他在每一棵树下面撒尿，熟悉各处墙角的机关和分岔。和很多狗一样，黑豹的爱好是追电瓶车，但他的追不是追，是送别。隔壁人家带小孩上学，邻居上班去，一见认识的面孔从车库里缓缓移出来，黑豹就钻出草堆一路送过去，送到将近小区门口，再折回来。老王说狗比人识相，不敢出自己的地盘。他们的地盘，就是靠在每个撒尿的地点留下的印记连成的。

我说，你要向黑豹学习，身体不好，不能乱走。

老王说，黑豹不走，我也不走。

可黑豹还是一声不吭走丢了。

小区里这么多狗，老王最喜欢黑豹。他说，你看黑豹的眼睛，一点也不凶，很善的。可我想，他喜欢黑豹只是因为黑豹最买他的账。有些狗会看眼色，很势利的。黑豹不是，他不挑食，不发脾气，随叫随到。待久了，黑豹会跳舞，会握手，会在我家烧饭的傍晚跑来楼下叫。散步的时候，黑豹就跟在旁边，我们走路，他走草丛。你喊一声，黑豹，他就跟紧一点。你不喊，他就这么远远地跟着。

老王说，放养的鸡最好吃，放养的狗最懂事。

路上的人看到了就说，加涛，你家狗啊！

哎！叫黑豹！老王再也不提脚套的事了。

隔壁大人一出差去，就把狗托付给老王。实际上黑豹的三餐饮食都是老王管的，现在连早晚起居也一并管上了，是件天大的事。

那几日老王起得特别早，按他的说法，要过回夏令时了。天蒙蒙亮，扒开被子就迷迷糊糊地喊，黑豹啊，黑豹。匆匆洗漱完，老王就下楼去看黑豹了。

很多人还在睡，老王不敢大声喊，他悄悄走到车库，黑豹早就醒了。

嘘，黑豹不好叫，放你出去松一圈。

一解链子，黑豹就冲出去了，老王掐着喉咙喊，黑豹不要跑远!

然后回去泡茶吃早饭，吃好药，老王带着茶杯出来和黑豹会合了。有黑豹的日子，老王的上午总是特别长，吃饭也特别快。

老王不爱吃河鲜了，天天都要开大荤。老王吃得很快很快，一吃完就冲出去。他在楼梯上咳一声，黑豹就摇着尾巴过来了。

老王说，我撑死了。却又折回来吃几口肉，预备把骨头带出去。

他怕黑豹等不及，吃得更快了，嘴里含着一口说，黑豹黑豹，我马上来啦。

他的胃是长给黑豹的，他的胃口每天都合着黑豹的胃口。

黑豹很善，也不缺小男孩的戾气。一看到陌生人，黑豹就叫个不停，老王说，你听，黑豹现在有个小大人的喉咙了，好像在说隔壁小男孩进入变声期了一样。

黑豹的脚杆越来越长，脸是一张狼狗的脸，叫声凶猛。有人见他怕，隔壁人家中午就把他锁起来。锁起来的黑豹又变回了小男孩，趴在地上，眼神很委屈，一看到老王走过去，他急切地站起来，不是要吃，是要出去玩。

老王说，黑豹乖，不好出去噢，皮毛这么亮，出去要叫人捉走的。

黑豹就又泄了气瘫软在地上。

后来再听，黑豹的喉咙粗粗的，厚厚的。老王说，黑豹现在完全是个大人了。

长大了，生脚了，黑豹走出了自己的地盘。

［**四**］

黑豹走了之后，老王把胃口都给了乐乐。

乐乐很坏，只认东西不认人。老王说，乐乐是个小骗子，你走在路上喊她，她不睬你。你带着吃的过去，稍稍咳一声，乐乐就甩着一只圆圆的大屁股朝你跑来，吃完转身又走了。

乐乐跟着老王散步的时候也是假头假脑的，明明是跟回家，她偏偏要绕来绕去，表明自己不是跟你回去，只是恰好和你同路而已。到了楼梯口，乐乐不像黑豹那样上蹿下跳着讨食物，她就近选个草堆伏着，等老王带着什么下来了，才终于按捺不住急吼吼地冲出来。

碰上不爱吃的东西，乐乐一定要挖个坑把它们埋起来，不准别的狗去吃。老王怪她，乐乐小气。即便如此，老王还是心甘情愿给乐乐留食物。

若是碰上几个大清早，乐乐无端出现在家门口，老王高兴得跳脚，你看，乐乐还是知道我好的！

乐乐从前很好看，长毛，白净，大眼睛。可是一年三胎小狗养下来，乐乐一下子从少女变成了老太婆，整天摇着她臃肿的大屁股，拖着一排下垂的乳房，下雨的时候尤其邋遢，白毛脏成了灰毛，遮住两只眼睛，看起来像捉垃圾的人养的小野狗。

老王说，乐乐，你好汰个澡啦。

乐乐只顾低头吃，一块排骨落下来又吞进去，吞进去又落下来。

老王总想摸摸她的头，可是妈妈关照不准摸，有跳蚤。老王总是半伸不伸地弯着他的手，不敢按下去，乐乐，妈妈不准我摸你，妈妈知道了要凶的。

有时他也会忍不住偷偷摸几下，握个手，嘴上不住说着，乐乐乖，乐乐顶乖。乐乐就在地上打滚，老王很开心，但只能偷着开心，不能叫妈妈发现。

天热起来，乐乐洗了澡，剃了毛，一下子又变回了小姑娘，身边围着各种毛色的公狗。老王说，乐乐最近心蛮野的喏。

路过的人看到乐乐的腹部又荡下来了，一脸吃惊，啊，乐乐又有啦？！

乐乐若无其事地在两栋楼之间走走停停，不动的时候就变成沉积下来的一堆肉。

关于乐乐的情事，老王知道得比谁都清楚。他的脑子记不住好多事情，却能列出一个大清单，小区里的狗谁看上谁，谁看不上谁，每条线和每个箭头他都画好了。

矮脚狗卡卡蹑手蹑脚地走过来，老王说，卡卡又来找乐乐啊，人家不想理你的。

老王说，卡卡长得不好，乐乐喜欢一只大黑狗。

他指给我看。大黑狗就站在乐乐身边十米开外，远远地看守着，各自不动。卡卡乘他不注意，溜过去舔舔乐乐的屁股，乐乐一下坐到地上，自讨没趣。

老王说，卡卡想揩油啊。小伙子要拿出点噱头来呀。像是在鼓励他。可是卡卡再也找不到机会占便宜了。

卡卡丧气地兜来兜去，最后兜到老王脚下默默趴着。

老王说，卡卡不要紧的，我看对面那只小黄毛也蛮好呀。他安慰一个失恋的小兄弟。卡卡和老王坐在一起晒太阳，小黄毛坐在一群老太婆中间。再远处，是真正的老太婆来福。

来福什么都不参与，她反正也听不见。老王说，来福看他们，就像是老祖宗看小孩过家家，不稀罕的。

乐乐很有口福，她的爸爸侯哥，以前在小区门口卖鸭脖子，现在到医院门口摆流动快餐小摊了，那些卖不掉的盒饭，晚上都带回来给她。所以乐乐的嘴巴很刁，老王的饭碗她总是不屑一顾。平时乐乐就坐在楼梯旁边，帮着看守那辆电动三轮车。过了中午，老王得意地说，乐乐，大人不来，盒饭没有，看你怎么办喏。乐乐就乖乖地跟老王回家吃剩菜去了。

有时大人会带乐乐一起出门。她坐在两个轮盘中间，快车上的大风，把乐乐的长毛吹得全都横过来了，像一个失控的拖把头，老王和她挥挥手，乐乐再会。

乐乐的头就一直回过来看他。

这样的下午老王又少了一只做伴的小狗。

吃过晚饭，他估摸着乐乐要回来了，就去楼下看。

乐乐回来了啊！走，一道兜两圈。

若是没看到，他就当什么都没发生，唱着歌散步去了。

老王不爱去医院，他最讨厌定期检查，每趟去完回家都哭丧着脸。可是有一天他异常高兴，他说乐乐家的快餐小摊就摆在医院旁边，这下妈妈挂号的时候，他有事情做了。

我和乐乐在医院门口玩了好久！他掏出手机里的小视频给我看。

两个不能擅自离开小区的老朋友在小区外头碰见，热情涌出五脏六腑。

后来老王不肯去医院，妈妈就说，哟，乐乐不在家，我们去医院看乐乐啦。

老王就有动力去了。

回来的时候两副面孔，看到乐乐是一副开心面孔，没看到又哭丧着一副面孔。

妈妈说，你去医院是看乐乐还是看毛病啦。

你看毛病，我看乐乐。老王小声说。

在医院没碰到，回来就要特意绕路过去看乐乐。总之在去医院和回家之间，一定要有乐乐。等到乐乐迈着大屁股在他身边兜来兜去，老王的面孔就又舒展开了。

妈妈说老王现在是个小孩子，只知道白相。

从前老王的白相是大人的玩法，打牌，搓麻将，喝茶讲话，现在是小孩的玩法，同狗玩，同别人家的小孩玩。有时又是老人的玩法，谁也不理，独独闷坐一个半天。像来福一样。

乐乐也越来越不爱动了，就在楼梯旁边盘坐着，像一团剁好了准备嵌进馄饨皮子里的夹心肉。老王说，乐乐，你再懒下去要变成来福了。

可是他又说，变成来福是好的，人一岁狗七岁，谁要是像来福这样活过十六七个年头，也是古往今来的大稀客了。

［五］

老王最近结交了新朋友小黑和阿郎。是对门相邻，也是忘年交。

小黑一岁出头，不爱吃饭，瘦得像非洲难民，浑身没有一点肉。可是瘦有瘦的好，溜得很，被城管抓去，能从细笼子里钻出来。隔了一夜，早起的人说，看啊，小黑好好地睡在自己的啤酒筐里呢。

老王头一次给小黑喂食，吃了几口他就跑了，过几分钟从墙角溜回来，身后跟着一只块头稍大的黑狗，毛色夹杂着大片的灰白，看起来很老态。小黑领他走到饭盆附近，自己就绕开了。

老王说，小黑乖，讲义气，以后我多带点，两个人一道吃。

小黑有着像黑豹一样的天真气性，他喜欢站起来，伸出前爪跳舞，吃完了就跑，饿了又跑来吃。阿郎不一样，万事都很谨慎，不跟你示好，也不乱发脾气。三麻子说，阿郎活了十多年，小黑的岁数嘛，不过是他的零头。三麻子浪里来，世面见得多，是个铁打的老江湖，阿郎和他一样，浑身上下写满了“不好惹”三个字。可是铁打的敌不过玩阴的，三麻子中了风，麻掉了左半边手脚，他和阿郎老来就缩在角落里度度日子，一声不响。

三麻子说，弄堂里养大的狗，懂规矩，不上楼，只睡地上。阿郎看起来老态龙钟，从前相当厉害。阿郎叫一声，其他狗都是不敢响的。他又晓得分寸，从不咬人。什么人什么事体，阿郎都见过，心里都有数，只是这里不比弄堂里，再不去吃屁管闲事了。

三麻子天天坐在杂货店里打牌，阿郎就和小黑玩在一起。人们都说，一老一小这么要好，也是稀奇。阿郎从车库里探出一个灰白的头，看外面进进出出的车辆，也看对面楼底睡觉的小黑。老王逗弄小黑，他也在远处看着。吃饭的时候，等小黑吃饱了，阿郎再过来尝点剩的。阿郎不吃醋，可是老王说，他心里也会不开心，但你若真的去热络他，他又摆着架子走开了。

三麻子说，我们阿郎是正宗的冷面热心肠，等他熟悉你了，对你不要太好。三麻子一张嘴全是阿郎的好话。他说阿郎识得来红绿灯，下雨会催你收衣服，听到你和人吵架，他定要凶别人来护你。

老王说，阿郎这样的狗，你要敬的。很快的，老王就晓得了阿郎的好。

小黑即来即走，阿郎像一个监护人，慢悠悠地跟在后面。有时小黑被什么新鲜的动静突然引跑了，老王喊都喊不住，阿郎就留下来陪着。兜一圈，又兜一圈，阿郎不声不响地跟着，一直跟到家门口，但绝不上去，只在楼梯口张望。

老王说，阿郎，快点回去，明朝会。

阿郎不走，也不上来。

老王说，那我先走了，你也早点回。

老王上楼，隔一会探出头看，阿郎还在底下蹲着。

等到门砰的一声关上，从厨房窗户看出去，阿郎已经不在了。

老王说，阿郎叫他想起几十年前北京路上那些草狗，每家每户都有一只，黄毛的，黑毛的，杂毛的，长相呢，多少都带着点阿郎的样子。他说那时候的狗，好像也很有劳动精神的，不讨来吃，也不乱叫。他说不像现在，金贵得很。

所以老王一直另眼相待阿郎。喂食的时候，语气也温存下来，像去看望一个老人。

阿郎，慢慢吃，慢慢吃。

只有在晒太阳的时候，很奇怪，狗一碰到太阳光就软下来了。老王摸着阿郎的头，阿郎眯缝着眼睛，突然和年轻的小黑没有了差别。

老王喊，阿郎，阿郎。阿郎喉咙口就发出一阵咕咕咕的哽咽，轻轻的，有点低哑，好像老王早上起床的时候，一边嘟囔着什么，一边又含着一口老痰，听不大清楚。

老王说，狗其实都懂的，他们比你聪明多了，只是有嘴巴讲不出的苦。

[六]

小区里的狗辈分不一，生着高高低低的喉咙，各式各样的脾气都有，就像小区里的人一样。

有像来福和阿郎这样活得长的，不知哪一天就老死了。

也有像黑豹这样的，生龙活虎着，不知哪一天就闯了倒霉事体。

老王说，人活到像来福这样，活回本了，也就不怕死了。若是活在像黑豹的年纪，心里更加不知道存一个死字。

他讲起自己十六七岁，光身在河里游泳，从货船的螺旋桨下面贴身钻过去。也攀上乡下人的拖拉机，一乘乘到毫不认识的远地方去。爬到高树上伸手捉胡知了和金飞虫，再高的树丫杈，没有不敢上去的。

他说，人年轻的时候，脑子里就不会写死这个字。

可是现在呢，生了毛病的要开刀，要吃药。吃了牢饭的要送钱，要缓刑。谁都不舍得一条命。可是这条命呢，确实越来越险，出门要看红绿灯，看杀头车，一副性命绷得紧紧的，看得死死的。

老王摸阿郎的头，阿郎，你说是吗。

阿郎不响。旁边的小黑已经睡着了。天冷了，他的啤酒筐里又多了好几层垫絮，不知道什么时候是谁给铺上的。

老王抬头看看天，阿郎，妈妈说明朝要下雨，怎么办啊。

我不出来，你们也别出来了。

我讲，你是狗司令，你最大，人家出不出来都要你管牢。

老王说，瞎讲，我不是司令，我和阿郎一样，和乐乐一样，我是加涛狗。我们一样的。

狗不怕死，怕下雨。下雨天不能出来玩。放晴的时候，好像放回了一条命。

这是21世纪，
我们总是想当然地
以为世界会越变越好，
日子会一天
比一天惬意，
而历史却在重复
它自身图案中最诡谲
和最阴暗的部分。

This is the twentieth century. We take for granted that the world will become better by the day, and our lives will become more cozy . But instead, history continues to repeat its most uncanny and darkest parts.

王梆 | Wang Bang

△ 报道

"起来，像狮子初醒，你们人多势众，不可战胜；
快摇落你们身上枷锁，像把睡时沾身的露珠摇落，
他们有几人，你们众多！"——雪来

忍冬花的春天

——走入新崛起的英国工党

撰文　王梆

[一]

我穿上一条慈善店淘的二手牛仔裤，去剑桥市的波特兰武装酒吧看英国后朋[1]乐队 The Pop Group 的演出。那是 2017 年早春的某个黄昏，迟迟不肯离去的冬天，像一个阴险固执的巨人，在漆黑的云端上，反复打磨着一把冰刀。粉丝们早已提前一个小时，聚集在舞台外围的天井里，呼吸着从天而降的冰碴。他们中有不少人生于 60 年代，像 The Pop Group 的主唱马克 · 斯图尔特（Mark Stewart）一样年过半百，仍不合时宜地扣着一顶“愤青”头盔，发型是鲍勃 · 马利[2]式的，脖根上露出半截墨迹模糊的文身；有

1 Post-Punk, 70 年代伴随朋克运动兴起的音乐类型。后朋在兼顾朋克乐刺耳、极简等特点的同时，还融入了电子、雷鬼等其他音乐元素，更具实验性和艺术表现力。

2 Bob Marley, 牙买加创作歌手，雷鬼乐鼻祖，常以一头脏辫示人。

的显得稍微含蓄些，铅笔裤，浅色圆领，衬着一副大卫·霍克尼[1]蚀刻版画上常见的愁容。

演出以马克·斯图尔特深喉里迸出的一道爆破声开场，凝固的冷空气顿时被驱散。所有人都不顾一切地把自己砸入各种高分贝的声音裂片里，舞台上下融成一片肢体的火海，每一条挥向空中的手臂，仿佛都是一截上蹿的火苗。到底是什么在燃烧，你必须直面斯图尔特的目光，才能弄清那团人火的秘密。

马克·斯图尔特生于1960年的布里斯托（Bristol），上过当地最好的私立学校，成年后却成了西方反资本主义朋克阵营里最刺眼的钉子之一。在他的成名作《我们都是妓女》（*We Are All Prostitutes*）中，他用噩梦般的嗓音咆哮道：

> 资本主义是最野蛮的宗教，货仓是新砌的大教堂，汽车是它的殉道狂。我们的孩子必须起来反对我们，因为我们是始作俑者。他们将为我们重新命名“伪善的一代”！

那天晚上在波特兰武装酒吧，57岁的斯图尔特又唱起

---

1 David Hockney，英国当代艺术家，曾受现代主义思潮影响，创作了包括《浪子的历程》（*A Rake' s Progress*）在内的大量蚀刻版画。

了这首曾用撒切尔夫人做封面的老歌。今天，除了撒切尔夫人被 PS 成了英国首相特蕾莎·梅（Theresa May）以外，整首作品没有太大变化，一如既往的尖锐、决绝、不可撤销。然而斯图尔特却明显地老了，他膀大腰圆，失去了英伦摇滚的少年体态，套着一双旧皮鞋，披着一条老年人晨练时的白毛巾，汗珠在他那殚精竭虑的宽脸庞上，像一层又一层的水帘。他的粉丝们也老了，那些发根渐白的 50、60 年代的人，身体恍如狱警，气喘吁吁，在一簇簇隐形的火焰里，四下追捕着出逃的灵魂。

第一次听 The Pop Group 时我才二十多岁，住在中大后门的城中村，听的是被当成塑料垃圾进口的打口碟。那是一个麦当劳和耐克鞋引领进步的时代，一张白猴子（“外国人租赁公司”里的西方演员）的脸贴在某二线城市的售楼广告上就等于和国际接上了轨。不少和我同龄的人，一心只想“赶英超美”，恨不得大清早刚登上绿皮火车，下午就抵达高铁时代。在那样一种心照不宣的“媚外”里，每天无所事事地听着塑料垃圾的我，虽然知道这些西方的后朋们在痛斥资本主义，也不时从身边的狗血事件里看到它的隐患，却不知道为什么它会被骂得那么狠。不是说只要熬过血腥的原始积累，一切就会好起来吗？

真正意识到资本主义的可怖之处，是移居英国以后，在资本主义的发源地之一“大不列颠”。这里，资本家们早已完成了原始积累，还在全球范围内竖起了新自由主义的丰碑，但现实却如利斧凿开了一个新的困境：英国中等收入的水平开始落后于经济增长，2017 年中等收入水平跌至 2007 年的水平，用英国历史学家克雷格·默里（Craig Murray）的话说“简直可以与 1814 年到 1824 年之间的降幅媲美”。与此同时，物价却直线飙升。且不说让 90 后准中产阶级彻底绝望的房价，单说必要的开销：2007 年以来，牛肉价格涨了 51%，猪肉涨了 52%，家禽涨了 28%，鱼类涨了 41%，燃料费涨了 45%。普通家庭的燃料账单在 2007 年是 841 英镑，2013 年却飙升至 1217 英镑……就连最基本的黄油价格，也涨了 67%。[1]

这些数字投映在惶惶不安的心理幕墙时，便不再是抽象的数字，而变成了某种“希区柯克式的悬念”。你明明看到有人在桌底下放了一颗定时炸弹，却不知它会在何时引爆。有时和七年未涨工资的先生推着购物车买菜，看到精心烘焙的手工面包或有机食品，我的耳边就会幽幽冒出甘地的一串字符：“对于世上那些饥饿的人来说，上帝是不存在的，除非他以面包的面目出现”。从文化背景上看，我俩算是中产阶级，却只消费得起工业化食品（Big Food），听起来虽不比“世上那些饥饿的人”困顿，却也让人徒然

1 参见 https://www.theguardian.com/society/2014/dec/11/food-prices-real-terms-higher。

伤感——这是一种多么卑微的、被引爆线缠在半空的经济状态。

比工资降幅更可怕的，是一股卷土重来、几乎席卷全球的右翼风暴。在美国，特朗普利用爱国主义和保守主义复兴着特权阶级的价值观，弗杰尼亚的极右党重举纳粹旗帜行走于光天化日之下；在法国，仇视移民的大军加入了法国前线党，竟然还获得了 33.9% 的支持率；在波兰，PiS 右翼政府通过了反堕胎法，女性只有身体严重残疾或在分娩中面临生命危险才允许堕胎；在土耳其，新的"宗教"领袖雷杰普·塔伊普·埃尔多安[1]正在把女性逼向一个《使女的故事》(*The Handmaid's Tale*)的时代，宣称不生育的女性是一种"残缺"；在德国，仅 2016 年一年，德国极右团体就发动了 3500 起针对难民的袭击；而一向持"自由主义"立场的默克尔，竟然举手反对同性恋婚姻草案；在俄罗斯，反世界主义、反普世主义、反女权主义、反同性恋平权运动的普京成了欧洲极右派们的新偶像……

这是 21 世纪，我们总是想当然地以为世界会越变越好，日子会一天比一天惬意，过了愤青的年龄，就可以悠闲地坐在沙发上听便利之王[2]，或者《昆虫世界》里用来美化螳

1 Recep Tayyip Erdogan，土耳其现任总统。

2 Kings of Convenience，由来自挪威的 Eirik 和 Erlend 组成的双吉他乐队。

螂交配的轻音乐，而历史却在重复它自身图案中最诡谲和最阴暗的部分。难道一切真如艾柯（Umberto Eco）所言：“所有的事情都是重复性的，在一个圆圈中。历史是个幽灵，因为它告诉我们它并不存在？”

［二］

佛说，你会被内心的怒惩罚。愤怒显然没有用，于是像我的英国朋友们那样，我也一早把目光投向了选票。和六合彩不同，选票赌的不是运气，而是信念和理性。

也许真是兽困则噬，正当右翼势力试图用它那把巨大的黑伞一把罩住大不列颠时，英国社会突然冒出了一股强大的阻力。它就是杰里米·科尔宾（Jeremy Corbyn）领导下的工党。保守党右翼政府对此从嗤之以鼻到恨之入骨，将其成员定义为“异想天开的社会主义分子”、“一群极端危险的激进左派”，卡梅伦（David Cameron）甚至放言：“科尔宾及其拥趸是国家安全的威胁。”——这简直等于为我的好奇心上了发条，保守党越将他们视如寇仇，我就越想看他们手中的法器。

我决定打入工党内部。把自己说得像个 FBI，其实那里并没有暗门。

2016年初春的一个傍晚，我身着盛装[1]，走进了一间乡村社交俱乐部。

说是俱乐部，长得却像一座旧仓库。内里一分为二，挂着平板大电视的做酒吧，没挂平板大电视、看上去像80年代铁西区工厂小饭堂的，则用来给退休老头老太玩宾果游戏（Bingo），据说有时也腾给村里的摇滚歌星跳迪斯科，或租给某减肥协会玩呼啦圈、做普拉提。酒吧总是被一群和桌腿有仇的黄毛小伙占据。几位被时代遗弃的老农，喝着闷酒围坐一旁，脚边蹲着几条忠心耿耿的牧羊犬，一动不动地注视着偶尔冒出几只羊羔的电视荧屏。

自从搬到英格兰东部安格利亚（East Anglia）的哈德郡村（Haddenham）以来，我还是第一次走进这家俱乐部，更让人不安的是，似乎只有我一人衣着隆重。

七八位工党会员们就围坐在这样一种奇葩的氛围里，讨论着国家大事。

会议时间地点和议题公布在每月一期的《村民之声》（*The Village Voice*，教区委员会自印的便民月刊）上，掺夹在“通厕割草”之类的广告页里，每个居民都可以参加。尽管如此，我的到来还是在这些工党成员的脸上激起了一

---

1 原文是 Sunday Best，只有周日做礼拜时才舍得穿的衣服，即最好的衣服。

点小涟漪。哈德郡村是英格兰东部安格利亚有名的“ABC”[1]，政治地图为“蓝”，即保守党的颜色。白左都十分罕见，更别说“历来歧视白左的华人”。

各位好，我是一名在中国长大的自由记者。我对英国的民生很感兴趣，因为这里是我和我的英国爱人的家园，很可能也是我们后半生的栖身之地，所以我希望能对身边的事情有一个基本的了解，请各位多多指教。

我的“自我介绍”似乎立刻得到了在场所有人的认可。在某种无须费力经营的友善里，我的紧张很快得到了缓解。不出半年，我就和他们打成了一片。

老实说，这些工党成员们没有右派媒体描述得那么左，至少在表面上——他们既不穿列宁装也不互称“同志”。他们态度温和，谈吐风趣。当中有神父、政治学博士、心理学教授、跨国公司软件编程师、杂志编辑、艺术家、火险探测员、村自然小组组长、退休珠宝商，等等，平均年龄50岁左右，包括一位21岁，涂着黑色指甲油、文着七彩刺青的拉拉，以及一位跳起探戈就忘了前世今生的跨性别主义者。

初次见面，让我印象最深刻的是吉米·穆林（Jim

1 Anything but conservative，除了保守党，一切死光光。

Mullin），我一坐下，他就举着啤酒，用浓重的苏格兰口音向我问好。那会我刚从剑桥搬到这个十几英里外的乡村，除了几只野鸭野狐，还没交上什么朋友。他那苏格兰式的热情让我简直如置身于爱丁堡。

我知道他是当地循原会（Primitive Methodists）的神父，没想到他也是一名工党成员，也许还是哈德郡村工党中党龄最长的成员之一。英国有不少摇摆选民（swing voters），今天奔这个党，明天跑那个党，全凭“菜单”（政策）下注。像吉米·穆林那样几十年来一直没离开过工党的人据说凤毛麟角。

他的忠诚对我来说，成了个谜。

［三］

吉米长着一张南瓜般的大圆脸，只有在做礼拜时才套上假领和黑袍，平时基本上穿得像一个卡车司机。由于过于平易近人，总有人深更半夜给他打电话诉苦，以前是精神病患者，现在多半是失业者。村里有一个食物银行（food bank），设在教堂里，吉米隔三岔五在里面当义工。在他的感召下，不久之后我也加入了食物银行机构。

我们四处收集食品，然后把它们（多半是保质期内的大豆罐头和意粉）送到有需要的人手里。来求助的不是非洲难民，而是抬头不见低头见的邻居。哈德郡村不到 3500 人，却有 85 个家庭需要救济。他们中大多数人，根本不愿到村里的发放点领取食物，而是长途跋涉至其他发放点，谁也不认识他们的地方。

和我在吴哥窟撞见的破衣烂衫追着游客讨美元的乞丐截然不同，食物银行的客人们大多穿着得体，极有礼貌，有的还开着车。他们的失业救济金以各种苛刻的理由被截断（sanction），在空荡荡的冰箱旁彻夜煎熬，和胃里的尊严搏斗，实在熬不住才鼓起三分勇气走进来——这是一种我从未见过的、更为寒凉的、发达国家失业阶层的贫穷。

很多时候工作结束了，我脑袋里的回放机却不肯停歇，有时是一位无钱租房、住在小轿车里的女人，梳着齐整的波浪卷，抱着一条叫“香奈儿”的狗；有时是一个五岁的小女孩，牵着妈妈的手走进来，小裙子是手织的，束腰喇叭花，上好的混纺毛线。她就穿着这么漂亮的裙子，踮着脚尖，怯怯地看着盛放食物的篮子。

目前英国有五分之一的人口在欧盟裁定的贫困线下挣扎。我所在的 Ely 食物银行，单 2017 年，就为 2428 名客人发放了 45吨的食物。2012 年，英国因救济金被截断造成的死亡人数为 10600 人（数据摘自 Department of Work & Pension）。波兰社会学家、哲学家鲍曼（Zygmunt Bauman）在其著作《工作、消费、新穷人》（*Work,*

Consumerism and the New Poor）一书里描绘的那种“无法从事生产、也无力参与消费的新穷人”，像一片庞大的船骸，正在浮出英吉利海面。保守党却丝毫不为所动，继续实施公共开支紧缩政策（Austerity），2012 年 6 月到 2013 年 6 月，86 万人的救济金被叫停。

保守党恳请慈善机构多多益善，然而单靠慈善机构就能解决如此大规模的贫困问题吗？为了更清晰地梳理这个问题，哈德郡村工党邀请当地食物银行的负责人克里斯丁·巴特斯比（Christine Battersby）来社交俱乐部做了一番报告。

20 世纪以前，英国穷人的唯一出路是“富人的施舍”。1861 年，英国拥有 640 家慈善机构，大部分由公爵夫人或中上阶层的富太太们打理，她们在“贫民窟的猎奇”（Slum Tourism）中被贫穷的丑相吓倒，或出于信仰赋予的使命感，或害怕穷人队伍的壮大对上流社会造成威胁，纷纷投入了当时对上流女性来说颇为时髦的“慈善事业”。

19 世纪的英国，超过四分之一的人口属于赤贫。《伦敦劳工和穷人》（*London Labour and the London Poor*）一书的作者，英国记者亨利·梅休（Henry Mayhew）在 1849 年的一篇报告中写道：“行走在伦敦贫民区的巷子里，你可以看到一条通往污水池的露天小沟渠。沟渠里的水随雨季潮涨潮落，颜色和最浓的绿茶无异；其质感与其说像淤水，不如说像被稀释的淤泥。而这就是贫民们的日常饮用水。”

尽管如此，并不是每个穷人都能得到救济，倘若不能顺利通过慈善家们的道德审判，磕破了头也于事无补。英国剧作家J.B. 普里斯特利（J. B. Priestley）就曾抨击过当时慈善业的伪善，在他的剧本《玻璃侦探》（*An Inspector Calls*）里，未婚怀孕、走投无路的女工黛西·伦顿（Daisy Renton），被慈善机构以“撒谎”、“堕落”为名拒之千里，最后自杀身亡。这种对穷人的道德审判一直延续到奥威尔的《巴黎伦敦落魂记》（*Down and Out in Paris and London*），今天仍十分盛行。

19 世纪的美国经济学家亨利·乔治（Henry George）把这种现象称为“贫穷之罪”（The Crime of Poverty）：“我们鄙视贫穷——穷人之所以穷，是他们自己的过错——我不这么认为，我会直接否认这一观点。“贫穷之罪”的意思是说我们（“善良”的男男女女）生活在这样一个世界：只要不偷懒，不动邪念，就不会贫穷……现实却是，那些最卖力的劳工，往往住在最差的房子里。”

“慈善绝不是解决之道。”克里斯丁总结道：“以前不是，现在更不是。”她说得没错，谁愿意回到 19 世纪，活在朱门的仁慈里？

“所以我们必须捍卫福利社会，”吉米闻言又激动起来：

“20 世纪 90 年代中叶到 21 世纪初，新工党[1]对工党造成了巨大的损害。工党应该像科尔宾提倡的样子，言行一致，回归它的处世原则。”

在村工党成员对英国历史片段性的回顾里，我对“工党最初的处世原则”有了一个大致的了解。

19 世纪，工人阶级占据了 80% 的英国人口，强大的工人队伍及其工会要求在议会上获得话语权，以期和心如绞肉机的资本家们相抗衡，于是诞生了代表工人和低收入阶级的工党。从 1900 年到二战前后，英国工党用了近半个世纪的时间，在原本只有权贵和大资本家列土分茅的政治舞台上获得了一席之地。1945 年，工党创建了英国史无前例的福利社会，推行普世主义和凯恩斯主义的国家干预与计划经济。同年，通过了保障失业者和残疾人的家庭福利法（Family Allowances Act）；1947 年，针对 15 岁以下的青少年和儿童，颁布了义务教育法（Education Act）；1948 年 7 月 5 日，矿工家庭出身的工党卫生部长安奈林 · 贝文（Aneurin Bevan）宣布了国家医疗服务体系（National Health Service, NHS）的诞生，看不起病而遗恨九泉的英国穷人从此不复存在；50 年代初，工党还将钢铁、燃气、

1　New Labour，指中间偏右，往撒切尔主义和新自由主义靠拢，以托尼 · 布莱尔（Tony Blair）为首的工党。

煤矿、电力、通讯和铁路等基础工业国有化，大大降低了失业率。

为改善低收入人士的居住状况，工党修建了不计其数的政府廉租房（Council House）。1979 年以前，42% 的英国居民居住在政府廉租房里。

今年 56 岁的保特·弗里曼（Pat Freeman）向《卫报》（*The Guardian*）记者回忆她在未搬入政府廉租房之前，在私人出租屋里生活的情景："我们只有两间房，五个人挤在一起。客厅即卧房，上厕所得跑到户外。没有洗澡间，在厨房里用水壶烧水，倒入一个锡制浴缸里，全家人轮流坐进去洗……"

1951 年前，保特搬入了伦敦市中心一栋靠近 Old Street 地铁站的政府廉租房。很长一段时间里，她都不太敢相信那栋"带花园和浴室的、崭新的欧式建筑"是她新童年的开始。

吉米与保特是同代人，居住在像样的政府廉租房，读书是免费的（小学时还每人每天分得一杯牛奶和一勺鱼肝油，后被撒切尔取消），言论有被捍卫的自由，看病也不用带银行卡……工人阶级出身却拿到了物理学博士学位的吉米，自然把这一切归功于"工党的初建原则"。即使在制造业频频向第三国家转移，工会逐渐没落，布莱尔竭力将工党朝右翼和权贵以及金融业靠拢的 90 年代，很多人都走了，他却硬着头皮留了下来。他相信工党会重返江湖，他相信科尔宾被选为党魁就是“工党良心再现”的征兆。

［四］

如果说 The Pop Group 是朋克阵营里的反资本主义政治明星，那么科尔宾就是英国政坛的反资本主义朋克明星。

20 世纪 80 年代，当卡梅伦穿着黑色晨礼服和他的布灵顿（Bullingdon Club）同僚在牛津大学刷存在感时，科尔宾正在南非使馆门口反种族隔离声援曼德拉。这不是他第一次反抗暴政，他的“反骨”履历厚达三尺：他是英国 LGBT 平权运动的先驱，先后 28 次反对保守党对同性恋的制裁；他反对撒切尔包庇智利暴君皮诺切特；20 世纪七八十年代，他反对英国和西方政府向伊拉克销售武器，他亦是萨达姆对伊拉克库尔德大屠杀的坚决控诉者；80 年代，为争取北爱和平，他和工党内阁大臣托尼·本恩（Tony Benn）一起，与北爱政要、当时的恐怖主义分子新芬党（Sinn Féin）展开谈判；9・11 之后他开始反对西方政府对阿富汗的入侵，一直持续到 2014 年英国从阿富汗撤军为止；科尔宾不但反对其对手保守党，同时他也是工党的异端，先后 617 次“牧野倒戈”，反对布莱尔，反对伊拉克战争，反对新工党颁布大学缴费制[1]……他最出名的反抗是：反对紧缩，反对铁路、医疗和基础设施私有化，反富人偷税，反核武器。

科尔宾认为贫富的剧烈分化是当今资本主义社会最严峻的问题，要解决这个问题就必须跳出资本建制的樊笼。他还经常引用雪莱的诗句：

起来吧，像狮子初醒，
你们人多势众，不可战胜；
快摇落你们身上枷锁，
像把睡时沾身的露珠摇落，
他们有几人，你们众多！[2]

他多年言行一致的优良品格，吸引了一大波像吉米·穆林那样，对“工党的初建原则”念念不忘的老成员。2015年9月，他以60%选票被选为党魁。他的获选使他在党内外树敌无数，保守党恨他，工党中主张向右看齐的布莱尔派也恨他，除了《独立报》和少数几份左翼媒体，几乎所有的主流媒体都在变着花样唱黑他。讽刺的是，工党的队

---

1 英国大学学费在“新工党”执政期间翻了三倍，后被保守党和自民党联合政府追加三倍，造成穷学生平均负债53000英镑的现状。

2 [英]雪莱：《暴政的假面游行》，本诗引自杨熙龄译：《雪莱政治论文选》，商务印书馆，1982年第1版。

伍却在他上台以后，史无前例地壮大起来，英国左派思想也突然呈现汹涌的回归之势。被誉为“今日奥威尔”的英国工党成员，左派作家欧文·琼斯（Owen Jones）、工党议员杰西·菲利普斯（Jess Phillips）、喜剧明星拉塞尔·布兰德（Russell Brand）等几十位左派公知的自媒体点击率动辄十万加。没有主流媒体的支持，很多左派便创建起了各种自媒体和民间应援队伍，从《金丝雀》到《我支持杰里米》，到《挺杰里米做首相》，应有尽有。

这些左派们的风格各不相同，呼声却基本一致，他们认同科尔宾的理念，呼吁保守党停止紧缩，尤其是针对医疗、教育、公共维护以及失业救济金和残疾人生活费的紧缩。

[五]

反对之声节节升高，保守党却丝毫不为所动，还搬出马尔萨斯（Thomas Malthus）的人口控制论，声称在移民为患、税收不济的年代，僧多饭少，资源有限，每投入一分钱福利，就等于增加一分钱债务[1]。

英国确实债台高筑。2015年第一季度，英国政府负债1.56万亿，占GDP的81.58%，此外还有各种陈年旧债。

---

1 见诺奖经济学家Paul Krugman和英国保守党的电视辩论。BBC，Newsnight 2014.8.27.

没钱难道不该勒紧裤带吗？

科尔宾的工党却给出了一个相反的解释。

伊恩·杨（Ian Young）是哈德邯村工党成员，拥有伦敦城市大学国际关系学硕士学位，现在《政治家园》（*PoliticsHome*）杂志从事编辑工作，亦是英格兰东南部安格利亚地区工党留欧阵营的领头之一。

"要弄清紧缩的问题，你必须了解债务的起源。"杨旋即在手机上给我找出了一条伊恩·塞维尔（Ian Saville）的笑话。塞维尔是英国当代脱口秀大师，他曾表演过一个生钱魔术（Free Money Magic Show）：

塞维尔从口袋里掏出六张钞票，说："想象一下，这六张钞票归英国各大私家银行所有，每一张代表着整个英国的年度国民生产总值，其中的三张钞票被借走了以后，还剩多少张？六减三等于三？错！还剩六张。天啊，他们是怎么做到的？原来无论他们借出去多少钱，英国央行（The Bank of England）会默许他们自动原数补上。所以他们借出去三张，央行却允许他们维系原有的六张，再加借款利息，他们表面是借，实际上却赚了！这就叫作量化宽松货币政策（Quantitative Easing）。我们再假设，私家银行手里揣着六张钞票，他们想拿出三张来赌点什么，比如现金兑换股市及其衍生金融产业之类，于是他们拿着三张钞票走进了金融赌场，尽管他们聘请的数学家们为他们算出了一个万无一失的赢局，他们却把三张钞票赌得分文不剩。猜猜他们还剩几张？六减三等于三，三张？又错！他们还剩六张！天啊，他们是怎么做到的？哦，原来办法和之前一样……

这则“脱口秀”彻底颠覆了我那幼儿园大班水准的金钱观。一直以为私家银行是一只小猪罐，我存进去100元，你存进去100元，它就拥有了200元。某集团要在太空建养猪场，需要将200全部借走，于是小猪罐就被清空了。

原来事实却是，银行的存款生意和贷款生意之间并无太大干系。私家银行只要按政府规定的储备比率（cash reserve ratio）向央行缴存一定的储备金，就可以合法贷款了。换句话说，私家银行只要从它那塞着200元存款的小猪罐里，拿出20元给央行作储备（若储备比率为10%的话），就可以合法地经营放债生意了——这就是当今流行的“部分储备金制度（Fractional-Reserve Banking）”，它的存在前提是“假设所有往银行里存钱的人不会在同一时间要求取回所有的存款”。

其实，只要有人不断地向私家银行贷款还款，小猪罐就不会被清空，“放债”因此成了私家银行的生财之道。德国之声纪录片《富人怎么变得更富有：世界经济中的金钱》（*How the Rich Get Richer-Money In the World Economy*）

用 3D 动画模拟了银行放债生财的过程：你向某私家银行借 1 万元，为了证明你有还贷能力，国家政策规定私家银行要将一笔保证金（也叫押金）交由央行保管，如果押金是总借款的 1%，那么在这笔 1 万元的交易里，它就是 100 元。央行收到这 100 元之后，私家银行就可以名正言顺地“放债”了。

接下来你的账户便会跳出“恭喜你，你有 10000 元入账”的字样，这不是真钞实银，只是一串数字，故而又被称为电子钱（electronic money），上文中脱口秀明星伊恩·塞维尔说：“无论他们借出去多少钱，英国央行会默许他们自动原数补上”——指的就是这串屏显为“10000”的数字。不管私家银行借出多少，哪怕 3000 万亿，在未被归还之前，它都只不过是“电子钱”。只有当你打六份工累成狗，这串数字才经由你的劳动价值兑现为钱。当你偿还了这 1 万元加附加利息之后，银行便赚了 1 万元加利息，而它的成本仅仅是交给央行作保证那“100 元”。

德国经济学家 Max Otte 在该纪录片里总结道：“银行用无中生有的方式创造了金钱。越有钱，金钱的雪球就滚得越大。”

然而不是每个人都有还债能力。2004 年，51 岁的英国公民德里克·罗森（Dereck Rawson）因无力偿还 16 张信用卡总计 10 万英镑的债款跳楼自杀。此后，BBC 制作了纪录片《金钱陷阱：银行如何通过债务掌控世界》（*The Money Trap : How Banks Control the World Through Debt*），聚焦无力还债的自杀人群。尽管如此，银行放债的热情还是有增无减。

2000年中叶，美国多家银行向根本没有还债能力的人兜售次级房贷（subprime mortgage loan），附带多项利诱条件，比如无须复杂的担保文件，三年内不用还贷，等等。银行家们打的算盘是，只要房价持续高涨，这些人就可以将手中的房子转卖出去，不但还了贷还可以净赚一笔，双赢。

曾在英国央行政策委员会任职的英国劳动经济学家戴维·布兰奇弗劳尔（David Blanchflower）一早就看到了这个泡沫，结果不出所料，人人都觉得他是疯子，同事们拒绝和他说话。在一篇与欧文·琼斯的对谈里，他透露了一部分原因："会议上我最常听到的发言都是这样开头的：'我在牛津大学的时候'，'我在剑桥大学的时候'，于是我只好回应，我在柏格诺[1]的时候……"

布兰奇弗劳尔的预见变成了现实，悲惨度堪比20世纪30年代大萧条的"2008全球经济危机"爆发了。房价"跌断坐骨"，房产泡沫破灭，很多业主不愿支付高额房贷，纷纷弃房而去，无力偿还的债款达到喜马拉雅山的顶峰，银

1　Bognor，英国西萨塞克斯郡阿朗的一个滨海小镇，位处英格兰南岸。

行们破产了。受牵连的英国各大银行于是向当时的新工党政府呼救——用伊恩·杨的话说，银行家们赚得盆满钵盈时，他们鼓吹新自由主义经济，要求“政府零干涉”；一旦遇到破产，他们便想到了社会主义，哭着要福利。

根据英国国家审计署（National Audit Office, NAO）的数据，当年英国首相戈登·布朗（Gordon Brown）的新工党政府东借西凑，前后花了11.62万亿英镑营救银行，这笔巨款甚至动用了纳税人的退休基金。在《资本建制及其裙带关系》（*The Establishment and How They Get Away with It*）一书中，（Owen Jones）写道：“2010年，英国公共债务相当于GDP的81%，比冷战后的平均水平高，却低于G7国家的平均水平‘GDP的105%’，然而私营企业的私债在2008年却达到了GDP的487%，其中金融业功不可没。”

“不仅如此，英国央行还生造出一笔电子钱，用来购买政府债券，然后银行的理财机构便可向其他人出售这些债券。他们把它叫量化宽松，这种钱与通过劳动生产以及实物买卖创造的钱完全没有关系，所以很多人把它当作印钱。”艾伦·钱伯斯（Alan Chambers）说道，他是剑桥科技园一家跨国集团的计算机程序设计员，也是哈德郡村又一位坚定的工党成员。他通常不说话，但凡开口，却必有良言：“钱是什么？钱就是债！”他边说边掏出一张印有女皇头像的纸币，递到我跟前："你看这上面写的是什么？'我承诺要向持票人偿还这张钞票的价值'，没错，在钞票等于黄金的时代，这承诺还算有诚意。可今天我们得到的是什么？不是黄金，而是债务。"

钱伯斯所言是有事实依据的。1970 年初，越战的巨大开支，加之石油生产国的出口限令引发油价大涨，令美国捉襟见肘。于是美国抛弃了建立于 1944 年的布雷顿森林体系（Bretton Woods System），开始自行印钱，从此结束了黄金和美元挂钩的历史，给西方国家带来了灾难性的通货膨胀。这一招却似乎相沿成习。从 2009 年起，截至 2013 年，英国央行通过量化宽松货币政策，总共生造了 4450 亿英镑。尽管这项政策的实施者拼命否认这是印钱，并强调此举完全是为了让金融海啸后失去信用的私家银行恢复信贷业务，但是这笔钱并没有用来促进国民生产，而是转头上了金融业和房地产的赌桌。在《资本建制及其裙带关系》一书中，欧文·琼斯写道："2013 年秋，非金融企业迎来了两年半中最大幅度的下滑，尽管如此，银行还是像金融危机前那样，继续压榨着'饥肠辘辘'的国民经济。"

每次提到这段历史，就有工党成员开玩笑说，这笔钱应该用直升机空投下来，至少捡到的人可以拿来补贴家用，而不是让银行家们转头又抛进赌场。

［六］

这可耻的上万亿的私债公述，不但将穷人和中低收入者卷入贫困的深谷，也令 NHS 受到了前所未有的冲击。于是保守党一方面加大了紧缩 NHS 运行资金的力度，一方面效仿美国的医疗模式，欲将 NHS 逐步私有化。

“美国模式”到底是怎样的？带着这个问题，我采访了剑桥癌症研究中心的神经生物学家萨拉·菲尔德（Sarah Field）博士。

“美国的医保系统非常复杂，通常得拥有一份 4 万美金左右的年薪，才够资格配备像样的医保。医保单夹在工资单里，具体什么能保，什么不能保，依据雇主为员工购买的保险项目而定，很多人根本没有能力上医保。读博之前，我曾在美国做过几年护士，说起来也很讽刺，每天做着救死扶伤的事情，自己却没资格享受医保。很多美国人生病了只能自己去药店买药，先买一个疗程，待发工资时再去买下一个疗程。如果有人突然晕倒在地，急救人员赶到现场后的第一件事，就是去查你的医保单。”菲尔德博士愤愤不平地说。她的父亲是英国人，母亲是美国人，她从小在美国长大，带着一口浓郁的美国口音。

据她说，美国的这种医保模式叫“责任医保”

（Accountable Care Model）。尽管美国导演迈克尔·摩尔（Michael Moore）曾拍过一部关于它的纪录片《医疗内幕》（*Sicko*），讲述加州的 Blue Shield 医保公司如何千方百计地拒付某脑瘤患者诊费的经过；尽管“病人被扔在洛杉矶街头（Patient Dumping）”已成为国际丑闻；尽管美国有 2800 万人买不起医保，每年约有 45000 人死于无钱治病（数据来自 *The Nation*，2016.6.20），英国保守党却对它垂涎三尺，发愿要在 2020 年前砍掉 220 亿英镑的 NHS 运行资金，同时将国有医疗资源外包给私营公司。目前超过 200 亿英镑的国有医疗资源已经流入了私营集团手里（数据来自 CHPI，2017）。被割喉放血之后，NHS 越来越难以为继。自 2010 年以来，数百家医院被迫关闭，病床数减少了一半，目前已低于东欧国家的人均水平。保守党于是指着急救中心排成长龙的病患，感叹其“低效”、“落后”，更借机鼓吹私有化医疗。

“私有化的结果是什么？就是曼彻斯特恐袭的受害者就得像美国恐袭后的受害者一样，自己掏钱接受救治！而当医疗资源落入私营集团手中，所有低成本的药会立马身价百倍。为了牟利，私营集团什么都做得出来。你想拷贝某个药方？不行，药品是有专利的，资本家一定会在专利到期前，把药方左颠右倒，成分丝毫未变，但改头换面可以再获得几十年的专利保护期。”萨拉咬牙切齿地说道。

“怎样才能保住 NHS？”我追问。

“选工党！”

“为什么是工党？”

“因为我相信科尔宾，我相信工党的初建原则。”菲尔德博士边说边从手机里刷出一张她作为专家代表出席英国议会的照片：“下次去议会，我一定要和科尔宾握手！”

［七］

跟菲尔德博士一样，我并不质疑“工党的初建原则”。在具体对策上，科尔宾的工党也提出了一整套改革方案，比如停止减缩，减免大学学费，增收富人税，发展工人联盟（workers'co-op），开发以环保和再生能源为核心的实体产业，并呼吁用人民的量化宽松（People's Quantitative Easing），让资本远离金融业的赌场，落实到实体产业中去，用实体产业恢复国民经济等等……所有这些，我都十分赞同。然而回顾工党的历史，却不难发现，“失败”两字曾不止一次写在它的额头上。

二战后，工党的一系列经济改革为英国带来了新的繁荣和秩序：近乎零的失业率，3% 到 4% 的年增长率……然而那段黄金岁月却未能延续。爱尔兰左派作家理查德·西摩（Richard Seymour）在其回顾文章《工党的失效》

（“*Labour isn't working*”）中写道：“有的事实鲜有人知，虽然很多重工业都实现了国有化，可直到60年代，仍有约75%的私有财富掌握在5%的顶级富豪手里。为了实现国有化，国家付给那些在二战中摇摇欲坠的企业丰厚的赔偿金，其中很多钱是借来的；实现了国有化之后，国有企业还是延续着私营企业的管理方式，工人和管理阶层是分离的，管理人员大多来自资本家阶层……战后经济的复苏，与其说是凯恩斯的光环普照，不如说是战争废墟带来了新的投资空间。”

在外交政策上，英国拿了美国的战后重建金，所以在“反对共产主义”这个战略方向上，必须得和美国保持一致……70年代，新自由主义崛起，为了不至于太左，工党更得在初心和阶级之间做出妥协，不但抑制工会的权力，还曾多次部署警力阻止工人罢工。

70年代以后，英国作为老牌殖民大国的地位逐渐没落，国有企业、工会和移民成了替罪羊，舆论导向迅速朝自由市场经济模式靠拢。到了撒切尔执政时期，共产主义四面楚歌，新古典主义愈发蒸蒸日上，“铁路业”得到了和今天的NHS相同的紧缩待遇，资金贫血，效率滞后，乘客怨声载道，随后便被撒切尔的继承者们三下五除二地贱卖了。

今天，当我们的工人还在为改善“奴役的现代性”而奋斗时，这里的工人早已一整代一整代地消失。一战前后曾出产 8 亿码布匹的英国西北纺织工厂，被原材料和人工更廉价的东亚工厂逐渐取代。而到了 80 年代，一块进口尸布[1]宣告了英国本土纺织业的死亡。曾密布于曼彻斯特的纺织厂被改造成了商品房，或蒙德里安风格的“硅谷”。不仅是纺织业，英国的煤矿、炼钢等绝大部分制造业都相继“人间蒸发”。英国记者尼古拉斯·康福德（Nicholas Comfort）在其著作《英国工业的缓慢死亡：一场 60 年自杀事件，1952—2012》（*The Slow Death of British Industry: A Sixty-Year Suicide 1952-2012*）中写道：“英国工业曾是巨人，现在是一个侏儒。”

1952 年，30% 英国产品源于自产，占据 40% 的劳工市场和 25% 的出口市场。2012 年，英国制造业只剩 8% 的劳工市场和 2% 的出口市场，贡献着仅 11% 的 GDP。很多下岗工人成为“慢性失业者”，在迈克·李（Mike Leigh）或肯·洛奇（Ken Loach）搭建的现实主义电影布景之外，循环“制造”着靠失业救济金或食物银行生活的贫二代。

尽管如此，全球垄断资本家们仍不满足于第三世界廉价的人力供给，因为再便宜也得支付人工，所以他们正在马不停蹄地研发机器人。最近两三年，机器化生产的成本

---

1 英国在本国的纺织工业未立足之际，对出口未加工羊毛的本国公民判以断其右手，再犯者处以绞刑的酷刑；在教区牧师证明裹尸布系国货之前，禁止将死人下葬。

已经低于中国工人的平均工资。2013 年出品的 Baxter，售价仅为 22000 美元，却能完成装载、卸载、分类和传递等工作，且不会要求三保一险，也不会搞街头罢工。美国技术革新家凯文·苏莱斯（Kevin Surace）在他的 TED 演讲《人工智能，人类劳动的末日，文艺复兴的到来》（“Robotics, AI, the End of Human Work, and a coming Renaissance”）里预测：“按这股趋势发展，40 万制造 iphone 的工人在未来几年很可能会被裁减到 4 万。”

很多选民却看不到这个正在显形的噩梦，尽管他们不想失去 NHS，反对紧缩，也对路有冻死骨见哭兴悲，可他们穷尽所能找到的唯一解决方案却是“驱赶移民”。

在人类的悲剧史里，这似乎再正常不过了。我的好朋友，巴黎大学语言学博士、英国亚美尼亚学者、工党的支持者凯瑟琳·霍奇森（Katherine Hodgson）曾给我讲过一个故事：6 世纪初，盎格鲁—撒克逊人入侵英格兰，烧杀抢掠，亚瑟王起身反击却失败了，于是盎格鲁—撒克逊人留了下来，成了英格兰的祖先之一。然而很多英国人却死不承认自己身上流着移民的血，试图建立一个以盎格鲁人为中心的英格兰，更低智的是，他们把当年打过盎格鲁–撒克逊人的亚瑟王尊为“爱国英雄”。

“就像英语是各种外来语的合成品，英格兰早期社会的雏形也是由各种移民塑造的。而那些试图建立盎格鲁中心地位的人却否认这一点，这种唯我独尊、中心主义的价值观，为狭隘的民族主义奠定了深重的基石，其表现形式是驱除外来者。对此，统治阶层是很拥护的，他们中间就有很多中心主义者。统治阶级操控的媒体绝不会告诉你某种语言是各种外来语的融合，就像《每日邮报》之类的报纸绝不会说原来英国人的祖先也是移民。狭隘的爱国主义和民族主义能给统治阶级带来很多实惠，比如财富扩张、殖民和消灭'劣等民族'时，它就会带来源源不断的人力资源。"霍奇森说道。

她的话让我立即想起了 1964 年大选：保守党向二战后从英属殖民地涌来帮助英国重建家园的移民开刀，在斯梅西克（Smethwick）选区贴出标语："如果你想和黑人做邻居，那么就选工党吧。"（If you want a nigger for neighbour, vote Labour）结果旋即就拿下了该选区。

"如果我言行粗鲁，英国的民族主义者会说凯瑟琳·霍奇森是一个言行粗鲁的人；如果一个罗马尼亚人言行粗鲁，英国的民族主义者会说东欧移民简直都是一群野蛮人。"霍奇森苦笑道。

今天的中心主义者，由于各种政治正确，似乎藏得比过去隐蔽。然而一旦统治阶层为了某种道德上的便利——比如需要替罪羊时，他们便会像毒蘑菇般冒出来，成为统治阶层驱赶替罪羊的工具。这一点在 2008 经济危机后更为明显，保守党将紧缩的祸首转嫁于移民，为了巩固移民的魔鬼形象，保守党媒（比如《每日邮报》和《太阳报》等），动不动就将“英国肥婆和土耳其帅哥相恋被骗致倾家荡产”或“非洲裔单身猛妈生九子坐享伦敦中心六室一厅福利房”之类的“新闻”放在报眼上，这些洗脑式宣传非常有效，以致全英上下的民族主义者“见到皮肤稍黑一点的异族，就深信这些人是故意把自己晒伤、前来申请残疾人救济金的”——英国脱口秀大咖斯图尔特·李（Stewart Lee）在他的一栏节目中嘲讽。

保守党的排外大法，在我所在的选区拥有奇效。英格兰东部安格利亚不是曼彻斯特，史上有工会称爵的传统，这里是英格兰最大的农业基地之一，保守党历来承诺“无论如何，都会确保农庄主和大地主的利益”，农庄主和大地主对此推崇有加，小地主和佃农也深信不疑。当传统农业败给全球化垄断资本主义，保守党的承诺变得遥不可及，于是“东欧移民工抢走了本地农民饭碗”之类的言论，便成了保守党稳住选票的方便法门。哈德郡村于是成了坚定的退欧村，绝大部分村民都相信，只有“移民杀手”特蕾莎才能为他们守住土地和家园。

在这样的闭塞之地，为站在移民立场的科尔宾的工党拉选票，实在比罢黜女王还难。神父吉米·穆林对我说：“有一天我实在是忍不住了，便拿出一张菲律宾女士的照片对村民说：你们说要赶走移民，请问你们到底要赶走谁？请说出一个具体的名字！你们是要赶走照片上的这位女士吗？结果现场一片哑口无言。这位菲律宾女士是我们村某位居民的妻子，为人十分善良，受人尊敬，在村里住了二十多年。和你们一样，长着一张亚洲脸。”

英国教堂里不允许谈论政治，更不允许借助宗教力量党同伐异，但是吉米认为他不是在为工党拉选票，而是在传教。

[八]

每次参加工党的集会回来，独自走在深夜的乡村小道上，回想起集会上热烈的讨论，观念的更新和碰撞……都让我产生仿佛看到萤火虫的某种幻觉，这种感觉美好而温暖，就像在一片星星点点的煤的微光里徜徉。可一旦白昼袭来，我的内心又禁不住升起疑云，就算真的看到了萤火虫，它细小的光亮，又如何比得上现实那刺眼的苍白？

比起 1945 年的工党，今天工党要面对的敌人实在是太强大了。今天，它面对的是一个隐形却无所不在的 1%，是年收入高达百万英镑的银行高管以及一层层密不透风的裙带权力网。在今天保守党的阵营里，就有 134 位议员来自金融体系。2017 年闪电大选，保守党从每位富豪手中获得的选举费高达 6 万英镑。穿着 995 英镑的皮裤、在加尔达湖 500 英镑一晚的酒店度假的特蕾莎，她在首都投资集团任高级执行官的丈夫就掌控着 14 亿美元的资产。

在这一套用金钱撑筑的话语王国里，掌权者仿佛握着一根“点人成灰”的魔杖。保守党的党魁候选人之一，仇同和厌女分子雅各布 · 里斯 - 莫格（Jacob Rees-Mogg）甚至公开放言 :“即使强奸导致怀孕，也不该允许女性堕胎。”——显然，只有将女性、同性恋、变性人、移民等等这些“劣等群体”的权力通通剥去，才能更好地完成从“资本主义民主社会”到“资本主义极权社会”的过渡。而更可怕的是，那些像纳粹年代里的普通人一样普通、善良的人，那些放一小碗水在门口、给流浪猫免费饮用的人，那些热爱园艺和酿酒的人，那些对真相漠不关心的人……当这些人联合起来声称自己其实并不憎厌难民，只是 NHS 的资源有限、容不下那么多病床时，他们手里仿佛也握着一根魔杖，它看上去如此尖细、渺小，轻轻一点，却能推倒一副良心的多米诺骨牌。

［九］

“你觉得个体的反抗有意义吗？”在一个苦闷无聊的下午，我拎着一篮李子，带着这个巨大而空荡的疑问，走进了简·豪厄尔（Jane Howell）的家。

生于二战前的工党成员简·豪厄尔是哈德郡村里的“医权”运动分子，几十年来为捍卫 NHS 战斗在“医疗私有化”的前线。她同时也是英国“坚持医保国有化”（Keep Our NHS Public）和“全民医保告急”（Call 999 For the NHS）等多家民运机构的成员。她骨架娇小，举止优雅，作风老派，穿着朴素却十分考究，像一位误入摩登时代的英国淑女，尽管她已经七十多岁了。

“我的母亲来自爱尔兰，是家里第十个孩子。她 12 岁辍学，背井离乡到伦敦做女工，挣的钱几乎全寄回家里。多年以后，母亲成了伦敦一家医院的清洁工。70 年代，她作为该医院的清洁工代表，请求政府为全英的清洁工加薪。她天性内向，十分羞涩，也没读过多少书，却敢于在那样的一个大场面中站出来，在一群有头有脸的人面前，为自己和工友的利益发言……她的行动深深地影响了我的一生。”每次简对我谈起她的母亲，她那对淡绿色的眸子就像沾上了两粒硕大的珍珠。

“你觉得你的母亲如果出生在 19 世纪，会是妇女选举权运动的倡议者（Suffragette）吗？”我问她。

“那是肯定的！”她骄傲地答道。

简住在一栋独具艺术气质的乡村别墅里，拥有一间“可以看到风景”的卧房。厨房和起居室的每一件器物都呈现着某种经由时光抛物线的传递，过去几百年才会到达的样子。

“我年轻时做过跨国公司的高管，后来厌烦了，便辞职卖起了古董和珠宝。”她捏起一袋灰尘蓬蓬的钻石，漫不经心地对我说道。按当今的房价，她的房子连同花园至少值70万英镑，她的丈夫早就去世了，他们也没有孩子，以她的财力似乎完全买得起“方便、快捷、如侍国王”的私人医保，显然她更乐意把退休金用在公共医疗保卫战上。她的书架上是一捆捆的文件，电脑里满是数据调查和个案分析，书桌和木地板上堆满了纸片。退休以后，她每天的工作就是参与各种个案调查，出席民间集会以及给政府写控诉信。

我没能从简那里得到任何关于“意义”的明确答案，只好拎着空篮子，顺着原路往回走。经过村里的NHS诊所时，隔着玻璃窗，我看到了我的医生霍恩博士（Dr. Horn），一位像神父吉米·穆林一样忠诚的工党成员。我想起某次生病时，他在电话里向我问候的情景。他已经退休了，他并不需要一天到晚守在诊所，如果不是紧缩，偌大的诊所就不会只剩下五名医生。

[十]

2016年秋，我决定放弃那些关于意义的命题，正式加入工党。

莉迪亚·希尔（Lydia Hill）是哈德郡村工党会议的组织者，也是剑桥郡嵩汉村（Soham）和哈德郡村两个教区的地方委员长候选人，英格兰东南部安格利亚地区的工党妇女代表。此外，她还是慈善团体“剑桥儿童假日乐团”的策划人，义务工作了十八年之久。为了缓解紧缩带来的压力，乐团向超过350名儿童提供价格低廉的音乐辅导课，这些孩子大部分来自公立学校。

莉迪亚中等个子，一头白霜，不施粉黛，走在英格兰的夏天里也许并不比玫瑰耀眼，然而认识她没多久，我便被她那日本怀刀般出其不意的辩术倾倒。有一次我们谈到克伦威尔，我对其弑君精神赞叹不已，她却淡淡地应了一句：“但凡暴力都有后果，就连克伦威尔也心知肚明，说杀死国王是要下地狱的，既然如此，就让我下地狱好了。”

得知我入党的消息，莉迪亚非常高兴，立刻请我到她家里做客，从此我俩就成了亲密的战友。

莉迪亚的房子是一栋酿酒厂改造的红砖建筑，拥有四百多年的历史，朱甍碧瓦，宽敞大气，花园里还设有鸡舍、果园和池塘。她先生是英国顶尖的地下水工程专家，精通地下水道和钢琴，退休后义务管理着一个为老年人提供助听器的慈善机构。她则是诺奖得主、英国生物物理学家安德鲁·赫胥黎（Andrew Huxley）的博士生，退休前曾任教于查宁医学院。此外，她还熟悉希伯来语、法语和小提琴，是 Ely 古典合唱团的首席女高音。她的四个孩子全都在私立学校接受教育，毕业于一流大学，各有所成。她家还有一个牧场和几匹苏格兰马，马儿曾是孩子们的伙伴，现在马儿老了，孩子们又都搬出去了，她和先生太忙、便只好把马寄养在附近的牧场。站在她的苹果树下瞭望她的牧场，我总是禁不住感叹，在我们的乡村，也许只有煤老板才有财力过上这样的生活吧。

显然，莉迪亚并不满足于“这样的生活”，前工党党魁爱德华·米利班德（Edward Miliband）下台之后，她直觉工党中的右翼应该大势已去，立刻加入了工党。

在一片蓝色的雷区里拉选票，困难是不难想象的。有时候门好不容易敲开了，门缝里却站着一个黑影，冷冷地说：“我是保守党的人，你们快滚！”有时候塞入邮箱的传单，会被某人一把抽出来，追上好几米，扔还给我们；有时候遇到这一带相当罕见的华人，我热情地套近乎，试图用保守党极不人道的移民政策捕获其注意力，对方却说：“我已经在这儿住了三十多年，我的孩子们都是英国人，已经和移民没什么关系了。我也不懂政治，你们请回吧！”

最悲惨的一次是，我和莉迪亚去邻县参加一个声援 NHS 的集会，正好遇上英国最难熬的腊月，寒风恨不得将草皮也连根拔起，我俩像冰棍一样在空荡荡的集会现场苦苦等待，远远望见另一根冰棍走来，以为终于来了一位战友，结果却看到来者穿着莎士比亚时代的古装，手握长剑，若无其事地从我们身边飘走了。

又有一次，我陪莉迪业去某间咖啡厅声援工党候选人凯文·普莱斯（Kevin Price）角逐剑桥和彼得伯勒（Peterborough）的市长职位，总共只来了二十几个人，勉强把前几排的椅子填满。随后，穿着红毛衣和不太时髦的黑西装的凯文·普莱斯走了进来。他那憨厚的五官和圆圆的肚子，让我想起了我那在中国某二线城市医院食堂做厨子的舅舅，当他说自己是工厂学徒出身且在剑桥卡莱尔学院（Clare College）当了十年门卫时，我心里顿时涌起一股感动和悲凉。记得某位在牛津读政治学的中国博士曾私下里对我提起，今天的英国政坛几乎都是“上流社会”在玩票，没点家底谁敢出来？然而环顾四周，我完全看不到一丝失望之色。我想我小瞧了科尔宾的工党。

我确实小瞧了凯文·普莱斯，这个长得像我舅舅的人。在剑桥城市委员会担任顾问和副委员长期间，他为公共住房协会申请到了1700万英镑的巨款，其中700万英镑用来为低收入者修建久违的“政府廉租房”。

遗憾的是，在2017年春季的市长选举中，凯文·普莱斯落选了，他败给了某位头部以外和卡梅伦看起来一模一样的保守党候选人；莉迪亚·希尔也在地方委员长的选举中惨败，她只拿到了320张选票，而保守党的候选人拿到了 1828 张。莉迪亚眼圈发红，依然没有灰心，为确保工党成员丹尼尔·蔡克纳（Daniel Zeichner）拿下剑桥的议席，2017 年 6 月 8 日闪电大选当天，莉迪亚还自告奋勇地参加了“投票督促队”。

“投票督促队”的办公室设在剑桥某位工党会员的退休父母家里。大选当天早上十点左右，我蹭莉迪亚的车到场。院子里早已停满了自行车，先来的队伍从狭窄的门洞鱼贯涌出，后到的队伍又被一股脑地吸进去。我们穿过挂满结婚照和全家福的过道，挤入了一间闹哄哄的起居室。起居室被一张大餐桌占据，上面摆放着手提电脑、打印机、饼干和零食，几位二十出头的工党青年正眼冒金星地对着键盘一顿猛敲，打印机则在一旁马不停蹄地输出。通向起居室的阳台上，挤满了等待任务的工党成员，他们来自剑桥郡各个选区，很多彼此并不认识，只好用最英式的开场白“天气”有一句没一句地尬聊。

那天晴空万里，朵朵白云仿佛都是仙界的佛手，我们拿到任务之后立刻出发。我们必须赶在下午三点前，在指定的街区里联系上每一位潜在的工党支持者，督促他们投票，并为无法到达投票点的老人和残疾人提供交通援助。我们走街串巷，一户户地敲门，任务完成得很漂亮，我也充分见识了莉迪亚·希尔那卓越的口才和决心。

“你为什么会加入工党？”我经常变换句式，旁敲侧击地问莉迪亚同样的问题。我见过不少和她同龄的英国中上层阶级，不是打高尔夫，就是在瑞士滑雪或者在脸书上晒滑雪服。

我是工人阶级家庭的孩子。母亲童年时一穷二白，虽然考上了语法学校，却没钱就读，贫穷一直是母亲无法驱散的记忆。记得小时候和母亲一起去她的某位朋友家赴宴，人家秀出一只精美的蛋糕，母亲便为那只蛋糕得花掉多少银子琢磨了好半天；我父亲也是工人阶级出身，二战前在一个小村庄的化工店里当学徒，和母亲新婚后的第七天就被送上了战场，在缅甸沦为日本战俘，每天做苦力求生，别的战俘拿战俘补贴换香烟，他却拿来换鸡蛋，一周的补贴只够换一个鸡蛋。大半的战俘都死了，靠着这唯一的营养，他却活了下来。父亲获救时正值 1945 年，工党当政，鼓励归国战士重返学堂，提出学费全免制，靠此机会，父亲在几年的苦读后，终于成为爱丁堡大学的教授。父母一生都是工党的支持者，到了我这里，也算是一脉相承。

记得年少时母亲教我使用缝纫机，因为自己做衣服比较省钱，所以我就学会了缝纫。孩子们出生后，他们的小衣服都是我做的。多年来我总是提醒自己，我是工人阶级的后代，精神的世袭对我来说，远比起财富的世袭重要。

也许是受母亲言传身教的影响，莉迪亚的小儿子在工党最活跃的青年团体“动力”（Momentum）中担任要职，二女儿也是剑桥郡某地区委员长的工党候选人。尽管在他们那里，你完全听不到工人阶级的口音——这让我仿佛看到了某种希望，也许奥威尔在《通往维根码头之路》（*The Road to Wigan Pier*）里所描述的那种“抛开理想投奔上流阶级”的伪社会主义者，已不再符合这个时代的潮流。

[十一]

我们的努力得到了回报。凭着仅人均 22 英镑的捐款，工党在 2017 年的闪电大选中异军突起，获得了 12874985 张选票，新增 30 个议席，议席数升至 262 位，位居第二。选民支持率亦高达 40.0%，创下了工党自 1945 年来的新纪录。大选后三天，工党新增 3.5 万名会员，目前会员数高达 60 万，为欧洲之最。18 到 24 岁之间参与投票的选民中，65% 投了工党。就连我们这片蓝色雷区，工党会员也翻了近一倍，从 350 名增至 650 名。我和莉迪亚参与“投票督促队”，亲力声援的工党会员丹尼尔·蔡克纳，亦成功地拿下了剑桥的议席。

“动力”团体的负责人对我说，他们的青年工党队伍已经壮大到近三万人，其中还有十几位华人青年。不少英国青少年把科尔宾的头像印在T恤和袜子上，或做成像章戴在胸前。他们还将白色条纹乐队（The White Stripes）的流行曲“Seven Nation Army”改成了“噢”“Oh，Jeremy!”。杰里米所到之处，演唱会也好，大学讲堂也好，总是全场爆满，粉丝们不得不爬到瓦顶和树丫上听他演讲。

更让人欣慰的是，工党的改革方案得到了全球129位经济学家的支持（具体名单来自《卫报》，2017.6.4）。21世纪最有影响力的哲学家和语言学家乔姆斯基也公开支持科尔宾的工党。霍金亦在《卫报》上公开表示，NHS救了我的命，作为科学家，现在我要救它，决定支持工党。

闪电大选在一片欢呼声中结束了，日子回归平静。说是平静，也不尽然，斗争仍在持续，或者说才刚刚开始，空气里充满了沉甸甸的硝烟的水分子。

“今天真是累坏了”，2017年暮夏，我收到了一封简·豪厄尔发来的电邮：“今天我们拿着全英35个保卫NHS的团体签名到剑桥科学馆向霍金致谢，可惜没见到本人，只好把感谢信交给了他的私人助理，他似乎还挺感动的。接着我们到剑桥郡电台接受主持人克里斯·曼恩（Chris Mann）的访问。作为BBC的子属电台，他们不得不表达一些‘相异’的观点，幸好整个访问还是顺利。回来以后我们把录音放在脸书上，旋即收到了2500个赞……”

再次重温这封电邮时，已是 2018 年春。霍金去世了，他的 NHS 仍处在岌岌可危之中，许多人仍旧相信“移民和债务”的神话，离下一届大选还有四年；杰米·科尔宾被保守党和工党内部的托尼·布莱尔派继续唱黑，同时也被很多年轻人捧成了“男神”——这让见识过“个人崇拜”的我，多少有点反感。我希望工党能向更基层化发展，因为我不相信偶像，我只相信我在文中写到的那些无名的人，他们才是忍冬花的藤蔓，为一个遥远的春天，扎根在现实那冰冷坚固的围墙上。

评 论

严歌苓很难被称为大作家。一方面，她被视为女性主义写作的标杆，或历史创伤的揭露者；另一面，她的女性主义和历史观，能够在这片沉重的国土上流行，被第五代导演纷纷青睐，又具有一种腐土与粉饰合谋的诡谲。这种诡谲一言难明，是国民性中隐藏最深的、最不能够直面的晦暗。

国民作家严歌苓，伪女性主义与历史虚焦

撰文　李南心

看中国电影，近年来无法绕开的名字，严歌苓。张艺谋拍了《金陵十三钗》、《归来》(原著《陆犯焉识》)，陈凯歌拍了《梅兰芳》，冯小刚拍了《芳华》。由文学入电影，是内容的坚实保障，在苏童、刘震云、王安忆、莫言之后，严歌苓成为中国大陆最主流、最受欢迎的电影文学剧本创作者。再往前，有张艾嘉的《少女小渔》，陈冲的《天浴》。一位作家、编剧，能够以女性视角，同时受到男女导演的青睐；写作主题上，时间贯穿中国近百年的风云变幻，空间纵伸至大洋彼岸；商业与艺术口碑双丰收，能获此佳绩者，唯严歌苓一人。她写的故事，可以拿住中国人的情感命门。

但同时，严歌苓又很难被称为大作家。围绕她的作品所产生的价值分歧，总似浮云遮月，有着说不清道不明的意涵。一方面，她被视为女性主义写作的标杆，或历史创伤的揭露者；另一面，她的女性主义和历史观，能够在这片沉重的国土上流行，被第五代导演纷纷青睐，又具有一种腐土与粉饰合谋的诡谲。这种诡谲一言难明，是国民性中隐藏最深的、最不能够直面的晦暗。

我对严歌苓的负面观感，是从《金陵十三钗》开始的。抗日战争、南京屠杀的主题，本身所具有的悲剧性，与商女不知亡国恨的风情，就是最冲击人心的两大故事原型：死亡与性。张艺谋无疑是最会讲故事的中国导演之一，赚够了观众的热泪。但若跳出条件反射式的家国情怀，《金陵十三钗》实在是一部观念陈腐的电影，死亡与性，在战争叙事中仅仅作为消费品，完全没有体现出人道主义的平等价值、生命尊严。

《金陵十三钗》是很好的社会学题材，关于人们的道德感，是怎样一步步被塑造、被影响的。假如直观地向大众询问：战争中，如果你有投票权，你是否赞同妓女代替良家妇女去当慰安妇？我相信很多人会毫不犹豫地拒绝，“不应该，妓女也是人，都是受害者，不该歧视和欺辱她们”。那么，就不断地添加道德筹码。如果妓女非常风骚且毫无爱国意识呢？如果这些良家妇女是清白的处女呢？如果她们都是学生、是孩子呢？再假如，妓女是自愿且自豪的呢？总有一环让你彻底同意，从感情上、伦理上双重接受，“妓女应该站出来”。

这是一个封闭式的叙事陷阱，剔除了观众可能会产生负面观感的一切可能。玉墨们历尽风尘，最后自愿代未成年女孩去“慰安”（实际是送死）。导演把她们赴死的过程拍得光芒四射，妓女们脱下象征性诱惑的旗袍，穿上清纯的学生装，洗尽铅华，一脸阳光灿烂，表示自己终于又回到了纯洁年代。死亡对她们不但是一种道德升华，还是道德洗白。因为妓女是“脏”的，所以在临死前穿上学生装，是死得“干净”。故事诱导了观众，使人感觉这是“感动中国”。观众抹着眼泪送她们走向魔窟，纷纷在影评里写下“妓女也有义勇的爱国情”。而这一本来就是“被侮辱与被损害”的群体，在电影里被架上了道德高地，这无助于观众真正地平视她们。想想吧，假如玉墨们拒绝赴死，表示虽然我们是妓女但也不能理所当然去慰安，最后清白小女生狼入虎口——观众会对谁愤怒？

实际上，电影也留下了缺口，最后关头，一个妓女反悔了，哭叫着自己不想送死，但没有用，她被集体意志杀死了，被强迫拖走了。在看到这段的时候，有多少观者会认为，应该让她活下来？又有多少人反感她的“自私”？

这不是纪录片，这是故事。当中所有的戏剧冲突，都是作者刻意的营造，也就呈现作者本人的价值取向。有人说他只看到了成年人救孩子，只有心灵肮脏的人才会看见妓女、处女。这实在是选择性的目盲。妓女救风尘、从商女不知亡国恨到大义赴死，本就是故事最大的卖点。观众的愤怒和感动，在故事里早已被精确设计，是通过“性感—

清纯”、“妓女—学生”、“成年—幼女”这样的刻意营造来设计的。假如主角换成一群同样“清白”的女老师，则这种牺牲顿时失去了令观者啧啧玩味的戏剧性，反而变得残酷沉重。张艺谋把镜头对准玉墨们鲜艳的旗袍、曲线玲珑的屁股、走路时摇摆的妩媚身姿，其逻辑和冯小刚拍文工团女孩的玉腿一样，是在消费女人的性特征。

玉墨们的道德伟岸建立在作者本人的不平等视角下。妓女为什么需要牺牲才能获得洗白、实现赎罪？严歌苓没法回答的问题，莫泊桑来回答。《羊脂球》也是一个被创造出来的故事。妓女羊脂球甚至不需要送死，她只要轻装上阵，满足敌方军官的性需求，就能拯救这一车人。但是她试图拒绝，因为她有基本的人格尊严，并不认为自己的身体因为妓女身份而变得轻贱。最后，她不情愿地屈就了，她救人了，但获得的仍然是众人的蔑视。莫泊桑的故事之所以动人，在于他的平等性，以及对人类头脑中非平等意识的鞭挞。妓女就应该献身吗？献身才能说明她们道德高尚吗？显然，严歌苓的回答是一种中国式感动。

张艺谋与严歌苓有精神相通之处，一种“大历史小人物叙事”，他拍了严歌苓的小说《陆犯焉识》。陈道明和巩俐演绎了荒诞岁月里爱情的坚守，令人动容。但与原著不同的是，电影只截取了后半段，表现了妻子的守望，没有还原故事背景——包办婚姻。文化程度很低的封建女子嫁给留洋的少爷，没有爱情，只有屈辱与冷落。浩劫后的守望让少爷终于感悟到旧式女人的忠贞可贵。故事兜转在家庭伦理范畴，对历史的反思、批判，非常稀薄。历史变成了一个讲情感故事的背景，如同影楼里的布景板，可以替换。而在其中的，女人的一切苦难，最终都能以自己超人的道德化解。

与抗日战争主题相关的小说，严歌苓还有《小姨多鹤》，电视剧版是孙俪演的。一户东北人家救了战败后未及回国的日本少女，少女被中国好人的温情感动，自愿留下代孕，为男主人生了几个孩子，以“小姨”的身份生活在这个家庭里，最后挥挥手不带走一片云彩，回到她魂梦的故国。电视剧考虑到观众的感受，美化了原著里最残酷的部分——多鹤不是为了报恩才留下当移动子宫的，而是被买来的，是被强奸受孕的。东北农户花钱买日本少女生孩子，这故事里有多少不堪言说的残忍，但在严歌苓笔下，添上了温柔、梦幻的色彩，是多鹤这个伟大女人用爱对待命运，是多鹤真心实意地爱上了男主人。悲剧性被爱意解构，战争残酷、女性苦难变成了甜点上的红樱桃，二女共侍一夫是爱的力量伟大，更是中日和平象征。

妓女玉墨和日本少女多鹤，分属于两个曾经在历史上敌对国家的阵营。但在严歌苓的“大历史小人物叙事”里，抗日战争背景无关乎民族大义，只是用来造境，提供一个创造弱者的舞台。她们同属被消费的弱者，前者被消费的是性，后者是子宫，伤害她们的是整体的男权结构，而并非来自战争本身。这种写作手法是严歌苓惯有的概念偷换，将女性的苦难嫁接到一种家国烽烟的叙事里，使得她们作为性别受害者的面目模糊于时代中。而化解矛盾冲突的方法，是赋予她们的苦难以殉道色彩。表面看是在歌颂女性的坚韧、伟大、崇高道德，底色是迎合男权视角的百忍成夫。她歌颂的女性，往往不论受了怎样的凌辱，承受了怎样的不幸和不公，最终都用圣母般的情怀完成了白莲花式的救赎。而这种伪女性主义叙事，在抗日战争这样天然带有家国豪情的背景里，混淆于女性自强的主题中，格外具有欺骗性。

在一段采访中，严歌苓自述了她的女性意识——

记者：感觉你笔下的女主人公，她们在丈夫面前这样伏低做小，你对她们充满了怜爱和同情，但同时并没有反过来对男主人公刻薄，对他们也抱有很大的理解和同情。

严歌苓：这才是真正的女性主义，因为你相信你比他更坚韧，生命力要更强。不要看男人的爆发力很强大，但是女人总是持续到最后的，而且寿命也比男人长。从生理上来讲，现在看看活下来的老太太，特别特别多，东京也是，很多老太太，平均寿命最高的，日本现在 88 岁。所以从生命力上来看，（女性）确实是很强的，那么给一点又怎么样？对吧，就根本不跟你一般见识，不跟你计较的嘛，这是我的女性主义。过去人家说我是女性主义我不承认，现在我发现我很女性主义，因为我把女性主义藏在这样的一个企图心里边——本来我就比你高了一截。所以我在《扶桑》里面说的：扶桑跪着，却宽容了站着的人们。

“跪着的人，宽容站着的人”，严歌苓说这是女性主义。言下之意，她不认为她们应该先站起来反抗。而在另一段采访里——

澎湃新闻：我看扶桑，觉得她特别憋屈，有那么种逆来顺受。

严歌苓：你觉得甘地逆来顺受吗？他的不合作和扶桑的不反抗是一样的。你永远打不倒一个不反抗的人。古往今来，其实“强奸”这个词语背负了许多人们强加给它的沉重的意义，其中包含着歧视。相比而言，这个词语带来的伤害可能更甚。扶桑她是对事不对人的。包括那次被强奸，扶桑其实是没有概念的。扶桑接受的是事而不是人，对她而言也只是一次不太寻常的邂逅罢了，她把强奸她的人的扣子咬下来，也并没有觉得怎样。

通过艺术创作，把女性遭遇强奸时的不反抗（现实中，大部分是无力反抗），美化成甘地式的道德标杆。“一次不太寻常的邂逅罢了”，这是我读过的对强奸最诗意的描述。而多鹤甚至真的爱上了强奸者，并且她的爱被作者赞美。这套话术在中国读者中如此受用，不得不说是国民性的暗角。我们是一个历史悠久的道德大国，崇尚牺牲、崇尚伟岸。严歌苓也写女性的思考、女性的努力、女性的美，但她描述的美，也许不是来自天然感受的美，而是把被拐卖的女人评为“最美乡村女教师”的那种美。那正是我们应当痛苦辨析、从集体意识里剥除出去的毒药。如她所言，“我一直说要审丑，有力量的审美有时是痛楚的，但这才能达到最大的审美快感。譬如缠小脚，很多人都觉得这是丑陋的东西，我不觉得，它是一个文化中有特征的东西。像流行歌曲那样甜美的、一般意义上的美我也能给你，但那不是我喜欢和追求的”，究竟什么是她喜欢和追求的？是在大历史背景中把玩小人物的痛。

历史是严歌苓小说的布景板，其本身并不会在小说中被直面讨论，却易给大众造成“这本小说在谈论历史”的假象。这一点在《芳华》中突出到了极致。电影的热映伴随人群观感的严重分裂，并引起了大量讨论。从这个角度，《芳华》不见得是好电影，却是值得辨析的文本，借此厘清历史、畅谈价值观只是其一。其二，没有比这本书更适合用来解析严歌苓了，因为这是她的“自传”。

《芳华》原著，本名《你触摸了我》，严歌苓写的是她熟悉的文工团生活。她用萧穗子的第一人称来写作，这种全知视角不得不加入大量对“不在场”的脑补。严歌苓有意地把自己的出身背景与大量经历安在她头上，使得这部小说充满了自传气息，它可视为严歌苓对往昔岁月的一次回顾，也就最能看出严歌苓本人的“历史态度”。

从小说文本里见作者的史观，往往不是看作者直抒胸臆写下的论述，而是看她作为“翻云覆雨手”，如何处理人物的命运、刻画人物的性格，这种处理又是否合乎情感的逻辑、能否使读者对历史有真实的判断。

电影《芳华》最直观的问题是视觉呈现上近乎失控的红色审美。那是冯小刚在回忆往昔岁月时情难自禁的美化，对历史题材敏感的人甚至会感到恶心。但他对于人性善恶，似还存有一种朴素的道德观，以至于电影里呈现的人物，和小说里描述的，呈现出了完全不同的面貌。对照电影来看原著，看到的是严歌苓用笔的冷酷，“在大历史背景里把玩小人物的痛”。

电影里的何小萍，被塑造成一个敏感、清白、善良的女性，在风雨中飘零而不折的花朵。她的被欺凌、流放，与她始终未低头的高贵，黑白分明。观影者很难不对她产生同情之爱，而对郝淑雯等人抱有恶感。但在原著里的何小曼，严歌苓下笔丝毫未有情——皮肤黑，一身馊味，一头粗糙纱发，“一个头长了三个林丁丁的头发……原始毛人”、“一块很小的元宵馅她会舔舔又包起来……等熄了灯接着舔”，大量具象的描述带着浓重的嫌弃口吻，告诉读者，众人对她的蔑视完全合理。电影里她隐忍地躲在被窝里给生父写信，仍有温情的光亮闪动，原著里则全然是一种高空俯瞰的视角，小人物无处藏身的窘迫。

电影以浓墨重彩描写的两件事，一件，何小萍为了给生父看到自己进步，偷了军装去拍照，留下她一生中最美的影像。另一件，众人为胸衣海绵的事审判何小萍，让她发出愤怒的尖叫。前者是她人生中为数不多的闪光时刻，原著中并没有这个细节（且和原著的暗黑基调很不协调）。后者，则连事件的定性都改变了。原著里何小曼不但就是海绵胸衣的主人，且从少年时代就惯于如此，众人对她的审判变成了红色时代斗私批修的正常行为，她那一声近乎歇斯底里的尖叫“我没撒谎”，也成了对她人格的嘲讽，欺凌又一次被合理化。电影里，冯小刚把事件拍成了青春美少女的作恶，何小萍是清白的，“我没撒谎”是她在压抑中爆发的呐喊，反而有一种强烈的反抗意味。

最能直接体现严歌苓用笔之恶的，是何小曼（萍）的流放事件。在刘峰被下放到伐木连后，电影里的何小萍因为厌恶集体的冷酷，采用了自我放逐的手段，拒绝跳独舞。

在装病被发现后，政委将计就计，把她哄上了舞台，在她差不多要重新燃起对集体的希望时，再一次彻底地抛弃了她。——冯小刚拍这段戏也没有要批判时代的意思，但他确实将何小萍塑造成了高贵的反抗者。与之对应的是后来萧穗子探望战地的何小萍，后者决然说出，“我永远也不会原谅她（林丁丁）”。这几乎是故事里唯一的谴责声了。

然而在原著里，何小曼拒绝独舞，是出于私心，且被萧穗子居高临下地鄙夷了。“台下掌声口号声战马嘶鸣声，何小曼刹那间成了骑兵独立团两千人的掌上明珠……她也玩味着当主角的感受：当主角真好，当掌上明珠真好……她后来向我承认，是的，人一辈子总得做一回掌上明珠吧，那感觉真好啊……她也承认我猜对了，她就在侧幕边运气、起范儿的瞬间，又被希望腐蚀了。持续装病，是持续被希望腐蚀，人们是可以宠她的，夜里为她端茶端尿，白天为她端饭端水，看来她有希望跟所有人回到同一海拔。”

电影里绽放人性光华的瞬间，在小说里不过是小人物的可笑挣扎，且轻易地被全知视角的主角勘破。玩味着小人物的不幸，揣摩其“动机也没多高尚”，是这部小说的暗黑基调。同样的揣摩与脑补，也大量出现在萧穗子对刘峰的观察里。

原著里，没有女人去爱刘峰的原因，跟雷锋高尚超我的净素、时代角色的榜样力量，关系不大（尽管萧穗子这样分析）。刘峰被爱情遗忘，是因为实实在在的穷和土：一个貌不惊人的矮子，带着乡土气息，从山东某县贫困剧团里翻着跟头上来，在文工团这样以红二代为马首、阶级分明的集体中，他唯一的效能是充当万能服务员——电工、木匠、快递。所有人都在享受他的服务，而荣誉则是虚假的，谁也没有上当，去向他“学雷锋”。雷锋的重担和美名不过是毫无权势者的生存法则。而他——居然想吃林丁丁这块天鹅肉。林的惊吓来自于刘峰跨越阶层表达出的性欲，这戳破了不成文的规则，林的追求者，“一个追求者是宣传部的摄影干事，一个是门诊部的内科医生”。而郝淑雯的男友和未来丈夫，则是某军工厂厂长的儿子。她们看不上刘峰，和他是不是雷锋无关，是他的阶层属性决定了他不在择偶视野内。

电影里，英俊的刘峰在邓丽君歌曲的鼓舞下，向心仪的林丁丁表白，并情不自禁地拥抱了她。导演赋予了他浪漫色彩，观者很难对黄轩扮演的角色产生厌恶感。这个拥抱毁了他的前途，决定了他一生的畸零。导演让何小萍骄傲地被流放，说出“我永远不原谅她”，非常清楚地表达了导演本人对触摸事件的定性——因时代对人性的压迫而造成的悲剧。这已是整部电影里为数不多的、对时代残酷性的否定。而回到原著，整个事件的性质完全不同。

萧穗子听完林丁丁的哭诉后，脑补着当时的场景。“注意到了吧，刘峰成功地把林丁丁诱进了这个相对封闭的二人空间。……一旦进了这里，关上门，即便林丁丁呼救也未必有人听得见。……一边抹，一边暗自惊叹到底是上海女子，这手感！细嫩得呀，就跟刚剥出壳的煮鸭蛋似的，蛋白还没完全煮结实。……脸蛋就这样好了，其他部位还了得？手从脸蛋来到她那带柔软胎毛的后脖颈儿……都是夏天的过错，衣服单薄，刘峰的手干脆从丁丁的衬衣下面开始进攻。……我拉开灯，看见的就是这个刚被人强奸未遂的林丁丁。"

刘峰不再是被邓丽君歌声鼓舞的求爱者，而是带着赤裸性需求的进攻者。萧穗子对这一场景的描述和揣摩，就像一个八卦强奸案细节的吃瓜群众，啧啧有味地感叹着，"摸了吧，爽不爽，皮肤好不好"，庸俗得不堪入目。刘峰不再是雷锋，他的流放也不再凸显时代的悲剧性，这不是"触摸"，这就是，一次性侵。

这使得《芳华》的主题陷入一种复杂难辨的双重性——流放事件到底是时代作恶，还是在捍卫女性权益？女性社会学者从反性骚扰、反荡妇羞辱的角度批判《芳华》，作家侯虹斌也撰文认为刘峰的无辜是主角光环笼罩，"（性骚扰）错误，可以是以善良、好人的形象出现的"。

严歌苓又一次营造了叙事陷阱，把反性骚扰这样政治正确的议题，穿插在特殊时代的历史背景里。不论是电影里的强抱，还是原著里对刘峰猥亵的写实，“他的手开始是无辜的，为丁丁擦泪，渐渐入了邪，从她衬衫的背后插进去”，坐实他的性侵行为，等于默认在故事结构里，他被流放具有一定合理性，跟她此书的批判主题（荒诞时代压抑人性、鼓动人们告密）产生了不协调、甚至是反方向的力。这是严歌苓用笔的主观恶意。

要知道，那个年代的残酷，她并非没有体验，严歌苓曾因给男兵写情书受到处分，在政治高压下，她差点自杀（小说里这个情节发生在萧穗子身上）。人性里对爱欲的渴望被政治压抑，成为原罪，那是一个巨大的时代问题。刘峰即使不“触摸”林丁丁，只是表白，他同样有可能坠入深渊。更不要说在触摸发生的仅仅几年后，在时代成为更大的恶时，设置一个“触摸”情节，引起的争论虽关乎正义，却跟时代的残忍毫无联系。刘峰在“触摸”事件里究竟是不是加害者，影响了整个故事的批判逻辑。从一个时代受害者的故事变成性侵犯受惩罚的故事，大大降低了时代的痛感，也让作者的忏悔批判显得轻浮。

严歌苓的另一部小说《天浴》，同样是性侵害的主题，电影导演是陈冲，她启用了当年十七岁的李小璐，把整部电影拍得很纯情，有天然的美与残酷。在茫茫大地上露天沐浴的少女，或许是难忘的美学形象，但回头看《天浴》小说，严歌苓的问题始终是历史背景的虚焦和暧昧化。对于刘峰，严歌苓是写实他的性犯罪意图而消解了历史的罪；对于《天浴》中的秀秀，则是反复描摹她主动与人上床、一晚上被好几个人睡、为换取回城指标而变得低贱。严歌苓写《天浴》的笔法，时代悲剧性的消解来自于秀秀的愚昧。且不说女知青被集体公然奸污是否合乎史实，至少在故事逻辑里，悲剧被聚焦在个体选择上，不再是一个具有普遍性的时代问题，历史，再次成为布景板。赞美《天浴》尺度大、批判性强，实际上是一种模糊印象，它究竟批判了什么、有没有批判到点子上，和《芳华》一样暧昧不明。

对于被时代流放的受害者，严歌苓甚至吝于赋予他们正面的悲剧色彩。刘峰在战场上九死一生，萧穗子甚至想象着刘峰“露出得逞的微笑：这就是他要的，他的死将创造一个英雄故事，这故事会流传得很远，会被谱成曲，填上词，写成歌，流行到一个女歌手的歌本上，那个生有甜美歌喉的林丁丁最终不得不歌唱它，不自禁地在歌唱时想到他，想到他的死跟她是有关系的”。刘峰、何小曼这一对苦命人，被作者的全知视角解剖，在任何可能引起读者同情的时刻，都要被冷冷地踩上一脚。时代政治的严酷，战争的残忍，被消费、消解，也没有人需要为悲剧忏悔，这是严歌苓写《芳华》的多重叙事陷阱。

几十年后，郝淑雯感叹刘峰摸错了人，“要是摸我，保证不会喊救命”。这话语流露出的不是同情，而是富贵逼人的自得，她嘲笑的是林丁丁的小气，因这小气背后是阶级分明——郝淑雯在两性市场是高傲的消费者，林丁丁的青春肉身却是唯一的上升筹码，不能贱卖。因此郝淑雯可以钻进男兵被窝肆意云雨，林丁丁却只能在两块手表里矜持地周旋。对于这种赤裸的阶级不平等，作者如何安排郝林二人的结局，非常直观地体现她真实内心的阶级意识。

对郝淑雯，是带一点嫉妒的仰视。对林丁丁，是不屑的平视加俯视。对何小曼，是轻蔑的俯视。而萧穗子自己，属于一个跟政治特权无关的阶层：知识分子，因为文化技能，在随后到来的经济浪潮里，超越了丁丁、小曼，而又不沾铜臭。严歌苓写林丁丁的两次婚姻，一次嫁入红色豪门，被大家族鄙视，被抛弃而离婚；一次嫁给海外华人，以为一步登天，结果天天包春卷，离婚。对这个人物的嘲弄意味跃然纸上。但不是在嘲弄她的世故势利，是嘲笑她麻雀攀高枝的不自量力。利用青春美貌实现阶层上升的愿望，在命运嘲弄下显得可笑又鄙俗，而对郝淑雯这样的特权人物，严歌苓即使下笔并无美意，也绝不会那样作践她。

最冷淡的一笔，是郝淑雯亲口向她坦诚，当年正是自己教唆穗子的初恋检举揭发了她。这段惨痛的青春往事被道出后，萧穗子的反应是——没有反应，默然接受，连和解的过程都没有。比起电影里何小萍的“永不原谅”，萧穗子与郝淑雯的和解轻得毫无分量。与之互文的是萧穗子重遇刘峰后，刘说出一段对下岗工人的看法，类似“国家不再需要咱，我不下岗谁下岗”。严歌苓让一个被时代抛弃的角色说出这样温顺的话语，仿佛在给自己的良心涂脂抹粉，释然地叹息一句，“啊，他们真善良”，解构了一切时代之痛。

何小曼和刘峰最后的归宿，让整部小说（和电影）陷入了浓缩鸡汤式的虚无。两人超脱了战友们的汲汲营营，实现无性的事实婚姻，过上了知足常乐、相依为命的日子。这种叙事逻辑延续了严歌苓一贯的小人物三段论：受尽苦难——精神升华——岁月静好。一切结构性的冲突和压迫、阶层之间无法跨越的鸿沟，最后都以小人物自己的“想开”终结。在严歌苓其他女性题材的小说里，这种对女性苦难的玩味是与男权结构直接挂钩的，而在《你触摸了我》里，则不仅仅是女性主义的问题，是严歌苓自身固若金汤的阶层观念问题。

严歌苓出生在知识分子家庭，父亲是作家。知识分子的清高与美国上流社会东方贵妇的矜持，消融、整合成一种新的东西，属于严歌苓独有的、胜利者的阶层歧视。她写底层小人物每每有一种俯瞰感，写他们的苦难，写他们反抗但失败，最后赞美他们的安静、顺从与精神胜利。践踏受害者有两种笔法：一种是把他们的苦难写成是主动而高尚的牺牲，甚至是享受，产生廉价感动；一种是从他们自身挑出道德污点，将悲剧合理化。严歌苓对这两种笔法的运用早已套路化，标榜为女性主义的《扶桑》、《小姨多鹤》、《金陵十三钗》都属于前者，而《天浴》、《芳华》属于后者。在小说被视觉化呈现后，淡化了只属于文本的刻薄用笔，只留下了故事的戏剧性。

真正要说严歌苓何以成功，在于她与国民的道德观有深度的共鸣。中国人认同的善良，不同于西方人道主义情怀的英雄特质，而是一种在极端压抑的环境里生存下去的柔韧。柔韧，则面对苦难少有直面反抗，而有逆来顺受的无穷耐性。问题是，对于历史，作家究竟怀有一种怎样的眼光，是悲悯之痛？抑或玩味小脚的情趣？鲁迅写阿 Q，写祥林嫂，写孔乙己，也非完人，但在故事逻辑链里，无损读者对他们命运的同情，以及对造成彼之命运的时代的悲叹。这种笔力，是作家的灵魂闪光，也是小说这种文体能够承载历史的可贵所在。

"有些城市像某些女人一样，推搡你，擦破了你的灵魂，从你的全身带走珍贵的灼伤，既是丑事，又是乐趣。"

纽约文学志

撰文　夏榆

[一]

宾夕法尼亚酒店。建于 1919 年。这是我在纽约的下榻之处。

在纽约的时间，我经常能听到晨钟敲响的声音。这是时代广场的钟声。当它在耳畔响起时，我还是会有时空交错感。清晨，时钟报时的声音会准时响起。钟声从城市的高空传下，透过玻璃窗传到耳边。我从这钟声的喧响醒来，看到阳光透过窗帘晒进来。每天的时光都是新奇的，我让自己打开感官保持住好奇心。这是对一个异国的城市的好奇心。侧耳倾听这高空传来的悠扬钟声，是我从睡梦中醒来的标记。当我意识到这是睡在纽约的酒店的床上，还是会有一种激情在心头蔓延。如果将穿越纽约的旅行当作一次贴面舞蹈，我以为是不会错的。

“我身上带着纽约，仿佛人们在眼睛里传送一个陌生的躯体一样，带着因温情和否定一切的愤怒而产生的泪水。也许这正是人们称之为激情的东西。”阿尔贝·加缪（Albert Camus）在随笔《纽约的雨》中写道。1946 年 3 月 10 日，加缪在勒阿弗尔（Le Havre）登上俄勒冈号轮船前往纽约，这是一艘没有起居设备的货船。加缪眺望曼哈顿与哈德逊河（Hudson River）沿岸景色心潮激荡。

2017 年 9 月 27 日，我站在曼哈顿的布鲁克林大桥远眺纽约城。这是抵达纽约的第三天。纽约东河海滨就在脚下。透过钢索大桥木质桥板的缝隙，能看到桥下涌动的河流。东河海滨辽阔壮美，碧绿清澈，高悬天空的太阳直射的光给河流镀着一层耀眼的金色。有舰船停泊在河面，行驶着的舰船不时驶过划开河面，白色涌浪散开。极目远眺，曼哈顿的摩天大楼高耸如浩瀚森林。此刻，仿佛与我们的爱侣相会——有谁没有爱过纽约呢？它的自由和开放，繁华和包容令我在离开它的时候怀念不止。我想起加缪的话：“是的，我不知所措。我知道有些城市像某些女人一样，推搡你，擦破了你的灵魂，从你的全身带走珍贵的灼伤，既是丑事，又是乐趣。”[1]

到纽约之前，我就开始留意到过纽约的作家，以及生

---

1 [法] 卡特琳娜、加缪著、郭宏安译：《孤独与团结：阿尔贝·加缪影像集》，译林出版社 2013 年 11 月，第 99 页。

活在纽约的作家和从纽约离开的作家。似乎凭借作家们的多重视角和繁复的体验更有助于我理解纽约。

加缪是我给自己找到的第一个陪游。在 C 城我卧室的书架上放着多种加缪的著作，其中有《孤独与团结：阿尔贝·加缪影像集》，我将这本 889 毫米 *1194 毫米、16 开本的影像集如同供奉在龛位的圣像一样竖立在书架上。看到加缪写纽约的文字，我感到莫名的亲近。在加缪影像集的第 111 页，我看到他写下来的话："我爱过纽约，以一种有时使您充满犹豫和厌恶的强烈的爱；人们有时候需要流放。"这段话来自加缪的随笔《纽约的雨》。

在加缪英气俊朗肖像的左下方，是一幅纽约市区的黑白照片。现在我认出那是时代广场的街景。三座摩天大厦以三足鼎立之势形成广阔而深远的街道，汹涌的人流在两座对称的高楼之间穿街而过，在另一座耸立的孤楼前分流。纽约街头的人太多了，来自世界各地的人总是川流不息。一百年来，几乎每天如此。我到纽约之后，在一周的时间里每天都会从时代广场的道路横穿而过，一次又一次地观看着时代广场那繁华喧嚣的街景。

"如果没有天空的话，纽约也许就什么都不是了。延伸到视野的四个角落，赤裸、张扬，这天空赋予城市早晨的荣耀和夜晚的尊贵，在这样的时刻，烧得通红的落日扑在第八大街上，扑向巨大的人群。"加缪在《纽约的雨》中写道。

1946年3月25日，加缪作为法国抵抗运动的代表人物、文化界和社会活动的新星赴美国，在美国逗留期间，他的身份是法兰西共和国临时政府的官方代表。他在勒阿弗尔登上了从事客货两运的法国大西洋运输公司的俄勒冈号轮船，加缪与另外三位旅客住在一个客舱里。当加缪乘坐的轮船停靠纽约码头，移民局的官员上船来盘问外国旅客，询问他们是否参加共产党，是否有朋友是共产党员。加缪拒绝回答这两个问题，移民局的警察扣留了他，但后来又向他表示歉意，耽搁了他许多时间。尽管后来加缪获得自由，然而他已经精疲力竭，又得了流感。加缪步履踉跄地踏上曼哈顿的土地，开始他平生第一次的纽约之旅。

“天空变暗，白日将尽，纽约又变成了伟大的城市，白天是牢狱，晚上是柴堆。”

加缪的这句话写得漂亮，修辞意味深长，也传达出他对这座城市的爱恨情感。

纽约的天气有些阴晴不定，白天尤其是午间的时候，太阳炽烈，照耀得你会有眩晕的感觉，到了夜晚则清凉，遇到下雨的时候更是寒气逼人。我当然会仰望纽约的天空，因为摩天大楼太多了，巍峨大厦如森林矗立在纽约街头，每一座高楼都是说不尽的故事。纽约真正的城市化是在20世纪来临之初，据《孤独星球·纽约》记载：1889年，百老汇大道50号建起纽约第一幢钢铁结构的摩天大楼，这是一幢 13 层高的塔式大楼酒店。1890 年 16 层高的世界大楼（New York World Building）在公园街揭幕。1893 年曼哈顿人寿保险大楼完工，被称为漏斗大厦的福勒大厦（Fuller Building）于 1902 年完工，位于百老汇大道、第五大道和第 23 街交汇的三角形街口。自此，纽约无与伦比的天际线开始形成。

［二］

纽约，有世界之都和艺术之都的美誉。

美国曾以纽约为重镇，兴起过社会运动和文化及艺术潮流。格林威治村、布鲁克林和曼哈顿聚集着不同的艺术群落，在不同的时代狂飙过纷繁的文化和艺术潮流，涌现过文化偶像、艺术巨匠以及杰出作家。这是一个群星闪耀的集合：创作《草叶集》（*Leaves of Grass*）的“国宝级”诗人沃尔特·惠特曼（Walt Whitman）、美国现代小说先驱西奥多·德莱塞（Theodore Dreiser）、写作《天使，望故乡》（*Look Homeward, Angel*）的托马斯·沃尔夫（Thomas Wolfe）、写作《了不起的盖茨比》（*The Great Gatsby*）的司各特·菲茨杰拉德（Scott Fitzgerald，他最先将 20 世纪 20 年代描述为“爵士时代”）、写作《蒂凡尼早餐》（*Breakfast at Tiffany's*）和《冷血》（*In Cold Blood*）的杜鲁门·卡波特（Truman Capote，他开创了美国的非虚构写作的杰出典范）、写作《刽子手之歌》的诺曼·梅勒（Norman Mailer，他深受美国总统约翰·肯尼迪的喜爱），以及写作《赫索格》（*Herzog*）的诺奖得主索尔·贝娄（Saul Bellow）……我愿意追寻我热爱的杰出作家和艺术家在纽约的生活踪迹，勘查他们在当时的际遇，他们敏锐的心灵犹如精良探测器，可以测试出城市与人最细致而幽微的纹理，也可以测试出城市与社会浩大而深广的连接。

“纽约市寒冷，沉闷，神秘，是世界的首都。在第七大道，我路过了一幢大楼，那曾是沃尔特·惠特曼居住并工作过的地方。我停了一会，想象着他在那里写出并唱出他灵魂深处真实的声音。我也在第三街爱伦·坡的故居前做过相同的事，对着那些窗户投去哀悼的目光。”这是 2016 年诺贝尔文学奖得主、美国民谣之父鲍勃·迪伦（Bob Dylan）在自传《像一块滚石》（*Like a Rolling Stone*）里写下来的回忆：“这个城市就像一块未经雕琢的木块，没有名字、形状，也没有好恶。一切总是新的，总在变化。街上的旧人群已经一去不返了。”[1]

在纽约期间，每天清晨出发，走出我下榻的位于第七

---

1 ［美］鲍勃·迪伦著、徐振锋、吴宏凯译：《像一块滚石：鲍勃·迪伦回忆录（第一卷）》，江苏人民出版社 2006 年，第 101 页。

街的宾夕法尼亚酒店，在纽约城不同的区域漫游，这是我愿意做的事情。纽约公共图书馆、纽约大都会博物馆、摩根图书馆、中央火车站、中央公园、纽约市政府大楼、卡内基音乐厅、百老汇剧院、唐人街，纽约现代艺术博物馆、特朗普大厦、帝国大厦、世贸纪念遗址、自由女神像，这些纽约地标我都去过。

然而格林威治村是我最为钟情的。我很早就知道这个地方，清楚它是美国非主流艺术家的聚居区，包括作家和诗人也是这个村落的重要成员。我想象过它的样子，以为它会是一个都市里的村落。

到纽约的第二天上午，我离开酒店步行到格林威治村。沿第五大道（Fifth Avenue）东行是前往格林威治村的方向，途中会经过华盛顿广场公园、纽约大学、马克道格大街（MacDougal Street）、贝德福德大街（Bedford Ave）。华盛顿广场公园在20世纪80年代初期曾经是毒贩的巢穴，但它的声名日炽更多是因为聚集在此的嬉皮士运动。创立于1831年的纽约大学，深受格林威治村的影响，是一所自由、开放、独具个性的学校。贝德福德大街上的建筑呈现着18世纪的风格，然而我要寻找的是马克道格大街，20世纪60年代，这里曾是著名艺术家、作家、音乐家的汇聚之地，也聚集着自由艺术家们。摇滚歌手在这里演唱，嬉皮士聚集在广场。这是美国60年代文化的标志：反战，反潮流，反主流。现在，这个街区作为历史景观保留下来，凯旋门、喷泉、花坛和树丛。

华盛顿广场公园、纽约大学校区、马克道格大街的酒吧。据说这些是艺术家和作家经常光顾的地方。第十二街上有家艺术电影院专放外国电影——法国的，意大利的，德国的。这很符合格林威治村的气氛。鲍勃·迪伦在那里看了一些意大利人费里尼（Federico Fellini）的电影——有一部叫《大路》（*La Strada*），另一部叫《甜美生活》（*La Dolce Vita*），“这片子看待生活的角度就像一面狂欢节的镜子，用怪诞方式讲述普通人”。

鲍勃·迪伦在自传里回忆自己当时在格林威治村的境况：“清晨走在曼哈顿第七大道上，你有时会看见有人睡在轿车的后座上。我很幸运有个地方住——甚至是纽约人有时都没地方住。有很多东西我都没有，也没有什么具体的身份。‘我是一个流浪者，我是个赌徒。我离家千里’，这几句很好地概括了我。”

格林威治村到处都是民谣俱乐部、酒吧和咖啡馆。歌手们在这里演唱旧时的民谣、乡村布鲁斯和舞曲。“歌得民谣城”是纽约一个极为出色的民谣俱乐部，位于格林威治村边上靠近西百老汇的梅瑟街上。虽然它位于市区，却是个非闹市区风格的俱乐部。它的歌手大多是在全国范围内有知名度、出过唱片的民谣歌手。歌手必须得有工会的联卡加上一张卡巴莱卡才能在那里工作。星期一晚上，叫作名歌之夜。不知名的歌手可以在那里演出。鲍勃·迪伦经常会在这里演出。他住在朋友那里，夜晚演出，天亮前回到那儿，爬上黑暗的楼梯，小心关上身后的门，就像钻进一间地窖一样钻进那张沙发床。

迪伦在自传中回忆他初到格林威治村的时刻时说："回到格林尼治村，一切都很正常。生活并不复杂。每个人都在等待新开始。有些人等到了，他们就走了；而有些人永远都等不到。我的新开始来了，但现在还没到。"

1966年，鲍勃·迪伦在一次几乎送命的摩托车事故之后退隐。

1974年1月，鲍勃·迪伦和他的乐队在麦迪逊广场花园举行的音乐会上复出，当时他隐而不出已经八年。迪伦演唱了人们喜爱的怀旧歌曲，音乐会接近尾声时，全场到处亮起了火柴和打火机，人们点燃了蜡烛。伴随着《像一块滚石》，现场的观众激情狂舞。此时，摇滚音乐，反对越战与和平示威，性与毒品和群居生活，成为美国文化的狂潮。这场嬉皮士运动培养了大批艺术家，他们集中在纽约的格林威治村，并散见于许多其他城市和大学城。嬉皮士文化和垮掉的一代构成的景象，成为美国20世纪60年代最接近波西米亚式的艺术潮流，它们对美国当代史产生了深远的影响。

［三］

布鲁克林大桥（Brooklyn Bridge）。在我入住的纽约酒店房间的墙壁上挂着一幅布鲁克林大桥的黑白画。在房间抬眼就能看到。我当然熟悉这座著名的大桥，在初中地理教科书上就看到过它。然而真正让我产生好奇的是这里住着很多作家、艺术家。这是纽约又一个非主流艺术创意区。我是第三天中午到的布鲁克林，在之前去了唐人街，看到一个华人的缩微区域。这里真正是融合之后的华人社会，来自内地、香港、台湾的华人共居一个社区，街上的店铺广告和招牌都是正体字。离开唐人街再步行数百米就是布鲁克林。问询过后沿着林荫道前行，看到了那座著名的钢索桥。哈德逊河（Hudson River），在海明威的笔下可以看到。辛克莱·刘易斯（Sinclair Lewis），最早获诺贝尔文学奖的作家，在回忆录里写道初到纽约的情景，就是从哈德逊河开始的。

杜鲁门·卡波特在布鲁克林高地居住过。

剧作家阿瑟·米勒（Arthur Miller）在布鲁克林出生，他的名剧《推销员之死》（*Death of a Salesman*）以布鲁克林为背景创作。

布鲁克林大桥，横跨曼哈顿东河海滨，连接曼哈顿与布鲁克林。1898 年，原来仅有一个曼哈顿岛的纽约市扩展，布鲁克林作为一个行政区被囊括进去。

我们开始在合众国旅行，
从今开始航行到每一块陆地、每一片海洋，
我们乐意向所有人学习，给所有人教诲，爱所有人。

这是美国国宝级诗人沃尔特·惠特曼题为《在合众国旅行》中的诗句。

1819 年 5 月 31 日，惠特曼出生于纽约长岛的西山。父亲是农夫和木匠，有八个孩子，惠特曼排行第二。1823 年，全家迁至纽约布鲁克林。惠特曼在布鲁克林公立学校读书，中途辍学在律师事务所当勤杂工。后来又在布鲁克林印刷厂当学徒。青年时期，惠特曼迁往曼哈顿，为报社做排字工和记者，此时开始创作短篇小说，1842 年发表他唯一的中篇小说《富兰克林·伊文斯》（*Franklin Evans*）。1848 年，惠特曼返回布鲁克林创办《布鲁克林自由人报》（*Brooklyn daily freeman*），同时开始《草叶集》中的诗歌创作。

美国内战期间，惠特曼作为伤员和探视员先后在纽约和华盛顿的战地医院义务工作。1865 年，惠特曼在华盛顿观看林肯总统的第二任就职典礼。当年还没有布鲁克林大桥，他去曼哈顿要乘渡船，并写下《过布鲁克林渡口》（*Crossing Brooklyn Ferry*）。在纽约的曼哈顿岛和布鲁克林区之间的东河入海口岸，即为布鲁克林渡口，在1883年布鲁克林大桥建成通车前，它是纽约重要的交通枢纽。他在诗中写道：

他们将走进渡口的大门，从口岸渡到口岸，

他们将看到潮水汹涌，

他们将看到曼哈顿北边和西边的航船，看到南边和东边的布鲁克林高地，

他们将看到大大小小的岛屿，

今后五十年，太阳还有半个钟头就要落下的时候，将有人看见他们过河，

今后一百年，或者几百年后，又将有别人看到他们，

欣赏这夕阳西下、潮涨潮落。

作家保罗·奥斯特（Paul Auster）也住在布鲁克林，并以布鲁克林为题写过长篇小说。保罗·奥斯特是一位很奇特的作家，被称为“穿着胶鞋的卡夫卡”。

1947年，奥斯特生于新泽西州纽瓦克市一个犹太家庭，母亲是布鲁克林人。十四年前他搬到布鲁克林，住在第七大道附近一幢建于1892年的褐色公寓里。在这个家附近还有一套房子，是奥斯特专门用来写作的，在那里他不用手机、不打电话、不接网络，伏案笔耕，心无旁骛。奥

斯特写过《纽约三部曲》(*The New York Trilogy*)、《月宫》(*Moon Palace*)、《幻影书》(*The Book of Illusions*)、《神谕之夜》(*Oracle Night*)和《在地图结束的地方》(*Timbuktu*)等多部长篇小说，也创作电影剧本，导演电影。

保罗·奥斯特写过长篇小说《布鲁克林的荒唐事》(*The Brooklyn Follies*)。他在另一部小说《纽约三部曲》之一《幽灵》里写到主人公对布鲁克林大桥的遐想："布鲁克林大桥何以成为当时全美最高的建筑。老人出生在布鲁克林大桥落成那一年……那个约翰·罗布林，大桥的设计师，刚做完设计没几天，就让码头桩和渡船挤了脚，不到三个星期就死于坏疽症……约翰·罗布林死后，他的儿子华盛顿接手成了总工程师，那又是另外一个离奇的故事了。华盛顿·罗布林当时只有三十一岁，除了在国内战争期间设计过一些木桥外，没有什么建筑经验，而事实证明他比他父亲更有成就。可是，在布鲁克林大桥开始建造不久，在一场火灾中他困在水下沉箱里长达几小时，出来时就得了严重的沉箱减压病，这是因氮气泡聚积在血液中造成的一种折磨人的病症。那场灾祸几乎要了他的命，后来他成了残疾人，不能再走出他和妻子在布鲁克林高地那座房子的顶层卧室。那些年华盛顿·罗布林每天只能坐在那儿，透过望远镜观看布鲁克林大桥的施工进展，每天早上，他妻子把他的旨意精心绘成彩图带过去，那是为了让那些不懂英语的外国工人能够看懂下一步的工序。令人惊讶的是，整座大桥竟完完全全地装在他的脑子里：他把每一个部件都记下路——包括那些最细小的钢栓和石头构件，虽然华盛顿·罗布林从未踏上过大桥，可整座大桥就像是铺展在他的脑子里，仿佛多年以后，大桥最终跟他的身躯连为一体了。”

[**四**]

“史前野人”，这是诗人艾伦·金斯堡（Allen Ginsberg）对垮掉派文学明星的形容。

他在接受《巴黎评论》的访谈时说：“那些人各个特立独行，开天辟地。”

旧金山的城市之光书店（City Lights Booksellers & Publishers），跟伦敦的莎士比亚书店（Shakespeare & Company）一样，可以载入20世纪文学史。原因当然是书店与作家的渊源。在美国文化史留有“垮掉一代”的大本营。从这里走出过“垮掉一代”文学潮流的主将，比如创作小说《在路上》的凯鲁亚克（Jack Kerouac）和创作诗歌《嚎叫》（*Howl*）的金斯堡。他们作为“垮掉一代”潮流的旗手已经载入美国20世纪先锋文化史。

我在赴美前就计划好去旧金山的城市之光书店。我的出版人住在旧金山，她专程自驾到洛杉矶接我们，做完在洛杉矶的读者见面活动，开车载着我们沿美国西海岸的1号公路行进。这是对美国的一次泛览。在赴旧金山的中途，我们停下来，寻找萨利纳斯小镇（Salinas）。这是作家约翰·斯坦贝克（John Steinbeck）的故居。生于1902年、逝于1968年的斯坦贝克一生共创作二十七部作品，我很早就读过他的长篇小说《愤怒的葡萄》（*The Grapes of Wrath*）。萨利纳斯小镇是1962年获得诺贝尔文学奖的斯坦贝克的出生地，在纪念馆里珍藏有作家生前的遗物。他和父母兄弟住过的房屋的模型就建在展厅里，仿佛那是真的家。展厅更多的是作家的手稿和著作陈列。晚年之后，斯坦贝克开着汽车周游美国，那是一部房车，里边有写字桌、打字机、睡觉的床榻以及沙发等等。在展厅陈列着房车模型的位置，有名牌印有斯坦贝克的语录："我要去了解我的国家，我已经忘记了它的味道、气息和声音。我不去城市，我要去小镇、农庄和牧场。我要坐在酒吧里，汉堡店，星期天要去教堂，我要隐姓埋名地去。我只想去看和听。"1962年，斯坦贝克完成《寻找美国》（*Travels with Charley : In Search of America*），同年获诺贝尔文学奖。

前往城市之光书店是在我们到达旧金山的第二天午间，远远看到书店，我的心里就涌起潮水般的温情，如同朝圣者拜谒圣地。紧邻着书店有一条彩绘涂鸦的胡同，胡同口开着一家名叫凯鲁亚克的酒馆。据说这是当年“垮掉一代”的主将们经常聚会的地方。

密集排列的书架之间以及墙壁上都挂着黑白照片，那是当年“垮掉一代”的影像。

在里间的楼梯口有个专区，陈列着金斯堡的《嚎叫》当年印制的版本。作为垮掉派文学潮流的领袖，有“怪杰”之称的金斯堡是在旧金山成为一个诗人的。1956 年，他的第一本书《嚎叫》在旧金山出版，也是在旧金山，这本书被控犯有淫秽罪。

20 世纪 40 年代中期，垮掉派文学运动在哥伦比亚大学兴起，当时运动的核心人物金斯堡是哥伦比亚大学学生，他住在纽约的第 118 街，阿姆斯特丹大道（Amsterdam Avenue）附近，垮掉派最重要的小说家杰克·凯鲁亚克与帕克（Edie Parker）也住在这里。1945 年，金斯堡因为在宿舍窗户的灰尘上书写亵渎神灵的言语而被哥伦比亚大学开除，他来到 118 街的公寓与凯鲁亚克同住。然而在 20 世纪 50 年代的大部分时间，金斯堡和凯鲁亚克都住在旧金山，那正是垮掉派文学的鼎盛时期。1958 年，金斯堡重回纽约，与一些先锋诗人同住格林威治村。他们参与发起“嬉皮士运动”、“反越战行动”，成为惊世骇俗的一代人。1965 年的劳动节那天，激进的金斯堡被布拉格学生选为“五月之王”，然而不久，他就被捷克斯洛伐克政府驱逐出境。这个意外插曲并没有影响金斯堡，他离开布拉格依然前往古巴、波兰、苏联的漫游，继续他后来持续一生的叛逆之旅。

全球书情

撰文　吴瑶

非虚构

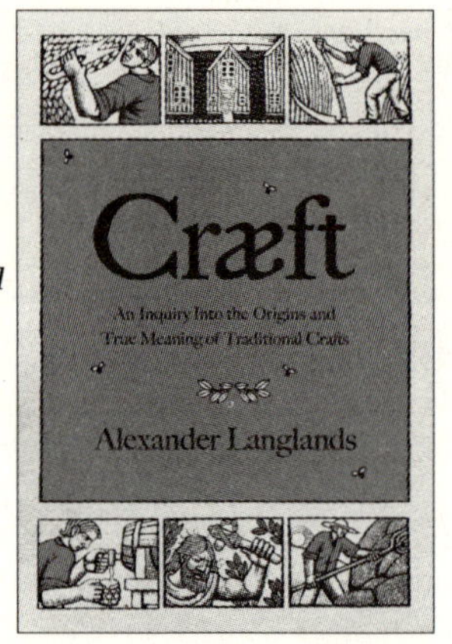

手工：探寻传统手工艺的缘起和真谛

Cræft : An Inquiry Into the Origins and True Meaning of Traditional Crafts

——

亚历山大·朗兰兹

（Alexander Langlands）著

——

Norton & Company 出版

当人们的生活被漫无边际的批量生产的产品所霸占，原始的手工产品似乎让人感觉更好——手工家具、手工面包、精酿啤酒，等等。也有更多人会去尝试各种手工艺，包括 3D 打印在内。它并不是大规模流行的生活方式，但它算得上是一种“疗法”，也帮助人们自我表达。然而在工业化时代之前，传统手工艺可不止是一种生活情调。在这本书中，考古学家和历史学家亚历山大·朗兰兹带领读者们进入了传统工艺的古老世界，去探索其中深邃原始的历史。

工业化之后，人们对工艺理解的转变常常被忽略。Cræft 这个词最早出现在古英语中时，意味着面对不断变化的材料和环境时的知识和智慧。重新认识工艺，让我们与人类历史、我们的存在感和在最艰难的环境中生存的卓越能力联系起来。这本书可以更全面地让我们欣赏到人类的独创性以及代代相传的传统。

朗兰兹认为，我们对于工艺的现代理解只是蜻蜓点水，从自己的故乡威尔士开始，他踏上了一条寻找工艺之旅，沿着欧洲海岸，从西班牙到法国，从英格兰到苏格兰，再到冰岛，去寻找失落的工艺精神。 这些工艺最早可以追溯到新石器时代，在讲述这些工艺时，他将蕴含着科学分析的历史解读与个人的第一手体验结合起来，牧羊、养蜜蜂、晾晒皮革、卷羊毛、修葺茅草屋顶、织造，等等。这些介绍不是浮光掠影，从书中你可以了解到一些冷知识：收割长草，练到比最新型的杂草修剪机更好用；你可以用大木勺卷羊毛，而动物皮革必须经过 12 个月的浸泡才可以加工，否则就会被认为是犯罪。

当然，读者也会看到很多不太熟悉的词汇，hafting 指把箭头附在茅尖上，laying，pleaching and plashing 是培育树篱所需要的步骤，而 carding，retting，scotching 则是织造的动作。当我们在日常生活中不再需要这些词的时候，意味着大多数人已经不需要参与这些活动。对此，朗兰兹感到有些悲哀，在他学习了如何制作茅草屋顶之后，他写道，“这强有力地证明了我们并不是丢失了这些传统的技艺，更糟糕的是，我们丢失的是这些技艺背后的概念，以及它们能做些什么”。

考古学家也试图揭示工艺制作与人的技能、与自然环境和素材、与使用生产息息相关的复杂的平衡，最后不可避免地触及人类与环境这一组永恒的关系。通过手工艺的连接，人们可以看到自然景观、建筑景观更美的一面，也能探寻到事物更深层的目的。“考古学探索的远不止地下的事物，它也是对人类本质的探索，因为我们是制造者，我们也是资源拥有者，我们采集了从周围自然世界中得来的种种知识。”

在一波又一波工业化信息化的浪潮中，人类不可能回到手工艺的时代，但这并不妨碍我们反思现代消费中的盲目，更多地去顾及长期使用的价值。工艺知识的梳理和继承也不意味着单纯的怀旧，它把人们从机器的自动化生产中暂时解放出来，像思考如何修建一堵石墙一样，细致地分解成百上千个关于人类生存的小问题。

现在启蒙：

论理性、科学、人文主义和进步

Enlightenment Now: The Case for Reason, Science, Humanism, and Progress

——

史蒂芬·平克（Steven Pinker）著

——

Viking Press 出版

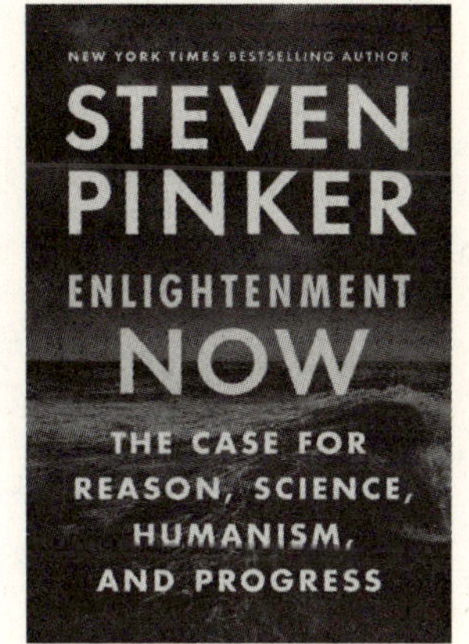

如果你认为世界已行将终结，那么再想想：人们活得更长、更健康、更自由、更快乐，虽然我们面临着很艰巨的问题，但解决问题的办法在于运用理性和科学进行启蒙的理想。世界真的分崩离析了吗？进步的理想是否过时了？哈佛大学教授、认知心理学家史蒂芬·平克试图解答这些问题。尤其考虑到在当下，极右运动和思想抬头，进步主义受到猛烈攻击，强调启蒙——相信理性、科学和人文主义的力量显得尤为重要，它们是长久以来人类现代性中最稳定的一些价值。

平克指出，冲击这些价值的不仅仅是极右派，启蒙运动的进步遗产同时也受到知识分子和艺术领域出现的自信危机的影响，尤其是进步的支持者看到了众多的灾难、倒退、揭开旧伤疤的新战争、重蹈覆辙的新结构，还有对进步意图造成副作用的新破坏。于是悲观主义者质疑进步是否能如它所愿，带来一个更好的未来，犬儒主义者则质疑当下是否比我们的过去更好。对科学技术作用的疑问由来已久，在巴黎的启蒙运动中，在第一次世界大战中，现在，这个问题又被重新提起，尤其是，人类所认定的失败和倒退被电子信息的传播进一步放大。

为了对抗“进步恐惧症”，捍卫人类正在不断进步的观点，平克在书中拿出了数据来说话，囊括了衡量进步的各种指数，跨越半个世纪，从种族主义、性别歧视、恐同、霸凌等关系个体的问题，到贫困、娱乐休闲、女性赋权等更大的社会经济议题，显示人类的生活、健康、繁荣状况、安全、和平、知识和幸福感等等都在上升，不仅仅在西方国家，世界范围都是如此。

人类的进步不是宇宙力量的结果，这是启蒙的力量：相信理性和科学可以促进人类繁荣。启蒙运动并非天真的愿望，我们已经真实地感知它的作用。而它比以往任何时候都更需要人类的坚强捍卫。启蒙运动在某种程度上与一些人类本质的现状相冲突相对抗——部落主义、专制主义、妖魔化、迷信思想，而这些都是煽动者们乐于利用的本质。

在本书的最后几个章节，作者着重强调了帮助人类进步的启蒙工具：理性、科学和人文主义。在关于理性的章节，平克指出政治偏见和极化已经成为践行理性的主要威胁。他反驳了关于人类本质上就是非理性动物的论断，指出启蒙思想家们已经表明人类具有保持理性的能力，即使不是始终如一地理性，它对人类也是有益的。当不可避免地提及特朗普主义和相关议题时，平克呼吁用理性主义对抗这种所谓后真相时代的犬儒主义。他相信事实和逻辑具有强大的说服力，揭露虚假的故事总能发挥作用，并且越来越受欢迎。

他也毫不掩饰对科学的溢美之词，认为那是可以超越艺术、音乐、文学的杰作，是美丽、健康、财富和自由的源泉。平克对反科学话语的调查研究聚焦于那些将科学限制于物质和技术领域，而对科学影响道德价值和文化抱持质疑的话语，他特别批判了“科学造成社会的恶”这一观点。平克认为，一方面，追求社会正义的运动可以依靠科学这一手段，另一方面，人文主义将有助于防止科学被扭曲使用。

在人文主义的众多定义中，平克认为它是我们所谓的现代世俗人文主义，即“最大化地追求人类繁荣的目标——生命、健康、幸福感、自由、知识、爱、经验的富足”。这种人文主义与美国独立宣言的精神、人权中的启蒙和后启蒙思想是一脉相承的。人文主义的语境下，进步即是珍视生命多于死亡、健康好过疾病、丰富而非匮乏、要自由不要胁迫、追求幸福而非痛苦、相信知识而非迷信。

平克对启蒙运动，对理性、科学和人文主义推动进步的论点可能不比前人高明，但是面对他所提出的一系列强有力的具有说服力的论据，不得不说这是对进步的现实和可能性的最为鼓舞人心的捍卫。

我们公司：美国企业如何赢得他们的公民权利

We the Corporations: How American Businesses Won Their Civil Rights

——

亚当·温克勒（Adam Winkler）著

——

Liveright 出版

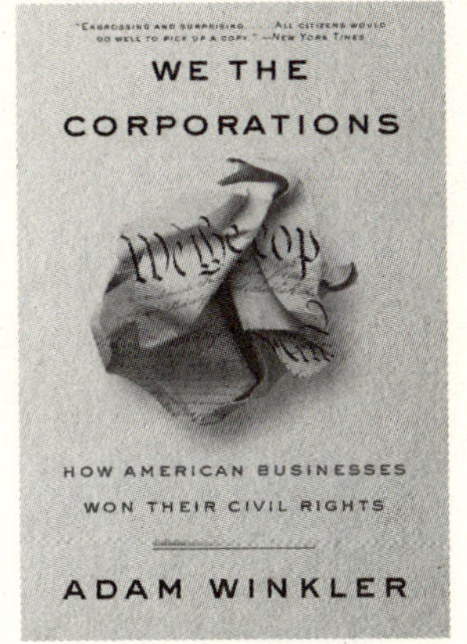

美国公司是否跟公民一样享有公民权利？企业认为是的，他们为此进行过漫长的“斗争”，《我们公司》一书记录的正是这段美国历史上最“成功”但最不为人知的“公民权利运动”。

加州大学洛杉矶分校法学院教授温克勒回顾了“联合公民诉联邦选举委员会案”等诉讼案件，解释了最高法院这些在当时备受争议的裁决——确认企业也享有言论自由、宗教自由——何以成为这场权利运动的高潮。企业为了企业人格和对公司的宪法保护，已经斗争了几个世纪之久。从殖民时期的历史开始叙述，温克勒探究了企业对于民主的诞生和宪法的成型所产生的深远影响。当宪法获得批准之后，企业就马上着手寻求宪法所赋予的权利。最高法院关于企业权利的首个裁决出现在1809年，比第一个关于非裔美国女性的类似案件出现还要早半个世纪。

企业权利运动常常采取跟普通公民权利运动相似的策略：公民不服从、创造先例等等。虽然企业赢得了许多跟个人公民相同的权利，作者指出，那是由于企业权利“大多是从法庭上，而不是街道上赢回来的，并且很大程度上是在没有受到公众监督的情况下发展出来的”。并且，企业诉讼比个人公民权利诉讼的成功率要高得多。

关于企业人格的争论从来没有停止，“企业不是人”曾出现在“占领华尔街”运动中，伯尼·桑德斯（Bernie Sanders）和众多进步组织也以此为口号，它对罗姆尼2011年那番“企业是人”的著名宣言提出了反驳。反对者们认为企业巨头不能享有任何公民的政治权利，包括言论和宗教自由，以及政治参与权，因为企业的财富和权力扭曲了大众民主。尤其是在大公司合并、赤裸裸的腐败出现、立法功能出现障碍时，遏制企业政治权力的呼吁尤为高涨。

近年来的争论缘起于2010年最高法对联合公民一案的裁决，当时法庭以5∶4的多数票判定2002年《两党竞选改革法》的条款无效，该条款禁止了由公司和工会发起的“竞选通信”（基本上是广告），根据大法官塞缪尔·阿利托（Samuel Alito）的意见，“公民协会”也享有言论自由。这个结果在美国政坛引发了冲击波，在他的国情咨文中，时任美国总统的奥巴马对大法官们当面表达了反对意见，称他们违反了规范企业政治活动的“百年法律”。各种群体和学者也做出了反击，有群体建议修改宪法，希望明确：只有人类——不包括公司——是唯一合法的政治权利享有者。普林斯顿大学教授、政治学家马丁·吉伦斯（Martin Gilens）和本杰明·佩奇（Benjamin Page）发表的一篇论文则指出，美国的经济精英和商业利益已经对民主和决策带来了过多的影响。

这是一本法学院学生会更感兴趣的书籍，但它并不枯燥，温克勒以他对法律史的深入了解，提供了许多珍贵的一手材料，讲述了各种故事和人物，比如丹尼尔·韦伯斯特（Daniel Webster），他曾代表企业客户打了很多最早的企业公民权利的官司；又比如罗杰·托尼（Roger Taney），一位曾经受到威胁的首席大法官，他曾出人意料地限制对企业的保护，而部分原因出于保护奴隶；还有共和党领袖罗斯科·康克林（Roscoe Conkling），曾经从最高法院那里争取把企业相关权利写入宪法。

在这个火热的时代，没有什么比温克勒的这番回溯更合时宜了，美国最有权势的企业帮助公民争取到了一些基本权利，但宪法也因此变成一个制约大企业监管的武器。对于这场企业权利运动可能会出现的逆转，作者表现出了谨慎乐观。历史的事实证明，企业政治权利是美国社会的一部分，过去反对它的人，多遭到了失败。面对一个亲公司和精英的美国，相信正义、平衡、包容、民主的人们，可能很难从过去寻找到什么成功经验。

宽带：尚未讲述的互联网女发明家们的故事

Broad Band: The Untold Story of the Women Who Made the Internet

——

克莱尔·埃文斯

（Claire L. Evans）著

——

Portfolio 出版

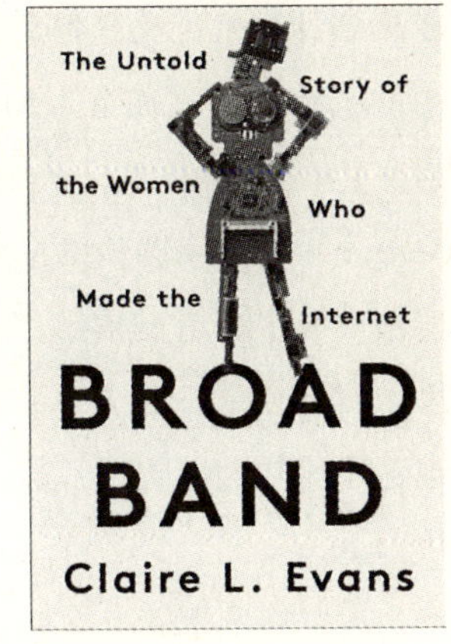

2016 年的一部电影《隐藏人物》（*Hidden Figures*），让人们关注到 NASA 的早期女性计算机科学家。而在以男性为主导的计算机科学的历史上，也有许多颇具代表性的“隐藏人物”不被人熟知，实际上，每一次技术浪潮出现之处，都有女性的身影。编写计算机程序的程序员中，有不少女性先驱，比我们想象出现得更早，比如诗人拜伦的女儿埃达·洛夫莱斯（Augusta Ada King-Noel, Countess of Lovelace），在维多利亚时代编写过第一个计算机程序。在《宽带》这本书中，埃文斯就为这些古往今来的杰出女性作传，记录这段历史，让更多的人了解到这些女性为改变世界做出的贡献。

埃文斯的父亲在英特尔工作，她从小耳濡目染，学习和从事计算机行业对她来说没有男女之分。写作这本书的想法脱胎于她前几年为 Motherboard 所写的关于网络女性主义的一系列文章，在 20 世纪 90 年代，一个名为 VNS Matrix 的艺术家群体发布了 21 世纪网络女性主义者宣言，网络女性主义者们相信，网络空间、互联网是从社会建构中实现自由的一种方法，技术可以帮助性别差异的消弭。在这种思想的影响下，回过头去看女性榜样的故事，意义更为重大。

埃文斯希望借由这本书表达超越网络女性主义的思想，更多地去关注为使用导向的计算机技术应用做出贡献的女性。书中讲述了格蕾丝·霍珀（Grace Hopper），这位伟大的数学家在二战后编写了商用计算机程序语言，让计算机能为更多普通人所用，有意思的是现在程序员们经常提到的“debug”，其实就来自于霍珀发现机器里的蛾子导致了技术障碍；伊丽莎白·冯勒尔（Elizabeth Feinler），她在 70 年代开发了维护斯坦福网络信息中心的第一台服务器。还有早期的 BBS 运营者史黛西·霍恩，1980 年代她在自己纽约的公寓里运营的 EchoNYC，被认为是最早的社交网络之一。书中还有许多这样的故事，数据库诗人、信息管理者、超文本梦想家和试图打破网络时代天花板的创业者们被推到聚光灯下，向后来人彰显她们可以改变世界的力量。

埃文斯在接受播客“科学星期五”（Science Friday）采

访时认为，女性被忽略或者淡出计算机行业，是在编程职业化之后。在计算机发展早期，程序员的重要性不能与硬件开发者相提并论，许多从事这个职业的女性甚至没有计算机的教育背景。而程序员的职业化、教育的系统化，反而成了阻挡女性进入这个行业的门槛。

今天，即使越来越多的教育机构和企业意识到性别平等的重要性，从事计算机行业的女性比例也并没有显著提高。女性不适合学习计算机的刻板印象、职场上不友好的工作环境、相关教育资源的缺乏都可能导致女性没有机会积极地投身这个行业。另外一个常常被人们忽略的事实是，女性具备更加细致的考察用户心理和习惯的优势，她们在工作中也可以更好地扮演一个沟通者的角色，无论在计算机发展早期或是互联网公司竞争激烈的当下，把握用户心理、提供符合他们需求的产品，都是一种核心竞争力。

虚构

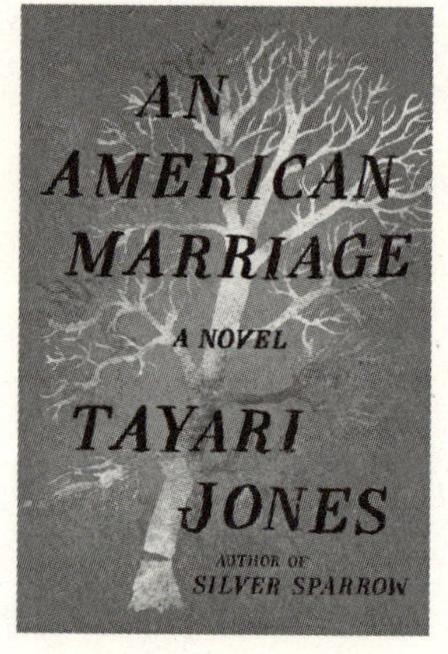

美国婚姻

An American Marriage

——

塔亚里 · 琼斯（Tayari Jones）著

——

Algonquin Books 出版

新婚夫妇塞莱斯蒂尔和罗伊的人生本是美国梦和新南方的缩影：他们一个是年轻的管理者，一位是艺术家。正当他们的生活步入正轨时，突如其来的意外将他们分开了。罗伊被控犯罪被捕并判处十二年有期徒刑，而塞莱斯蒂尔认为那是莫须有的罪名。尽管塞莱斯蒂尔是一位独立的女性，她还是发现自己失去了方向，从童年好友、婚礼伴郎安德鲁那里，她获得了一些安慰。时间随着罗伊的狱中生活而流逝，塞莱斯蒂尔发现这份爱不再是她生活的重心。五年后，罗伊的控罪突然被推翻，他回到亚特兰大准备重启两人的生活。这个动人的爱情故事深刻洞察了三个人的心灵和思想，他们曾经紧密相连，也曾经因为不受控的外力而分离。

在这个故事背后，是非裔美国人处于不平等地位的事实。尽管非裔美国人只占全国人口的13%，但在被错误定罪的公民中，非裔人口占到了47%。无罪释放的公民中，非裔美国人所遭受的牢狱之灾比白人要多出4.5年。数字是冰冷的，错误定罪所牵连和影响到的家庭却真实存在。这段错误付出的时间、承受的不公和代价对于一个男人、一个家庭、一段婚姻来说意味着什么呢？这正是《美国婚姻》试图回答的问题。

小说从两人的恋爱史开始铺垫，经历了短短一年半的婚姻生活之后，情节急转直下，两人的生活变成了监狱内外的独白和通信，这段感情的稚嫩和脆弱也暴露出来。试想，你会每周驱车几小时历尽艰辛去探监吗，抑或努力维持此前的生活状态？这个时候怀孕的话，你会感到恐惧还是欣然迎接新生命？你是否仍然会对你的伴侣抱有信念？谁能安慰你呢？

当这些残酷的问题排山倒海地压向塞莱斯蒂尔，假设的回答与真实的生活扑面而来，它们是截然不同的状态。在两人的一次通信中，短短的两句话，却道出了他们婚姻的状态："亲爱的塞莱斯蒂尔，我是无辜的。""亲爱的罗伊，我也是。"而个人的情感与种族、社会阶层的负担交织在一起，又引出了更深远的问题。这本书最近也入选了"奥普拉读书俱乐部"。

我们是幸运儿

We Were the Lucky Ones

——

乔治娅·亨特（Georgia Hunter）著

——

Viking 出版

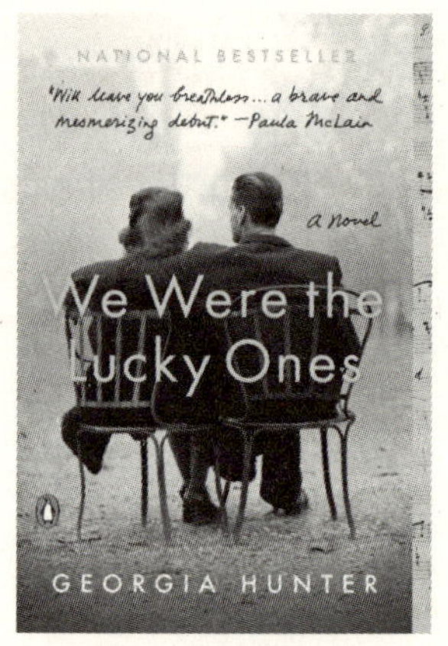

1939 年的春天，战争的阴影越来越近，库尔克一家三代人仍然努力地维持日常的生活。家庭餐桌旁的对话仍然围绕着新生儿和萌芽的浪漫故事，而不去谈论在他们的家乡波兰拉多姆，犹太人的处境正变得越来越艰难。可恐惧还是不可避免地席卷了欧洲，库尔克一家即将离乡背井，每个人都拼命地想寻找到一条通往安全的路。

年迈的父母与两个女儿哈琳娜和米拉仍然居住在家乡，儿子格内克和雅克布则加入了波兰军队，小儿子艾迪被困在法国，很快也应征入伍了。人们挣扎着避免死亡，他们有的在工厂中饿着肚子工作，有的则伪装成异教徒躲藏在他乡。战争期间，库尔克家族的足迹遍布各地，远至巴西和西伯利亚。抱着强烈的求生意志和对从此天涯相隔的恐惧，库尔克一家必须依靠希望和内在力量活下去。

这是乔治娅·亨特的处女作小说，它向人们展示了二十世纪最黑暗的时刻，人类精神所能承重的灾难，以及如何在灾难之中成长。这部小说讲述的其实是作者自己的家庭史，德国入侵波兰，破坏了库尔克一家的生活，亨特说，“书中所描述的每一次重要的迁移、监禁、假死和逃跑，在现实中都发生过”。而之所以选择小说而非回忆录的形式，是因为她希望更好的创作一些场景，增加联结，让故事的深度和情感更进一步。

对于库尔克一家来说，胜利的时刻不是纳粹投降，而是全家人都活了下来并且重新团聚，而这本来几乎是不可能的事。这不是好莱坞电影式的皆大欢喜的结局，作者和库尔克一家都明白，他们的生存不过是令人绝望的运气作用的结果，而作者也回避了空洞的伤感和虚无主义，力图揭示这个动人故事中美丽的复杂性和生活的不确定性。

文章摘要

Article Abstracts

Broken Children — Jan Carson

Three stories by Jan Carson about the compassion and tatters between generations. A strange bird egg accompanying a baby's birth, a mysterious soul-healing soup, and a pair of lovers who marry to secure the development of an island—these three delicate tales are ingeniously conceived, marshalling soft language to give an account of things that empower humanity to survive and continue—love and devotion. The delicacy of these stories is that, amidst selfishness, brokenness and tragedy, love continues to shine through.

Amusements — Kerry Hudson

A husband-and-wife who lost their child go to an amusement park, in search of an escape from the mist of mundane life. In front of a claw machine, they two avoid talking but cannot escape a rush of painful memories before their eyes. At that moment, as they successfully grabbed the toy, the longing buried deeply within their hearts gushed out. Kerry Hudson's novel discusses human confrontation of hardships, the fragility of facing loss, and *vis-à-vis* humanity's greatest weakness, both for men and women, the painstakingness of it.

Trickle Down — Ned Beauman

At the time when poverty stricken artist Gill was considering whether or not to leave her boyfriend, and leave New York, her boyfriend Brett experienced a career crisis. From the beginning, this relationship was plagued by pretense and contradiction, and in light of this turn of events, was in even more imminent danger. The truth behind this crisis becomes even more complicated, and Brett's competitor's brazen actions are hard to come to terms with. At that dinner, when the two parties' conflict reached an incandescent point, Gill looked across the room and realized, she was not the only wife faced with hardship.

Dona Nobis Pacem — David Szalay

In the autumn of life, a middle aged divorced professor of philosophy fell in love with a teacher at the college four years younger than him. After several trips and nights together, his affection became potent, the dejection and insanity of love brought to life once again disrupted what he thought was an aged, peaceful heart. David Szalay is an eye-catching figure among contemporary authors, his concise words full of modernity, flawlessly bringing to life the fine, deep mental quarrels of this autumn love affair.

Pig Killing Day — David Szalay

This is a prospect of country life, the reverse side of modern city, and her demise also signifies the engulfment of tradition by modernity. On a pig killing day, the protagonist, accustomed to city life, follows his wife's brother into the village to watch pig slaughtering. A muddy road, cold that chills to the bone, the pitiful sight of slaughter, and the unruly lifestyle of the villagers, all of these conditions made it impossible for him to fit in, and made him long for his orderly city. In this piece of the old world, he recalls the stories of ancestors, and clearly sees, that this is an abandoned world.

Loop of Jade — Sarah Howe

Sarah Howe' s Chinese identity gives her poetry another kind of base color. Her collection "Loop of Jade" follows the main storyline of her defector mother, in a full cultural circle, the foreign-born Howe brings her attention back to her maternal motherland. This collection of poems won her the 2015 T.S. Eliot Prize for Poetry. The selection from Loop of Jade printed here is rich in Chinese elements, and verse that captures the poet' s simultaneous sense of slight sorrow and tenderness, as if to flow from the long river of history.

Interview With Geoff Dyer: You can have an adventurous life even without leaving your desk — Chen Yiyi

This is a casual yet intellectual dialogue, just like Geoff Dyer himself. Geoff speaks about the profound influence that John Berger had upon him, and makes clear the differences between him and his idol. He talks about his passion for tennis, travel and jazz; his understanding of anxiety, failure and weaknesses; and gives insights into literature, writing and politics. For an author, every element of life is an essential factor in forming one' s own style, and for Geoff Dyer, humour is the way in which he perceives the world.

Eyes of a Prisoner — Jiang Zhi

Why do I paint and write? In pondering upon the unpleasant but compelling activity of artistic creation, the artist Jiang Zhi is searching for a relationship between people and creation. In Jiang Zhi' s mind, we see a part of this world through the eyes of a prisoner, struggling between dejection and hope, searching for an unattainable suppression of desire in another realm of reality.

Memoirs of Philippine Island Hopping — Liu Zichao

This time, travel writer Liu Zichao visits an island nation, Philippines, to embark his 'island hopping' journey. Rainforests, oceans, bars and harbors together form a dreamlike landscape. Diving, whale-shark watching, canoeing, and watching chicken fighting are unique and unforgettable experiences. At the same time, drug sales, begging, and sex trade are at the base of this post-colonial South-East Asian country. The author guides us to rediscover this complex third world, caught within the tides of globalization.

Dog Commander — Wang Zhanhei

The Post-90s generation author Wang Zhanhei is a literary star of recent years, compared to authors whom concerned more with their own world, Wang Zhanhei writes about community life and the 'heroes of the streets'. Dog Commander is the story of an elderly man and a dog in one of these small communities. Interactions between Wang and the dog are full of wit and affection, but behind the amusement is the aging and loneliness of a generation, and the demise of a space. This is both the result of the young writer's observations, but is also a reflection of the special conditions of a generation and a group.

Honeysuckle's Spring : The Rise of the Labor Party — Wang Bang

As the right wing engulfs the entire world, how has the British Labor Party, representative of left wing values, managed to resist, stand fast, and rise? To get access inside the Party, the England-based author Wang Bang goes into a village club. She both engages in deep conversation with Party members, as well as numerous scholars. The result is a full account of the history of development of the British working class and the Labor Party. The author joined the Labor Party in 2016, and in the 2017 election, the Labor Party's rising trajectory was significant.

The Chinese Author Geling Yan, Pseudo-Feminism, and Historical Obscureness — Li Nanxin

Li Nanxin's commentary on 'Chinese author' Geling Yan is penetrating and forceful. At a time when Geling Yan's works are being incessantly adapted for screenplay, "Youth" has gained wide acclaim, and her feminist and historical views have become popular, through the analysis of the victims and female characters in Geling Yan's works, Li Nanxin discusses the pretense of Yan's feminism, her biased and narrow consideration of history, and even extrapolates that this treacherousness is the most deeply hidden shame of the Chinese people, an assertion that calls for second thought.

New York Literary Record — Xia Yu

Through a review of those authors and artists that once lived, travelled and composed their works in New York, the author Xia Yu affectionately portrays the most charming cultural base of New York. Walt Whitman, Theodore Dreiser, Thomas Wolfe, F. Scott Fitzgerald, Truman Capote, Norman Mailer, Saul Bellow, Arthur Miller, Paul Auster… This could be an endless list. It is these literary figures that converge to form the core spirit of New York.

World Book Affairs — Wu Yao

Wu Yao continues to bring an international review of books to *OW Magazine*. The non-fiction works this time include both reflections on the age of industrialization, emphasis on the value of enlightenment, discussion of the rights and responsibilities of citizens, and through the stories of those often forgotten female Internet inventors, conveying a super-internet feminist ideology. This issue's novels narrate an American marriage that interweaves issues of emotion, race and strata, and the story of a Jewish family that survived the nightmare of the Second World War.

撰稿人

简・卡森（Jan Carson），英国作家，现居贝尔法斯特。目前已出版作品包括长篇小说《马尔科姆的橘子不见了》（*Malcolm Orange Disappears*）、短篇小说集《孩子的孩子》（*Children's Children*）、微小说集《明信片故事集》（*Postcard Stories*）等，最新的小说作品将于2019年面世。她的小说在BBC广播节目和知名期刊上大受欢迎。2014年，简・卡森获得了北爱尔兰艺术委员会颁发的"艺术家生涯促进大奖"，并名列英国文化委员会国际文学展出作家之中。她被提名2015年西恩・奥法良奖（Seán ó Faoláin Short Story Competition）的短名单，并获得2016年《时尚芭莎》杂志短篇小说写作奖（*Harper's Bazaar* short-story competition）。简・卡森现在供职于爱尔兰的都柏林写作中心，同时也是北爱尔兰Translink铁路公司的巡回作家。

凯丽・哈德森（Kerry Hudson），出生于苏格兰的阿伯丁郡。2012年，她的首部小说《托尼・霍根偷走我妈妈前给我买了个冰激凌》（*Tony Hogan Bought Me An Ice-cream Float Before He Stole My Ma*）由企鹅兰登书屋出版后，获得了当年的包括苏格兰第一图书奖（Scottish First Book Award）在内的多项大奖。她的第二部小说《渴望》（*Thirst*）于2014年出版，赢得了法国为外国小说颁发的最负盛名的奖项——费米娜外国小说奖（Prix Femina é tranger）。目前，哈德森的小说在美国、法国、意大利和土耳其均有出版。

内德・鲍曼（Ned Beauman），1985年出生于伦敦。目前已出版的四部小说《拳击手，甲壳虫》（*Boxer, Beetle*）、《一场心灵感应事故》（*The Teleportation Accident*）、《光热》（*Glow*）和《疯狂好过失败》（*Madness*

Is Better Than Defeat)，让他入选了包括《卫报》第一图书奖（*Guardian* First Book Award）在内的多项奖项，他还进入了 2013 年《格兰塔》（*Granta*）英国最优秀的年轻小说家名单。此外，他的文章常见于《纽约时报》《卫报》《伦敦书评》等。

大卫·索洛伊（David Szalay），1974 年出生于加拿大的蒙特利尔，第二年随父母迁往英国并一直生活在那里。他的第一部小说《伦敦和东南部》（*London and the Southeast*）为他赢得了贝蒂·特拉斯克和杰弗里·法伯奖（Betty Trask and Geoffrey Faber Prizes），接下来的两部小说《无辜者》（*The Innocent*）和《春》（*Spring*）广受好评。2016 年，他的短篇小说集《那个男人》（*All That Man Is*）让他入选了当年的布克奖。索洛伊被知名文学杂志《格兰塔》列入 2013 年英国最优秀的 20 位年轻小说家名单。

马力，95 年生人，大学肄业后四处游荡，目前爱好画画。

余烈，生于 1984，长期的阅读者、观察者，文字创作散见于《西湖》等期刊。

林蓓蓓，浙江工业大学讲师。

李鹏程，1983 年生于山西，毕业于中国人民大学，曾做过报社记者、杂志编辑，现为图书编辑，业余时间从事翻译。已出版的翻译作品有《每当我找到生命的意义，它就又变了》《白宫往事》《如何参观美术馆》《谷歌时代的柏拉图》《第一夫人》。

萨拉·霍伊（Sarah Howe），诗人、学者、编辑。1983 年出生于中国香港，父亲是英国人，母亲是中国人，童年时期跟随父母前往英国。她的第一部诗集《玉环》（*Loop of Jade*）让她成为 2015 年 T.S. 艾略特奖获得者。霍伊的诗歌发表在《诗歌评论》《卫报》《金融时报》等多家媒体上。

刘宽，波士顿大学新闻硕士，《单读》副主编，导演，特稿作者。长期为《人物》、《南方周末》、《端传媒》、*T Magazine*、*ELLE* 等撰稿；纪录片作品曾在 UCCA 尤伦斯等机构展映。她目前的个人创作集中在探索影像和诗歌的边界。

蒋志，1971 年生于湖南沅江，1995 年毕业于中国美术学院。蒋志的创作包括摄影、绘画、录像及装置；小说和诗作亦是他开始艺术创作以来的重要媒介。他长期深入地关注各类当代社会与文化的议题，自觉地处在诗学与社会学这两个维度的交汇处上，并着力于如何使那些我们熟悉的日常社会和个人经验转换到作品文本中。蒋志为中国当今最多样性的艺术家之一，曾参与多个国际机构展览和年展，并获颁的多个奖项。

王占黑，1991 年生于浙江嘉兴，毕业于复旦大学中文系。已有作品见《小说月报》《上海文学》等杂志，出版小说集《空响炮》等。

刘子超，前媒体人，旅行者。2012 年中德媒体使者，2015 年—2016 年牛津大学访问学者。曾获 2010 年刘丽安诗歌奖、2014 年“蚂蜂窝”年度旅行家。出版旅行文学作品《午夜降临前抵达》，获 2015 年单向街“书店文学奖”最佳旅行写作。

王梆，出版有电影文集《映城志》、数本短篇小说绘本集以及漫画故事《伢三》等。电影剧作《梦笼》获 2011 年纽约独立电影节佳剧情片奖，纪录片《刁民》亦在数个国际电影节参展。小说作品散见于《天南》、美国俄克拉荷马州大学《中国当代文学选集》、美国“文字无边界”文学网站、2016 年秋纽约古根海姆博物馆“故事新编”中国当代艺术展等。作为自由记者，为海内外媒体撰写欧洲时政评论。译有英国当代诗人理查德·贝伦加滕诗选《改变》、英国当代诗人彼得·休斯诗选《贝多芬附魔曲》等。

李南心，生于上海，现居北京，探索文化与心灵疗愈，以写作和摄影表达自我。

夏榆，作家。现居北京。2002 年—2012 年加盟《南方周末》，任驻京记者十年。多次访问海内外思想、文化、政治精英，报道大量具有公共意义的人文事件。应邀访问瑞典、挪威、波兰、德国，自 2005 年起，多次报道“诺贝尔奖颁奖盛典”，专访波兰前总统、诺贝尔和平奖获得者莱赫·瓦文萨（Lech Walesa）、波兰著名知识分子亚当·米奇尼克（Adam Michnik），呈现个人记忆与国家巨变对当代生活的影响。亦从事文学写作，著有长篇小说《我的独立消失在雾中》《我的神明长眠不醒》《黑暗纪》；随笔集《黑暗的声音》《白天遇见黑暗》等。亦有中短篇小说发表于《收获》《今天》《十月》《花城》《作家》《北京文学》等刊。

吴瑶，互联网从业者，前媒体人，公共政策硕士，长期关注外交、环境与气候变化领域，翻书党，冷知识爱好者。

图书在版编目（CIP）数据

单读 . 18, 都市一无所有 / 吴琦主编 .
—北京：台海出版社，2018. 9（2019. 6 重印）

ISBN 978-7-5168-2075-9

Ⅰ . ①单… Ⅱ . ①吴… Ⅲ . ①随笔—作品集—中国—当代
Ⅳ . ① I267.1

中国版本图书馆 CIP 数据核字 (2018) 第 192867 号

单读 . 18, 都市一无所有

主　　编：吴　琦

责任编辑：刘　峰　　策划编辑：罗丹妮

美术总监：刘肖男　　设计制作：张　倩　王雪银

内文制作：陈基胜　　责任印制：蔡　旭

出版发行：台海出版社

地　　址：北京市东城区景山东街 20 号　邮政编码：100009

电　　话：010-64041652（发行，邮购）

传　　真：010-84045799（总编室）

网　　址：www.taimeng.org.cn/thcbs/default.htm

E-mail：thcbs@126.com

经　　销：全国各地新华书店

印　　刷：山东鸿君杰文化发展有限公司

本书如有破损、缺页、装订错误，请与本社联系调换

开　　本：787mm × 1092mm　1/32

字　　数：210 千字　　印　　张：12.75

版　　次：2018 年 9 月第 1 版　　印　　次：2019 年 6 月第 3 次印刷

书　　号：ISBN 978-7-5168-2075-9

定　　价：48.00 元